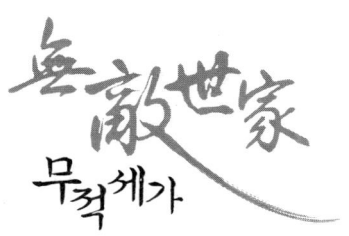

無敵世家
무적세가

김수겸 新무협 판타지 소설
FANTASTIC ORIENTAL HEROES

무적세가 4

김수겸 新무협 판타지 소설

초판 1쇄 찍은 날 § 2008년 1월 24일
초판 1쇄 펴낸 날 § 2008년 2월 2일

지은이 § 김수겸
펴낸이 § 서경석

편집장 § 문혜영
편집책임 § 심재영
편집 § 유경화

펴낸곳 § 도서출판 청어람
등록번호 § 제1081-1-89호
등록일자 § 1999. 5. 31
어람번호 § 제2-1408호

주소 § 경기도 부천시 원미구 심곡1동 350-1 남성B/D 3F (우) 420-011
전화 § 032-656-4452 팩스 § 032-656-4453
http://www.chungeoram.com
E-mail § eoram99@chollian.net

ⓒ 김수겸, 2007

ISBN 978-89-251-1153-7 04810
ISBN 978-89-251-1015-8 (세트)

무적세가

4

반전(反轉)

김수겸 新무협 판타지 소설
FANTASTIC ORIENTAL HEROES

청어람
도서출판

目次

第一章 초월자

無敵世家

세상천지 어느 곳에서도 바람은 분다.

자연의 검인 오대마검 중 폭풍마검은 그래서 언제 어느 때고 사용할 수 있는 것이다. 그런 이유로 그것이 마도시대 철혈투마 류한을 상징하는 검이 될 수 있었다.

남궁유한의 군자검에서 일순 바람이 일어나기 시작했다.

군자검을 중심으로 다루 안에 조금씩 불고 있던 바람이 남궁유한을 중심으로 한곳에 모였다.

흩어져 있는 바람은 약할지 몰라도 한곳에 집중된 바람은 그야말로 소형 폭풍이라 해도 모자람이 없는 법.

한없이 응축되고 있는 남궁유한의 폭풍마검은 당장이라도

폭발할 것 같은 위력을 보여주고 있었다.

"폭풍마검. 좋구나……. 하나 오대마검 중 최고는 벽력우뢰검이지. 벽력우뢰검을 보지 못해 안타깝구나."

비천신마 한평은 진정 아쉬운 듯한 어조로 말했다.

남궁유한 역시 그 말에는 전적으로 동의했다.

"벽력우뢰검을 쓸 수 있었다면 천하의 교주라 한들 버텨내지 못했을 것이오."

벽력과 우레가 치는 특별한 상황에서라면 벽력우뢰검은 능히 천하제일의 검이라 할 수 있었다.

"그렇게 생각할 수도 있겠지. 오대마검은 십만대산의 적들을 공격하는 검. 반면, 내 천마검법은 홀로 십만대산을 지배하는 검이다. 천마검법이 왜 십만대산을 지배할 수 있는지, 그 진정한 의미를 오늘 알게 될 것이다."

비천신마 한평이 순간 엄청난 기세를 뿜어내기 시작했다.

꿀꺽!

남궁유한은 그 기세를 느끼더니 절로 마른침을 삼켰다.

'진정으로 강하다.'

마도시대의 고금제일신마 교주를 상대한 이후, 이런 절대강자는 처음 상대하는 것이었다.

느껴지는 기운 하나하나를 맞상대하는 것만으로도 내장이 다 진탕될 것만 같은 엄청난 기세.

남궁유한은 생애 두 번째로 지금 자신이 잡고 있는 검을 놓고 싶은 충동을 느껴야 했다. 심지어는 당장에라도 깨끗이 패배를 인정하고 싶은 그런 무력함마저 일어나고 있었다.

그러나 결코 그럴 수 없었다.

'나는 철혈투마다. 이제껏 상대를 맞이해 등을 보인 적도, 포기한 적도 없다! 또한, 나는 그 어떤 악조건 속에서도 언제나 공격을 통해 활로를 뚫어왔다. 나는 나, 나는 나. 내가 어떤 이름을 쓰든 나라는 존재는 결코 변하지 않는다!'

그는 마음을 굳혔다.

"이야야아아앗!"

남궁유한이 거친 기합성을 내지르며 선수를 잡았다.

동시에 남궁유한의 군자검 끝에서 거세게 회전하고 있던 나선형 소용돌이가 비천신마 한평을 향해 일순간 쏟아졌다.

다루 안을 흐르는 미세한 바람이 모이고 모여 이뤄져 폭풍의 창처럼 상대를 향해 나아가는 폭풍마검.

폭풍의 창(槍)!

폭풍마검의 절초.

바람과 공기를 집중시킨 후 그것을 압축시켜 하나의 형(形)으로 만들어내는 것이다.

또렷하게 유형화된 모습이 흡사 창과 같다 하여 그렇게 부르는 것이 폭풍의 창이었다.

이미 마도시대 당시의 내력을 완전히 회복한 남궁유한의 공격.

당금 천하에 그 어떤 인물도 이 한 수를 막아내지 못할 것이 틀림없었다.

그러나 그것은 보통의 고수들에게나 적용되는 얘기였다.

비천신마 한평이 들고 있는 십만마검이 사선을 그리며 가볍게 휘둘러진다 싶더니 폭풍의 창을 가볍게 해소해 내는 것이 아닌가?

십만마검 앞에서는 세상을 온통 휘저어놓을 것만 같은 폭풍마저도 살랑살랑거리는 미풍으로 변해 아양과 교태를 떠는 것만 같았다.

진정 이해할 수 없는 일이었다.

태산을 허물 거력이 담긴 폭풍마검이었다.

그런 것을 어찌 저리도 가볍게…….

쉬익!

남궁유한이 다시 한 번 다루 안의 바람을 모으고 모아 군자검의 검끝을 통해 다른 형을 구사했다.

폭풍의 비(匕)!

몇 자 두께의 강철판 여러 장도 단숨에 뚫어버릴 수 있는 예리함과 압력을 가진 한 자루 폭풍의 비도가 비천신마 한평을 향해 날아갔다.

그러나 이번에도 위에서 아래로 느리게 휘둘러진 비천신마 한평의 일수에 그 비도 역시 산산이 흩어지고 말았다.

두 번의 공격을 전혀 힘들이지 않고 막아낸 한평이 미소를 지었다.

"당금 천하에 이 한 수를 막을 수 있는 무인은 거의 없을 것 같구나. 그러나 십만대산에서 나온 마공을 익힌 마인들은 결코 천마검법에 대항할 수가 없음이니라."

천마검법!

십만대산을 지배하는 검법.

오직 십만대산의 주인인 교주만이 익힐 수 있는 검법.

십만대산의 십만 가지 마공 위에 우뚝 서 있는 단 하나의 검법이다.

이에는 한 가지 묘용이 숨겨져 있었다.

천마검법은 십만마교 모든 마공의 상극이었다.

제아무리 강력한 마공을 익히고 있는 마인이라 해도 천마검법에는 결코 대항할 수가 없는 것이었다.

"믿을 수 없소!"

남궁유한이 강하게 부정했다. 자신 또한 그런 전설을 어렴풋이 들은 적이 있으나 그것은 어디까지나 전설에 불과했다.

어찌 하나의 검법이 수만 가지 마공 모두의 상극이 될 수 있단 말인가?

강한 부정과 함께 군자검을 바로 세운 남궁유한이 또 한 번의 공격을 감행했다.

폭풍의 반월(半月).

군자검 끝에서 반월 모양의 폭풍이 형상화됐다.

폭풍의 창, 폭풍의 비, 폭풍의 반월 모두 일반적으로 말하는 검강이었다.

그러나 폭풍마검을 구사하는 남궁유한의 검강은 대개 이처럼 독특했다.

"또 한 번 막아보시오!"

그 소리와 함께 남궁유한은 폭풍의 반월을 비천신마 한평에게 강하게 뿌렸다.

세상 그 어떤 것이라도 단숨에 베어버릴 것 같은 예리함을 풍기며 날아간 폭풍의 반월.

그러나 그 엄청난 공격에도 비천신마 한평은 전혀 당황하지 않고 느긋하게 말했다.

"내 앞에서는 아무 소용이 없다. 너는 참으로 고집이 센 녀석인가 보구나."

그는 스승이 제자에게 훈계를 하는 어투로 그리 말하더니 십만마검을 가볍게 수평으로 휘둘렀다.

곧 허공에서 폭풍의 반월과 무색의 투명한 검강이 맞부딪쳤다.

아니, 정확히 말하면 투명한 검강이 움직이기 시작하자 무시무시한 기세로 날아가던 폭풍의 반월이 스스로 길을 비켜주는 것 같은 모양새였다.

가볍게 폭풍의 반월을 헤집고 나온 검강이 남궁유한을 향해 빠르게 쏘아져 왔다.

남궁유한은 그 공격에 적잖이 당황했으나, 곧바로 마음을 가다듬고 군자검을 강하게 휘둘렀다.

더할 나위 없이 밀도있게 응축된 검기가 흐르는 군자검이었다.

펑!

짧지만 강렬한 폭음이 다루 안에 울려 퍼졌다.

"윽!"

남궁유한이 짧은 신음성을 내질렀다.

그의 몸이 순간 휘청거렸다.

입가에서는 검붉은 한줄기 선혈이 주르륵 흘러내렸다.

온몸의 내력을 총동원해 간신히 쓰러지는 것만은 막았다. 그러나 단 일수의 교환만으로도 남궁유한의 장기는 완전히 진탕된 상태였다.

"믿을 수 없다……."

남궁유한은 현재의 상황을 절대 믿을 수 없다는 얼굴이었다.

자신은 철혈투마다. 자신이 익힌 것은 오대마검이었다.

자신은 마도시대를 살았고, 상대는 당대의 마교 교주라 하나 허약하기 그지없는 시대의 무인이다.

그런데 어찌 이렇게 일방적으로 밀릴 수 있단 말인가?

그런 남궁유한을 바라보며 비천신마 한평이 터벅터벅 걸어오며 말했다.

"그 어떤 초식도, 형(形)도, 투로도, 임기응변도 통하지 않는다. 천마검법은 바로 내공을 파괴하는 검! 십만대산의 모든 마공의 근원은 천마심공에 있다. 그러니 천마심공을 파괴하는 천마검법이야말로 모든 마공의 상극이니라."

천마검법 또한 천마심공에서 기원하고 있으나, 천마심공을 파괴할 수 있는 유일한 방법이 또한 천마검법이었다.

남궁유한이 익히고 있는 오대마검도 천마심공에 기초한 심법을 통해 운용되는 것.

그 심공을 파괴할 수 있는 천마검법 앞에서는 그야말로 무기력할 수밖에 없었다.

"세상 사람들은 불문의 신공이나 도가의 신선술이 십만대산의 상극이라 생각하지. 하나 마공의 상극은 바로 마공이니라."

그는 그렇게 말하며 남궁유한에게 더욱 다가왔다.

남궁유한 역시 입술을 앙다물며 소리쳤다.

"설사 그렇다 해도 넋 놓고 죽어줄 생각은 없소! 나 남궁유한, 가진바 모든 힘을 다해 마지막까지 싸울 것이오!"

남궁유한이 그렇게 외친 후 군자검을 또다시 바로 세웠다.

오대마검 중 이번에는 태양마검을 구사하려 했다.

하늘 아래 태양이 비추지 않는 땅은 없다.

구름이 태양을 가린다 해도 태양은 언제나 묵묵히 대지를 내리쬐고 있다.

그저 태양 빛이 강하고 약하고 차이만 있을 뿐이었다.

태양마검을 운용함에 따라 군자검이 서서히 달궈지더니 이내 시뻘겋게 타오르기 시작했다.

또한, 눈을 뜨고는 도저히 바라보기 힘든 찬란한 광채가 온 다루 안을 휘감기 시작했다.

군자검은 강철로 된 한 자루 검이 아니라, 이미 작은 태양이었다.

"쯧쯧! 검 하나 휘두르는 데 무어 그리 많은 힘을 쏟아 부을까. 그저 한 호흡의 힘이면 족한 것을⋯⋯."

비천신마 한평은 혀를 찼다. 그러더니 다루 안을 지배하고 있는 모든 열기와 빛의 근원이 되는 군자검을 향해 십만마검의 검끝을 향했다.

그러자 당장에라도 세상 전체를 불태울 것처럼 타오르던 불꽃이 서서히 사그라지기 시작했다.

사그라지는 불꽃을 다시 살리기 위해 남궁유한이 과도할 정도로 내력을 운용했으나 모조리 헛수고였다.

얼마 후, 태양마검의 핵이 되는 부분까지 불꽃이 사그라지더니 완전히 발화가 끊기고 말았다.

"⋯⋯!"

이렇게까지 되자 남궁유한은 이제는 믿지 않을래야 않을 수가 없었다.

마도시대 고금제일신마인 교주와 싸울 때도 이런 상황은

겪은 적이 없었다.

자신의 오대마검은 비천신마 한평의 천마검법 아래서는 마치 고양이 앞의 쥐 꼴이었다.

철저하게 무기력했다.

"사실이었나⋯⋯?"

천마검법은 모든 마공에 있어 절대 상극이었던 것이다.

무기력함은 곧 투지에도 크게 영향을 미친다.

그토록 믿었던 폭풍마검도, 태양마검도 아무런 힘을 쓰지 못했다.

밤이 아니니 유성비검이나 월광요검을 쓸 수도 없으며, 뇌성벽력이 휘몰아치는 때가 아니니 오대마검 중 최강인 벽력우뢰검을 사용할 수도 없었다.

그렇다고 이토록 무기력하게 패할 수도 없었다.

패배는 곧 죽음.

마공을 쓸 수 없다면 남은 것은 이제 하나.

이 시대에 와서 익힌 백화예검뿐이었다.

남궁유한의 군자검에서 화향(花香)이 물씬 풍겨 나오기 시작했다.

자세가 바뀐 남궁유한을 바라보더니 비천신마 한평이 웃었다.

"조금은 이해했나 보군. 나를 상대하기 위해서는 마공으로는 어림도 없음을. 백화예검은 강한 검법이기는 하다. 그러나 그것은 극성에 이르렀을 때나 그러한 것. 그 정도 수준의 백화예검으로는 아직 멀었다."

비천신마 한평이 십만마검의 검첨을 남궁유한의 미간 사이로 향했다.

"천마검법은 마공을 지배하는 마공임과 동시에 고금십대검법의 수좌에 있는 검이다. 예검 또한 강하다 하나 천마검의 아래에 있을 터. 또한, 나는 천마검을 대성했으나 그대는 그러하지 못했으니 더 말해 무엇 할까."

비천신마 한평은 기수식 하나만으로 다루 전체를 장악하고 있는 것만 같은 엄청난 기세를 뿜어냈다.

"천마검법은 삼 초로 이뤄져 있어 천마삼검이라고도 칭해지지. 이것이 천마삼검의 일초 '섬(閃)'이다."

쉬익!

그저 소리 하나가 들리고, 빛이 한번 번쩍 했을 뿐이었다.

그러나 남궁유한이 그 소리를 들었다고 느꼈을 때, 이미 십만마검은 남궁유한의 상체를 베어버리고 난 후였다.

"섬은 소리보다 빠른 것. 섬의 빠르기는 이미 소리의 속도를 극복했으며, 극한에 달하면 그 빠르기로 인해 아예 검신이 사라져 버린다."

한평은 가슴이 크게 베여 핏물을 뚝뚝 떨어뜨리고 있는 남궁유한을 바라봤다.

"천마삼검의 두 번째 초식은 '변(變)'이다. 찰나에 삼백육십 개의 변화를 일으킨다. 그 변화가 워낙에 다양해 세상 누구라도 그 변화를 파악하지 못한다. 검은 수없이 변하고 있으나, 고작 하나의 검으로나 보일 뿐이다!"

쉬시시시시시식! 쉬시시시시시식!

일초 섬의 빠르기로 인해 소리밖에 들리지 않았다.

또한, 이초 변의 천변만화하는 변화로 인해 남궁유한의 눈에도 삼백육십 번의 변화 중 고작 백 번도 되지 않는 변화만이 보였을 정도였다.

상대가 소리를 들었다 여긴 순간 그는 이미 죽어 있으며, 보았다 생각한 것은 오로지 환상에 불과했다.

이제 마지막 삼초가 남아 있었다.

"천마삼검의 오의는 곧 패(覇). 그 패는 곧 천마삼검의 마지막이니 이를 일컬어 '파(破)'라 칭한다."

거력, 말로는 도저히 형용할 수 없는 거력이 밀려들었다.

그 파괴력이 어찌나 강했는지 시공간을 일그러뜨리는 것만 같았다. 아니, 시공을 절단하는 것만 같은 느낌이었다.

남궁유한 또한 고금십대검법의 하나로 세상에서 가장 아름답고 화려한 검이라는 백화예검을 펼쳐 상대하려 했다.

그러나 공간을 일그러뜨리고, 시간을 절단하며 들어오는 것만 같은 천마삼검의 세 번째 초식 파를 어찌 인간의 힘으로 막을 수 있었겠는가?

사사삭!

남궁유한이 들고 있던 군자검의 검신은 박살나는 것으로도 모자라 순간 먼지로 화해 버렸다.

펑!

그와 동시에 파의 충격파에 휩쓸린 남궁유한이 실 끊어진 연처럼 허공을 날았다.

천마삼검의 파에 일격을 당한 남궁유한은 다루 이층의 창문을 뚫고 지상으로 추락해 버렸다.

"윽!"

남궁유한에게 순간 온몸의 뼈가 박살이 난 듯 극심한 고통이 밀어닥쳐 왔다.

휘이익!

비천신마 한평이 예비 동작도 전혀 없이 서 있는 자세 그대로 하늘을 날아왔다.

준비 동작도, 구르는 동작 없이 펼치는 무탄력 경공술.

강호에서 가장 펼치기 어려운 경공이었다.

"무적군림보(無敵君臨步)라는 것이다. 마음이 가는 대로 몸이 움직이며, 대성하면 축지법처럼 공간을 뛰어넘게 될 정도다."

한평이 무적군림보를 펼치며 어떻게든 몸을 일으켜 보려 노력하고 있는 남궁유한을 향해 날아왔다.

그는 그러더니 다짜고짜 일장을 날렸다.

태산을 쪼갤 듯한 그런 강맹한 위력이 담긴 장은 아니었다.

오히려 무당의 십단금처럼 부드러움을 위주로 한 내가중 수법에 가까운 것이었다.

그러나 그 일장에 격중당한 남궁유한은 영혼이 뒤흔들리는 것과 같은 충격을 받아야 했다.

뼛속 깊숙이 극한의 고통이 새겨지는 것은 물론이고 난생 처음 공포라는 감정까지 맛보아야 했다.

"무공은 대개 인간의 육체를 파괴한다. 그러나 이것은 인간의 영혼을 파괴하며, 투지를 짓밟아 버리지. 십만대산에서는 이를 파혼장(破魂掌)이라 부른다."

그는 지상에 착지하더니 일수를 날렸다.

수도(手刀)처럼 보인 그 한 수는 놀랍게도 남궁유한의 몸을 투명한 유령의 손처럼 스르륵 지나갔다.

수도가 몸을 투과하듯 지나가자 남궁유한은 순간 엄청난 비명을 내질렀다.

"으아아악!"

투명한 유령의 손처럼 보였던 비천신마 한평의 손 위에는 어느새 핏물이 묻어 있는 내장 조각과 허연 뼈 일부가 들려 있었다.

"네 녀석의 내장과 뼈다. 이것은 유령수(幽靈手)라는 것으로 상대의 겉가죽을 찢지 않아도 상대의 심장마저 빼올 수 있는 무공이다."

압도적인 강함, 도저히 극복할 수 없는 절망의 벽이었다.

백 년 동안의 정마대전을 거치며 신무학까지 창조된 시대를 살았던 남궁유한의 눈에도 비천신마 한평은 경이적으로 보였다.

순간 남궁유한의 뇌리를 스치는 생각 하나가 있었다.

'초월자(超越者). 비천신마 한평 역시 고금제일신마 교주처럼 초월자다.'

남궁유한의 몸이 바르르 떨렸다.

백두문이 있는 태왕촌에서 운사에게서 처음 들었던 존재.

"세상에는 초월자들이 존재한다. 그들은 하늘에 오르지는 못했으나, 지상에도 머물 수 없는 자들이지. 용의 힘과 지혜를 지녔으나 승천하지 못한 이무기들처럼."

백두문 운사가 말했다.

"마도시대를 연 그 교주 또한 초월자이며, 나 역시 초월자다. 존재가 알려지지 않았으나 하늘 아래 초월자들은 상당수 존재한다. 초월자들 중 일부는 세상의 균형을 파괴하고자 하며, 반대로 일부는 그 균형을 유지하기 위해 노력하고 있지."

또 한마디를 떠올렸다.

"하지만 초월자라 하나 조문(약점)은 있지. 그들은 승천한 용이 아니라 이무기들에 불과하니."

'이자에게 조문은 어디인가……?'

끝없이 공격당하면서도 눈빛이 살아 있는 남궁유한을 바라보며 한평이 미소를 지었다.

"무언가 알고 있는 것 같은 분위기군. 백두문을 찾아갔다 했던가? 그럼, 대적자에 대해서도 알고 있겠군."

'대적자……'

천지는 음양으로 이뤄져 있다. 음이 있으면 양이 있듯, 초월자에게도 숙적이 존재하기 마련이다.

그 숙적이 바로 대적자다.

"내가 왜 이곳까지 내려왔겠는가? 내 대적자가 바로 그대이기 때문이다. 대적자를 죽이는 순간 초월자에게는 마지막 남은 조문마저도 사라지게 되지."

비천신마 한평이 눈빛을 폭사시켰다.

"초월자는 대적자를 제거함으로써 완전해진다."

그가 하늘을 향해 폭마후를 터뜨렸다.

폭마후가 터지자 주변의 공기가 완전히 뒤틀리고 말았다.

성도 중심가 다루 근처에서 강호인들끼리 크게 싸움이 난 것으로 알고 몰려들었던 일반인들이 그 폭마후 한번에 모두 정신을 잃고 말았다.

곧 비천신마 한평의 손가락이 바닥에 쓰러져 있는 남궁유한을 향했다.

한평의 손이 순간 핏빛으로 물들더니 검지 끝에서 지풍이 발출됐다.

슉! 슉! 슉! 슉! 슉!

그 지풍은 임맥과 독맥이 포함된 기경팔맥상의 요혈들을 끝없이 관통했다.

"이것은 천마지(天魔指)라는 것이다."

고통이 남궁유한의 육신에 한 올, 한 올 선명하게 아로새겨졌다. 또한 공포가 전신을 한 땀, 한 땀 뜨고 있는 것만 같았다.

온몸이 타오르는 것 같은 고통에 시달리고 있었다.

그런데 묘하게도 고통이 밀려오면 올수록 남궁유한의 정신은 도리어 또렷해지기만 했다.

마도시대 고문법에도 통달한 그였으나 이런 고통은 난생처음이었다.

고통은 극심한데 정신은 갈수록 또렷해지니 지금 이 순간 살아 있는 것이 죽는 것보다 못했다.

그러나 남궁유한은 그 와중에도 마지막까지 의식의 끈을 놓지 않으려 했다.

처음부터 지금까지 일방적으로 압도당하기만 했으나 그에게는 필살기 하나가 남아 있었다.

'거리만 주어지면, 그가 내 가까이 다가오기만 하면……'

마도시대 고금제일신마 교주마저도 그에게 맥문을 잡히면 절대로 빠져나가지 못한다.

비천신마 한평 또한 초월자이며, 시대를 초월할 정도의 강함을 갖고 있기는 했으나 그가 고금제일신마 교주를 능가한다고까지 볼 수는 없었다.

남궁유한은 극한의 고통 속에서도 비천신마 한평의 맥문을 잡고자 했다.

단 한 번의 흡성대법으로 그의 모든 것을 빨아들일 기회를 노리고 있었다.

'기억하자, 기억하자. 그의 수법을.'

남궁유한이 극심한 고통 속에서 비천신마 한평이 구사했던 천마심공부터 천마삼검, 파혼장, 유령수, 그리고 천마지의 동작 하나하나를 남김없이 기억했다.

또한, 처음부터 끝까지 뜨고 있던 '투안(透眼)'에 따라 파악하고 있던 상대 내력의 흐름을 떠올렸다.

자신이 단 한 수를 펼칠 때, 상대가 어떤 방식으로 대처하더라도 성공시키기 위해 그것들을 분석하고 또 분석했다.

"역시나 쉽사리 죽지는 않는군. 마도시대의 무공 중에 혈도를 이동시키는 무공이 있음을 진즉에 알고 있긴 했으나……."

초월자인 비천신마 한평은 남궁유한이 이혈대법을 펼쳐

치명적인 요혈이 당하는 것을 피하고 있음을 눈치 채고 있었다.

그리고 그는 마도시대에 대해서도 알고 있었다. 또한, 남궁유한이 마도시대에서 왔음도 이미 인식하고 있었다.

한평은 치명적인 요혈이나 마혈, 사혈을 찔러 남궁유한의 숨통을 끊으려는 시도를 포기하고 미소를 지었다.

그는 십만마검을 들어 남궁유한의 심장을 향해 겨눴다.

잠깐의 틈도 주지 않고 한평의 십만마검이 위에서 아래로 내려쳐졌다.

그때였다.

죽음보다 더한 고통을 겪고 있던 남궁유한이 눈을 번쩍 떴다.

남궁유한의 손이 돌개바람처럼 회전하며 십만마검을 내려치고 있는 비천신마 한평의 손목을 향해 나아갔다.

사신의 공 중 주작투혼수의 한 수인 '선풍(旋風)의 식'이었다.

선풍의 식을 본 한평의 눈에 순간 당황감이 스쳐 지나갔다.

다 죽어가던 남궁유한이 그런 절초를 선보일 것이라 비천신마 한평 역시 예측하지는 못했음에 틀림없다.

이미 검을 회수하기도 늦은 상황. 검을 회수한다 해도 남궁유한이 펼친 선풍의 식을 막기도 쉽지 않다 판단했다.

'서로의 공격이 교차하는 상황. 그렇다면 내 공격을 먼저

성공시켜 상대의 공격을 스스로 좌절시킨다.'

그렇게 정확히 판단한 한평은 한 치의 망설임도 없이, 조금의 주저함도 없이 내려치던 십만마검을 더욱 강하게 내려쳤다.

푹!

십만마검이 남궁유한의 가슴을 찔렀다.

그와 동시에 남궁유한의 손이 비천신마 한평의 손목을 잡았다.

한평의 맥문을 잡은 남궁유한의 얼굴 구석으로 순간 미소가 스쳐 지나갔다.

그는 흡성대법상의 흡자결을 최대한의 속도로 발휘해 비천신마 한평의 내력을 빨아들이기 시작했다.

반면, 비천신마 한평은 십만마검의 검끝으로 남궁유한의 가슴 부위를 마구 후벼 팠다.

"훗!"

웃고 있었다.

비천신마 한평은 분명 웃고 있었다.

분명 흡성대법을 통해 그의 내력이 걷잡을 수 없을 정도로 빨려 나가고 있음에도 비천신마 한평은 전혀 개의치 않았다.

그가 천천히 입을 열었다.

"흡성대법 또한 잘 알고 있지. 힘껏 내력을 빨아들이게. 그러나 나의 단전은 내 육체 안에 있는 것이 아니라 천지간에 존재하는 것이네. 그러니 내 내력은 무한이라 할 수 있지. 천지 사이, 티끌만 한 크기도 되지 않는 한 인간의 단전이 제아무리 크다 한들 천지 기운의 극히 일부라도 받아들일 수 있겠나? 자네가 계속 내 내력을 빨아들이다가는 자네의 단전이 폭발하고 말 것이야."

받아들일 수 없을 정도의 어마어마한 내력의 양.

남궁유한은 그 소리에 순간 절망했지만 그렇다고 여기서 중단할 수도 없었다.

이미 십만마검이 그의 가슴을 헤집고 있었으며, 더 이상 무언가를 도모할 방법도 남아 있지 않았기에.

끊임없이 해일처럼 몸 안으로 들어오는 내력.

어쩌면 인간으로 태어나 이처럼 어마어마한 양의 내력을 단 한순간이라도 보유했던 인간은 없었을 것이다.

그러나 그것은 극히 짧은 순간일 것이다.

남궁유한은 어마어마한 양의 내력을 해소시키고, 밖으로 분출시키고자 노력했다. 내력을 끊임없이 대주천, 소주천시키며 갖은 방법을 다 동원했다.

그러나 들어오는 양이 밖으로 나가는 양보다 몇백 배는 더욱 많은 상황.

가슴을 파헤치는 십만마검이 주는 고통보다 폭발 직전의 내력이 온몸을 헤집고 다니는 고통이 더욱 극심했다.

"이제 그만 끝낼까?"

비천신마 한평이 자유로운 손으로 남궁유한의 정수리를 향해 일장을 내려쳤다.

정수리에 있는 것은 요혈 중의 요혈이며 임맥과 독맥이 교차하는 백회혈이었다.

백회혈에 일장을 허용하고서는 세상 그 누구도 살아남질 못한다.

남궁유한의 몸이 축 늘어졌다.

그런 남궁유한을 보며 비천신마 한평은 묘한 미소를 지었다.

"…이제부터 시작인가?"

아래에 축 늘어져 있는 남궁유한을 보며 그렇게 한마디를 던졌다.

펑! 펑! 펑!

사천성 성도의 하늘 위로 삼색효시탄이 터졌다.

그것을 발견하자마자 사천당가 만수당주 당선유의 가슴이 철렁 내려앉았다.

"삼색효시탄……."

남궁유한 가주에게 건넸던 그 삼색효시탄이었다.

남궁유한 가주는 자존심이 극히 강한 사람. 그런 사람이 삼색효시탄을 터뜨렸다 함은…….

"만수당 전원 출동 준비를 해라! 아니, 만수당은 물론 천수당까지 동원한다! 서둘러라!"

당선유는 급하게 명령을 내린 후 자신도 몸통에 보호갑을 착용했다.

그의 눈에는 비장한 결의가 자리하고 있었다.

탁! 탁! 탁!

당가가 자랑하는 암기와 채찍, 활, 그리고 한 방울로 황소의 뼈까지 녹여 버릴 수 있는 극독까지.

만수당 전원이 과도하다 싶을 정도로 완전무장을 한 채 집결해 있었다.

"성도 땅에서 남궁가주가 해를 입어서는 절대 안 된다. 더욱이 십만마교 무리가 성도 땅에 들어와 있는 이상에는."

그는 만수당 무인 하나에게 명했다.

"종가의 가주님께 이 사실을 알리고 곧바로 천라지망을 구성해 달라 청을 올려라."

"존명!"

명령을 받은 만수당 무인이 곧장 종가로 달려갔다.

당선유는 만수당이 자리한 전각 밖으로 나와 이미 준비돼 있는 말들을 바라봤다.

곧 비상 호출령을 받은 만수당 무인들이 추가로 당선유 앞으로 몰려들기 시작했다.

당선유는 짧게 말했다.

"남궁유한 가주에게 건넸던 삼색효시탄이 터졌다."

꿀꺽.

그 의미가 무엇임을 짐작한 만수당 무인들이 마른침을 꿀꺽 삼켰다.

"시간이 없다. 우리 만수당 전체가 죽게 되더라도 남궁가주는 살려야 한다. 자, 가자!"

"존명!"

가장 먼저 집결한 만수당 무인 일백이 일제히 말에 올라타 삼색효시탄이 터진 지역을 향해 질주하기 시작했다.

"비켜라! 비켜라!"

뿌연 흙먼지를 일으키며 성도 대로를 질주하는 만수당 무인들을 보자 성도 주민들은 알아서 길을 비켰다.

사천당가, 그리고 다른 곳도 아닌 만수당이 평소와는 달리 저리 급히 달려갈 때에는 사단이 나도 큰 사단이 났다는 것을 성도 주민들은 익히 추측할 수 있었다.

"대체 무슨 일이지?"

주민들은 여기저기서 쑥덕거리며 만수당 무인들이 향하고 있는 다루 쪽을 바라봤다.

쿵!

"뭐라? 남궁가주에게 건넸던 삼색효시탄이 터졌다고?"

사천당가주 당소유가 놀람과 함께 분노를 토해냈다.

"이는 너무도 중대한 일이다! 수호 가문의 네 가주들은 들으라!"

"명하십시오!"

"지금 당장 각 가문에는 최소한의 수비 전력만 남기고, 모든 무인들을 차출해라!"

"존명!"

당소유가 단호하게 명했다.

"남궁가주에 대한 각자의 생각은 다르겠으나 이 일에 있어서는 절대 왈가왈부하지 마라! 당가의 모든 것을 투입해서라도 그를 구한다!"

"명 받들겠습니다!"

네 수호 가문의 가주들이 그 명을 행하러 곧장 자신들의 수호 가문으로 향했다.

"외당주, 지금 당장 선발대로 가지 못하고 대기 중인 만수당은 물론이고 천수당, 백수당, 십수당까지 모조리 끌고 출진해라!"

당소유는 외당주이자 가주인 자신의 친동생인 당호유에게 그리 명했다.

"알겠습니다."

"나는 독왕 백부님께 청해 장로원을 움직여 보도록 하겠다."

당가주 당소유의 뇌리에 불길한 생각이 떠나질 않았다.

'십만대산의 무리들이 성도에 있는 상황이다. 남궁가주가 어떤 사람인가? 절세의 무공을 갖추고, 그 자존심 또한 한없이 강한 인물이다. 그런 그가 효시탄을 쏘아 올렸다면 보통의 적은 아닐 것이다. 결국 십만마교의 무리들이 남궁가주를 노리고 있다고밖에 생각할 수 없음이다.'

십만마교라면 당가 전체가 물불을 가리지 않고 싸워야 하는 불구대천지수다.

장로원으로 향하기 위해 자리에서 일어선 당소유가 재차 다짐했다.

"이놈들! 또다시 우리 당가에 굴욕을 안겨준다면 죽음을 불사하고서라도 당가인 전체가 십만대산에 오를 것이다!"

남궁가주가 성도 땅에서 죽음을 당하기라도 한다면 이는 당가계의 굴욕보다 몇 배는 더한 굴욕으로 다가올 것이다.

"절대 그리 만들지는 않을 것이다!"

당소유는 끝없이 다짐하며 백부인 독왕 당천기와 전대 장로들이 거하고 있는 장로원으로 향했다.

"준비하라!"

만수당주 당선유의 명을 받은 만수당 선발대가 긴장하기 시작했다.

그가 신호를 보내자 손에 녹피장갑을 끼고 있는 소수의 만수당 무인들이 가죽 주머니에서 작은 환(丸) 모양의 물건을 꺼내 들었다.

휘익!

당선유가 들었던 손을 아래로 내리자 환 모양의 물건을 들고 있던 만수당 무인들이 일제히 그것을 다루 안으로 던졌다.

그리고 잠시 후.

"이 시간이면 성난 황소라 해도 마비산의 독성을 이겨내지 못할 터. 진입한다!"

한정된 공간 안에 살아 있는 생명의 신경을 잠시 동안 마비시키는 효능을 가진 것이 마비산이다.

그런 마비산을 먼저 투척한 후 당선유가 가장 먼저 다루 안으로 들어갔다.

안에서 공격해 들어오는 이가 있다면 손속에 인정을 두지 않고 당가비전의 독으로 모조리 녹여 버릴 생각이었던 당선유.

그의 눈에 마치 깊은 잠에 빠져든 것만 같은 다루 손님들의 모습이 보였다.

예전 같으면 평범한 사람들의 상세에도 신경을 썼을 것이나, 지금 당장은 그것이 중한 일이 아니었다.

당선유가 조심스럽게 더 깊숙이 들어갔다.

곧 당선유의 눈에 일부분이 폐허가 된 다루 이층의 광경이 들어오기 시작했다.

남궁가주와 함께 당가를 방문했던 폭풍대 사람들이 의식을 잃은 채 쓰러져 있었다.

당선유는 조심스럽게 휘하의 만수당 무인들에게 폭풍대의 상세를 살피도록 명했다.

얼마 후, 보고가 올라왔다.

"모두 숨을 쉬고 있습니다."

그 보고에 당선유는 일단 안도의 한숨을 내쉬었다.

"되었다. 적어도 숨만 붙어 있다면 우리 당가의 의원들이 어떻게든 살려낼 터, 그들을 안전한 곳으로 후송해라."

"알겠습니다."

당선유는 그렇게 조치한 후 크게 파손돼 있는 이층 창가 쪽으로 향했다.

잔뜩 긴장한 채로 한 발, 한 발 걸어가 창가 바로 앞에 당도했다.

그는 창밖에서 혹시 암습이 있을지 몰라 극도로 경계하면서 고개를 내밀었다.

그러자 충격적인 광경이 눈에 들어왔다.

"남궁가주~!"

남궁유한 가주가 등만 보이고 서 있는 한 노인의 발아래 축 늘어져 쓰러져 있었다.

남궁유한 가주의 상체는 온통 피투성이였으며, 찢어진 옷 사이로 드러난 맨살은 차마 눈 뜨고 보기 힘들 정도였다.

살이 완전히 갈라져 그 사이로 허연 뼈와 함께 피에 잠긴 내장들이 훤히 보일 지경이었다.

그때, 도저히 살아 있다고 생각할 수 없을 정도로 처참한 몰골을 하고 있는 남궁유한을 발아래에 깔고 있는 노인이 천천히 고개를 돌렸다.

고개를 돌린 노인과 눈이 마주쳤을 때 당선유는 순간 심장이 덜컥 멈추는 것 같았다.

엄청난 충격과 공포가 들이닥쳤고, 곧이어 맹렬한 복수심이 불타오르기 시작했다.

"비천신마!"

절대 모를 수가 없는 얼굴이었다.

당가인 전체가 어린 시절부터 수천 번 이상 초상화를 통해 보아온 인물이었다. 이제는 눈을 감고도 그의 얼굴의 세세한 부분까지 모조리 그려낼 수 있을 정도였으니.

"죽인다!"

비천신마라는 이름이 주는 공포를 능가하는 복수심에 불타는 당선유가 막 지상으로 몸을 날리려던 때였다.

쉬익!

그런 그를 향해 빛보다 빠른 검 한 자루가 날아와 이미 목을 겨누고 있었다.

"물러나라!"

순간 공간을 가르고 날아온 빠르기도 경이적이었다. 또한, 검에서 풍기는 기세 또한 감히 저항조차 할 수 없을 만큼의 거대한 것이었다.

"……."

당선유가 이글거리는 눈빛으로 그 검의 주인을 바라봤다.

그는 알지 못했지만 그 검의 주인은 바로 무림사왕 중 수좌로 꼽히는 검왕 곽연이었다.

당선유뿐 아니라 무림사왕의 일인이라 할지라도 불시에 날아온 그 한 자루 검에 감히 대적할 수는 없었을 것.

"으……."

상대의 검이 자신의 목을 겨누고 있는 상황에서 당선유는 그저 짧은 신음성만 내뱉을 뿐이었다.

아무것도 할 수 없다는 무기력함과 분노로 치를 떨면서.

"당가는 아직 멀었구나."

검왕 곽연이 짤막하게 한마디를 내뱉었다.

"너는 누구냐?"

"너 정도는 내 이름을 물을 자격조차 없다."

"나는 오늘 이 자리에서 죽겠지만 당가는 절대 잊지 않을 것이다! 내 복수는 반드시 당가인들이 해줄 것이다!"

당선유는 이를 갈며 피를 토하듯 소리쳤다.

"모를 일이지. 네가 오늘 이 자리에서 죽게 될지, 그렇지 않을지. 내 검은 내 의지가 아니라 단지 저분의 의지로 움직이는 것이기에."

검왕 곽연이 말과 함께 지상에 서 있는 비천신마 한평에게 당선유를 어찌 처리할지를 묻는 눈빛을 보냈다.

당가를 상징하는 녹의에다 손에는 녹피장갑까지 끼고 있는 당선유를 보며 비천신마 한평이 말했다.

"당가의 자손인가 보군."

그는 남궁유한의 가슴을 헤집을 때 십만마검에 묻었던 피를 내력의 힘으로 깨끗이 증발시켰다.

"저런 아이 하나 더 죽인들 무엇 할까?"

그 말의 의미를 곽연이 바로 이해했다.

"뜻이 그러시다면."

검왕 곽연이 곧바로 당선유의 목을 겨누고 있던 검을 내렸다.

당가인에게 결코 지척 거리를 허용하지 말라는 강호의 격언이 있다.

거리를 잡히면 신의 경지에 달한 당가의 암기술과 독에 자신이 죽는지도 모르는 사이에 죽임을 당하는 것을 경계하라는 의미였다.

그런데 평범한 당가인도 아니고 만수당주 당선유를 코앞에 두고도 검왕 곽연은 검을 검집에 꽂아 넣고 있었다.

'너는 실수했다.'

당선유는 속으로 그리 생각하며 녹피장갑을 낀 손과 소매 사이에 만들어놓은 교묘한 공간의 장치를 작동시키려 했다.

손가락 하나만 움직이면 치명적인 극독이 발라진 암기들이 사방을 뒤덮으며 쏟아질 것이다.

그렇게만 되면 상대를 황천길로 보내도 수백 번은 보낼 수 있을 터.

그런데 기이하게도 당최 당선유의 손가락이 움직이질 않는 것이었다.

'손가락만 움직이면, 손가락만 움직이면……'

당선유는 속으로 몇 번이나 그렇게 절규했으나 끝내 손가락이 움직이질 않았다.

검왕 곽연은 너무나 필사적인 나머지 굳게 앙다물고 있는 입술에 피가 흐르는 당선유를 보며 웃었다.

그의 눈은 진즉부터 당선유의 소매 부분을 노려보고 있었다.

지근거리에서 뿜어낸 그의 기세만으로도 당선유는 손가락 하나 까딱할 수 없었던 것이다.

"아이야, 헛수고 그만 해라. 독왕이라는 네 백부가 와도 나에게는 상대가 되지 않을 것이니."

검왕 곽연은 자신만만했다.

그리고 그것은 엄연한 사실이었다. 같은 무림사왕이나 독왕은 검왕의 아래였으니.

"개소리 집어치워라!"

"훗!"

검왕 곽연은 그렇게 한번 비웃었다.

그사이 지상에 있던 비천신마 한평이 다시 이층으로 올라

왔다.

직전에 보여줬던 무탄력 경공술, 무적군림보의 놀라운 경공술이었다.

가문의 원수이기는 하나 직접 무적군림보를 목격하고 보니 당선유는 입을 쩌억 벌리며 놀랄 수밖에 없었다.

'저자는 상상을 초월할 정도로 대단하구나.'

원한은 원한, 놀람은 놀람이었다.

십만대산의 주인은 언제나 그 시대의 최강자였다.

간접적으로 들었을 때는 그저 멀게만 느껴졌던 강함이었다. 그러나 직접 이렇듯 목격하고 보니 당선유는 그 강함에 전의마저 상실할 정도였다.

비천신마 한평은 당선유를 보며 네가 지금 무슨 생각을 하고 있는지 다 알고 있다는 듯한 미소를 지으며 말했다.

"검노, 볼일을 다 보았으니 이만 돌아갈 것이다."

"알겠습니다."

당선유는 또 한 번 놀랐다.

비천신마 한평은 자신의 백부마저 아래로 보는 절대검객을 마치 종 부리듯 하고 있으니 그럴 수밖에 없었다.

검왕 곽연은 그런 당선유를 바라봤다.

"당가의 애송이, 오늘 운이 좋았구나. 목숨을 부지하고 돌아갈 수 있게 되었으니."

검왕 곽연은 곧 그의 주인인 비천신마 한평 곁으로 향했다.

그때, 당선유는 한평의 어깨에 주목하기 시작했다.

핏물에 흠뻑 젖은 채로 호흡마저 끊긴 남궁유한의 시체가 그의 어깨에 걸쳐 있었다.

그에게서는 호흡도 없었고, 한 톨의 생기조차 느껴지질 않았다.

'죽었다. 남궁가주가 비천신마에 죽임을 당했다.'

당선유는 속으로 그리 생각하며 순간 절망적인 표정을 지었다.

비천신마 한평은 당선유를 바라보며 묘한 미소를 지었다.

"남궁세가의 가주라는 이자를 고루강시로 만들어 저것들 앞에 다시 선보이면 볼만하겠구나."

"……."

검왕 곽연은 말없이 고개를 숙였다.

그때였다.

당선유에 이어 다루 위층으로 올라온 만수당 무인들이 비천신마 한평과 검왕 곽연을 발견했다.

"당주님!"

마치 비천신마 한평과 검왕 곽연에게 둘러싸여 공격을 당하고 있는 것 같은 모양새인 당선유였다.

상황이 어찌 돌아가는지를 재빨리 판단한 만수당 무인들은 주저하지 않았다.

슈슈슈슈슈슉! 슈슈슈슈슈슉!

만수당 무인들이 허리춤에 차고 있는 가죽 주머니에 든 암기와 독을 사정없이 뿌려대기 시작했다.

순식간에 쏟아진 암기로 다루 이층이 단박에 짙은 어둠에 휩싸일 정도였다.

사천당가가 자랑하는 절기인 만천화우(滿天花雨)였다.

목표로 하는 지점을 향해 일제히 쏟아진 수백, 수천의 암기들.

"당가가 제법이로군. 그때에 비해 많은 발전이 있었나 보구나."

비천신마 한평마저 당가의 만천화우를 칭찬했다.

"그러나 아직은 멀었다."

비천신마 한평이 순간 호신강기를 일으켰다.

만천화우의 수법으로 쏘아진 엄청난 수의 암기들이 호신강기의 막과 그대로 맞부딪쳤다.

타타타타타탓! 타타타타타탓!

"……"

아주 가볍게 쳐진 호신강기의 막이 사방을 뒤덮으며 날아온 무수한 암기들을 아주 간단히 튕겨내고 말았다.

그 놀라운 신위에 당가 만수당 무인들은 할 말을 잃을 수밖에 없었다.

당가계의 굴욕 이후, 고련에 고련을 거듭해 왔다. 그 결과 그 당시보다 몇 단계는 더 발전했다고 굳게 믿고 있던 만수당 무인들이었다.

이제는 그 누구와 만나도 이길 수 있다는 자신감에 차 있던 상태였다.

그런데 그 공격이 이처럼 무기력하게 가로막히다니…….

'저치는 사람이 아니다. 우리는 끝내 저치를 극복할 수 없는가.'

만천화우가 막히는 것을 본 당선유는 크게 절망했다.

비천신마 한평의 모습이 전신을 사정없이 찍어 누르는 거인처럼만 느껴졌다. 또한, 자신들의 앞을 가로막고 서 있는 절망의 벽처럼 여겨졌다.

세상이 온통 빙글빙글 돌고 있는 것만 같은 어지러움증이 밀려오기 시작했다.

그사이 한평의 어깨에 있던 남궁유한을 검왕 곽연이 들쳐 업고 다루를 빠져나갔다.

비천신마 한평은 좌절하고 있는 당선유를 향해 말했다.

"너희 당가가 이 한 자루 검을 극복할 능력이 있으면 언제든 찾아오라. 너무나 시일이 지체돼 내가 가져간 당가의 현판이 썩어 바스라지기 전에 말이다."

슈욱!

당선유의 몸을 향해 한 자루 검이 날아왔다.

"우욱!"

그 검의 존재를 알아채고, 그 위력을 느끼기 시작하자 당선유는 입에서 피를 토했다. 또한, 그 힘을 도저히 감당하지 못하고 그 자리에서 털썩 주저앉을 수밖에 없었다.

한 자루의 검을 그저 느끼는 것만으로 몸 안의 장부가 모조리 진탕되며, 그는 심각한 내상을 입고 말았다.

"심검(心劍)……!"

그렇게 외치며 또다시 피를 토한 당선유.

그만이 그러한 것이 아니었다.

그 뒤에 서 있던 일백의 만수당 무인들 또한 동시에 심검의 절대적인 위력을 느끼며 자리에 털썩 주저앉고 말았다.

한 자루의 심검이었으되, 일백이 넘는 무인들을 단번에 제압해 버릴 정도인 전무후무한 경지의 절대심검.

"불가능하다! 불가능해!"

당선유가 하늘을 향해 절규하듯 소리쳤다.

비천신마 한평에게 복수하기 위해 그토록 노력해 왔다. 하지만 그의 진정한 힘을 느끼자마자 그것이 절대 불가능한 것임을 깨닫고 말았다.

허무함과 무기력감, 그리고 철저한 패배감이 당선유를 포함한 만수당 전체를 엄습해 왔다.

"이것이 대체 어찌 된 일이냐?"

뒤늦게 당가 무인들을 이끌고 다루에 도착한 당가주 당소유가 물었다.

그러나 반쯤 넋이 나간 것 같은 사촌 동생 당선유에게서는 아무런 답이 없었다.

"괜찮은 것이냐?"

당선유는 여전히 멍한 표정을 짓고 있었다.

"선유야, 남궁가주는 어디 있는 것이냐?"

당소유의 눈에 일수라와 초설, 아평과 아소, 그리고 기묘한 자세로 제압당해 있는 매타자는 보였다.

그런데 가장 중요한 남궁유한이 보이지 않는 것이었다.

무언가 불길함을 느낀 당소유가 급하게 주위를 둘러보며 당선유에게 재차 물었다.

"남궁가주는?"

당소유가 당선유의 몸을 크게 흔들었다.

그렇게 여러 차례 묻고 나서야 당선유가 겨우 정신을 차리고는 답을 했다.

"남궁가주는… 죽었습니다."

당소유는 순간 자신의 귀를 의심했다.

혹 잘못 들었나 싶어 떨리는 목소리로 다시 물었다.

"내가 제대로 들은 것이냐?"

초점을 잃은 눈을 한 당선유가 중얼거리는 듯한 어조로 답했다.

"비천신마 한평이 왔었습니다. 그가 남궁가주를 죽이고, 그의 시체마저 가지고 갔습니다."

당선유는 그 이름을 언급하는 것만으로도 뼛골까지 한기가 스며드는지 딱딱 소리가 날 정도로 이빨을 맞부딪치고 있었다.

"비, 비천신마 한평? 그, 그가 왔었다고? 그가 남궁가주를?"

그 말에 당소유 역시 순간 몸을 휘청거렸다.

당가의 가주라는 신분이나 그의 무공을 고려해 볼 때, 그가 이처럼 몸까지 휘청거리는 일은 좀처럼 있을 수 없는 일이었다.

그만큼 그가 받은 충격이 상상을 초월했다는 의미.

당소유는 비천신마 한평이 왔다는 사실과 함께 남궁가주가 죽었다는 얘기에 아랫입술을 질끈 깨물었다.

그의 입술에서 붉은 핏물이 주르륵 흘러내렸다.

"성도 전체에 천라지망을 펼쳐라! 우리가 남궁가주의 복수를 하지 못한다면 우리 당가는 당가계의 굴욕보다 더한 수치를 당하리라!"

당가주 당소유 좌우에서 시립하고 있던 네 수호 가문의 가주들이 일제히 답했다.

"존명!"

특히, 남궁세가와의 연수를 반대했던 벽력뇌가주 뇌상운과 주작시가주 유한상은 보다 적극적으로 움직였다.

아비들을 자결하게 만들었던 비천신마 한평의 등장에 치

를 떨었다. 또한, 남궁가주 역시 그에게 죽었다는 소리를 듣게 되자 분노가 극에 달했다.

가슴 한구석에는 동병상련의 정마저 느끼고 있었기에 그들은 진심으로 전력을 다하겠다고 마음먹고 있었다.

"비천신마 한평을 찾기 전에 우리 벽력뇌가와 주작시가의 모든 가솔들은 먹지도, 자지도, 쉬지도 않을 것입니다! 반드시 저희 두 가문이 그 원수 놈을 잡을 것입니다!"

뇌상운과 유한상이 분기탱천해 각자의 독문병기를 들고 맹렬히 뛰쳐나갔다.

남궁유한과 함께 사천당가를 방문했던 태상부인 당혜는 남궁유한이 마교 교주에게 죽임을 당했다는 소식을 들었다.

그녀는 외마디 비명을 지르며 쓰러져 정신을 잃고 말았다.

"아~!"

사천당가 전체가 초상집 분위기였다.

당가계의 굴욕 당시 느껴졌던 분노와 좌절감이 당가 전체를 휘감고 있었다.

또한, 이 소식은 빠르게 전 강호로 퍼져 나갔다.

"남궁유한 가주가 죽었다."

"남궁유한 가주를 죽인 것이 바로 비천신마 한평이라 한다."

"사천당가는 열흘째 성도 전체를 뒤지고 있다더라."

"사천당가가 이 굴욕을 씻기 위해 곧 십만대산에 오른다 한다."

그리고 헛소문도 퍼지기 시작했다.

"남궁세가가 이 일과 관련해 사천당가에 책임을 묻는다 하더라."

"이미 남궁세가 본대가 사천당가를 향해 출진했다."

"남궁세가와 연수한 하북팽가 역시 세가의 정예를 사천성으로 보내 크게 한판 벌일 생각이라 한다."

꼬리에 꼬리를 무는 소문 다음에는 모두가 공통적으로 소리치는 얘기 하나가 있었다.

"십만마교가 전 강호를 짓밟기 위해 곧 십만대산을 뛰쳐나올 것이다."

십만마교, 그 이름 하나만으로도 전 강호가 공포에 떨기 시작했다. 과거에도 마교가 한번 강호에 등장하면 강호는 죽음만이 지배하는 사지로 변했었기에.

남궁유한 가주의 죽음은 전 강호를 들끓게 만들고 있었다.

그리고 또 한곳, 호북성 무한의 제갈세가 역시 추진하고 있던 일에 더욱 박차를 가하게 만들었다.

제갈세가주 제갈현도는 하남성 낙양에서 끌고 온 초라한 몰골의 중년 부부를 심문하고 있었다.

"그래? 그 여인의 아들을 강소성 모산파의 도사 하나가 데려갔다고?"

잔뜩 겁에 질린 중년 부부가 그 물음에 연신 고개를 끄덕였다.

제갈현도는 그 얘기를 들은 후 수하를 시켜 그 부부를 밖으로 내보냈다.

그러고는 고개를 돌려 적의 노인을 바라봤다.

"그렇다고 하는군요."

적의 노인, 마도시대에서 넘어온 제갈영호가 비릿한 미소를 지었다.

"살아 있던 자의 흔적을 완전히 지울 수 있는 방법은 없겠지. 모산파라……."

장백문을 찾는 일에서 헛물을 켠 후 이를 갈아왔던 혈세신마 제갈영호였다. 그 이후 그는 남궁지화 당시 죽은 남궁선이 하남성 낙양에 남겨놓았다는 씨를 찾고 있었다.

'철혈투마를 고립시키는 가장 확실한 방법은 그가 가짜 남궁세가인임을 밝히는 것. 그것은 곧 그가 이제껏 구축해 놓은 남궁세가의 세력과 다른 세가와의 연수를 단번에 깨뜨리는 방책과 연결이 된다.'

강호에는 마교 교주인 비천신마 한평이 남궁유한을 죽였다고 온통 시끄러운 상황.

그러나 혈세신마 제갈영호는 그 소문을 믿지 않았다.

'마도시대를 온몸으로 뚫으며 생존했고, 고금제일신마인 교주의 검 아래서도 살아남았던 투마다. 당대의 교주라 하나

그를 죽였다고 믿을 수가 없다. 그는 분명 무언가 다른 일을 획책하고 있는 것이 틀림없다.'

제갈영호는 약간의 초조함을 느끼고 있었다.

처음 이 시대로 넘어왔을 때에는 이 허약한 시대의 강호 따위 금세 일통할 것으로 생각했었다.

그러나 의외의 난관에 봉착하고 있었다.

그 핵심에는 철혈투마 류한이 있었다.

또한, 천부경의 문을 막지 못해 그 문을 타고 마도시대에서 어떤 마인들이 넘어오게 될지 알 수 없는 상황이었다.

'만약 교주라도 넘어오게 되면 모든 것이 끝이다. 마선이 된 교주에게는 감히 저항할 수 없다.'

교주, 그 이름을 입에 올리는 것만으로도 등골이 다 오싹할 지경이다.

'그전에 십만대산에 올라 당대의 교주 비천신마 한평을 죽이고 천마검법을 수중에 넣어야 한다. 천마검법을 익히게 된다면 교주와도 한번 해볼 만할 것이다.'

십만대산을 지배하는 단 하나의 마공.

오직 교주에게만 허락된 그것.

십만마교에 존재하는 모든 무공의 극상성이되 십만 마인들을 굴복시키는 신공.

"천마검법, 반드시 그것을 얻을 것이다!"

혈세신마 제갈영호에게 가장 중요한 것은 바로 그것이었다.

그가 죽이고자 하는 두 사람 중 철혈투마 류한은 당연히 그리해야 할 것이다.

또 그가 십만대산에 오른다 했던 이유도, 당대의 마교 교주를 죽이고자 하는 것도 오직 그것을 얻기 위함이었다.

남궁유한의 죽음 이후 당장이라도 광풍이 휘몰아치고 피비린내로 진동할 것만 같던 강호는 의외로 조용했다.

전 강호를 향해 선전포고를 할 것 같던 십만마교가 그 이후 아무런 움직임도 보이지 않았다.

그에 따라 두려움과 공포에 떨며 촉각을 곤두세우고 있던 정파 역시 안도의 한숨을 내쉴 뿐이었다.

무림오대세가는 그러나 분주했다.

육 개월 후, 안휘성 합비의 남궁세가에서는 남궁유한의 부재 속에서 오룡제를 개최했다.

오룡제에서 하북팽가의 소가주 팽강은 정식으로 하북팽가의 가주가 됐다.

단목세가의 소가주 단목천 역시 아비 단목대풍의 뒤를 이어 단목세가주로 인정을 받았다.

이 과정에서 단목대풍의 암살 배후로 지목된 남궁세가와 적잖은 갈등이 있었다. 그러나 단목세가는 이전까지 책임을 물을 당사자로 남궁유한을 지목해 왔었다. 그런데 그 당사자가 죽고 없자 단목세가의 기세도 한풀 꺾일 수밖에 없었다.

더욱이 하북팽가가 적극 남궁세가의 편에 서자 단목세가
는 자신들의 가주와 관련된 진상 규명을 추후로 미룰 수밖에
없었다.

또다시 마교에 의해 굴욕을 당한 사천당가는 당장이라도
세가인 전원이 십만대산에 오르겠다는 투지를 불사르고 있었
다.

그러나 그것을 결심하는 것은 쉽지 않은 일이었다.

십만대산에 오른다 함은 당가 전체가 죽음을 각오해야 하
는 일이었기에…….

그리고 남궁세가.

"우리는 남궁유한 소가주님의 죽음을 인정하지 않는다!"

모든 남궁세가 식솔들은 그렇게 선언했다.

사천당가 만수당주 당선유와 만수당 무인들이 남궁유한의
죽음을 목격했다 말했다. 그러나 그 외에는 아무도 그 사실을
입증해 줄 사람이 없었다. 더욱이 시신조차 남아 있지 않았으
니 더더욱 그러했다.

남궁세가는 그런 이유로 결국 그 죽음을 인정하지 않았고,
남궁세가 소가주는 여전히 살아 있다고 강호에 공표했다.

그들은 소가주가 단지 오랜 휴가를 떠났을 뿐이라 여겼다.

총관인 철대선생이 그동안 세가의 모든 업무를 대행하며,
다시 돌아올 소가주의 귀환을 기다리겠다 말했다.

그사이 남궁세가 폭풍대로 알려진 수호검 진교, 검광 곽상

은 물론이고 이미 남궁쌍검으로 불리기 시작한 아평과 아소 형제의 명성은 갈수록 높아졌다.

확인되지 않은 소문이었으나 녹림왕을 만난 남궁쌍검 아평과 아소가 무림사왕 중 일인인 녹림왕을 굴복시켰다는 얘기까지 돌 정도였다.

또한, 강호의 대공적인 고루혈마와 그 일곱 제자를 한순간에 마흔여덟 자루의 비도를 날려 쓰러뜨린 초설은 강호제일비(江湖第一匕)로 그 명성을 날렸다.

그리고 매타자.

"남궁세가에 금강신(金剛神)이 있다. 그 어떤 신공절학으로도, 극악한 마공으로도 결코 그의 금강불괴신공을 깨뜨릴 수가 없다."

소가주 남궁유한을 죽인 마교에게 복수를 하기 위해 마교비밀 지부 여덟 개를 홀로 박살 낸 금강신 매타자의 명성은 이제 하늘을 찌를 것만 같았다.

금강신 매타자는 하오문 분사들의 도움을 받아 오늘도 여전히 마교의 비밀 지부를 방문하고 있었다.

마교인들에게 금강신 매타자는 곧 금강야차의 다른 이름이었으며, 대재앙이었다.

폭풍대의 마지막 한 사람인 복삼.

다른 폭풍대가 강호에서 엄청난 명성을 날리고 있음에도 그는 남궁세가 창천장원에 엉덩이를 딱 붙이고 앉아 움직일 생각을 하지 않았다.

"명성 따위 별 관심 없다. 명성이 높아지면 그것은 그만큼 명줄이 짧아지는 일. 나 잡놈 복삼은 안전한 곳에서 배부르고 등 따시면 그만이다. 클클클!"

잡놈은 잡놈이었다.

어쨌든 남궁유한 소가주의 실종 이후, 오히려 남궁세가의 명성은 더욱 높아져만 갔다.

그렇게 일 년이 넘게 흘러갔다.

영락 칠 년이 서서히 저물고 곧 모든 비극과 재앙의 시작이 됐던 정마대전이 발발하는 영락 팔 년이 다가오고 있었다.

第二章 영산표국

無敵世家

섬서성 장안.

천년고도라 불리며 여러 왕조의 수도였던 곳이다.

장안에는 중간 규모의 표국 하나가 있었다.

장안 토박이인 남우량이 세운 영산표국이 바로 그곳이었다.

"자자, 서둘러라. 이번 달 안에 화산에 도착해야 한다."

영산표국의 대표두인 장홍이 휘하 표사들과 쟁자수들을 연신 재촉하고 있었다.

그의 재촉이 효과가 있었는지 표행에 나설 준비가 금세 끝마쳐졌다.

표물을 실은 수레 옆으로 도열해 있는 표사들과 쟁자수들을 향해 대표두 장홍이 말했다.

"모두 알다시피, 요즘 녹림과 은하표국 사이가 극히 험악하다! 우리 영산표국은 그 일과 크게 상관은 없으나, 그래도 조심해서 나쁠 것은 없다! 모두들 목숨은 하나뿐이니 정신 바짝 차려라!"

"알겠습니다!"

열 명의 표사와 스무 명의 쟁자수 또한 잘 알고 있었다, 요즘 표행이 예전보다 몇 배는 위험해졌다는 사실을.

녹림칠십이채는 물론 장강수로십팔채까지 일통해 강호에서 왕의 칭호로까지 불리는 녹림왕.

검왕, 도왕, 독왕과 함께 무림사왕 중 하나로 불리는 신화적인 인물이 바로 녹림왕이었다.

그 녹림왕이 돌연 선언했다.

"은하표국의 깃발을 단 표물은 녹림칠십이채가 장악하고 있는 산길을 통과할 수 없다. 또한, 장강수로십팔채가 관할하는 장강의 물길 역시 지나갈 수 없다."

그동안 녹림도들은 산을 넘는 은하표국 표물에 적당한 통행세만 받으면 모두 통과시켜 줬었다. 그래서 중원제일인 은하표국의 표행길은 그보다 안전할 수 없었다.

그러나 그동안 밀월 관계였던 은하표국과 녹림도들의 사이가 이 선언 이후 근 일 년 사이에 극도로 험악해졌다.

녹림도들이 은하표국의 표물을 통째로 강탈하는 일이 빈번해졌다.

이에 맞서 은하표국 표사들은 물론이고, 표국을 소유하고 있는 단목세가의 무사들까지 투입돼 녹림도와 격전을 벌이곤 했다.

그 결과 한번의 분쟁으로 일백 이상이 죽어나가는 일도 심심찮게 생길 정도였다.

중원제일인 은하표국이 이처럼 분쟁에 얽혀 있으니 은하표국과 관련이 없는 영산표국이라 해도 표행길에 적잖이 긴장할 수밖에 없었다.

말에 탄 영산표국의 표사들이 곧 표국 정문을 나섰다.

그중 고참 표두인 조연당은 반년 전 표국의 표사로 입문한 젊은 표사에게 말했다.

"류 표사, 자네 화산에 가는 것은 처음이지?"

류 표사라고 불린 젊은 표사는 딱딱한 미소만 지을 뿐 가타부타 대답이 없었다.

"허~! 자네는 태어날 때부터 그리 말이 없었나? 반년 동안 자네에게 들어본 말이 채 열 마디도 되질 않으이."

고참 표두 조연당은 젊은 표사를 보며 혀를 찼다. 이렇게 말수가 적은 청년은 보다보다 처음 보기 때문이었다.

조연당이 고개를 돌렸다.

그의 눈에 참으로 볼품없어 보이는 노인 하나가 보였다.

회색 경장에 지팡이처럼 생긴 검 하나를 차고 있는 노인 역시 신입 표사였다.

'거참, 무릎팍 위에 손자들 앉혀놓고 재롱떠는 것이나 볼 나이에 무슨 표사 일을 하겠다고…….'

자세히 얘기를 하지 않으니 대체 무슨 사정이 있는지는 모른다. 그러나 저 노표사만 보면 괜히 안타까운 마음이 드는 조연당이었다.

'국주님과 예전부터 인연이 있었다 하니 신뢰할 수 있기는 하다. 하나 아무리 봐도 두 사람은 이런 일을 하기에는 어울리지 않는 인상들인데 말이야.'

조연당은 류 표사와 그저 곽 표사라고 불러달라 했던 젊은 이와 노인을 번갈아 바라보며 말했다.

"그래도 한 반년 같이 지냈으니 이름이라도 알려줄 만한데 여전히 그러니 참."

사정이야 어찌 됐든 같은 표국에서 생사고락을 같이하는 사이가 됐으니 함께 어울리고 싶었다. 그러나 두 표사는 그는 물론 그 누구에게도 쉽사리 다가오려 하지 않았다.

조연당이 한참 동안이나 뭐라 투덜거리든 표대는 장안을 떠나 관도를 타고 장안 동쪽에 있는 화산으로 향했다.

이번 표물의 행선지는 바로 구파일방 중 검의 명문으로 알려진 화산파였다. 표물은 화산파 제자들이 쓰게 될 검 삼백 자루였다.

화산파 문주나 장로들은 특별히 제작된 검을 쓰고 있다. 그러니 장안의 유명한 철방에서 제작된 이 검들은 이대나 삼대, 사대제자들이 쓰게 될 것이 분명했다.

평범한 철검은 아무리 비싸다 해도 은자 열 냥을 넘지 않으니 검 삼백 자루라 해도 은자 삼천 냥이 안 되는 표물.

아주 적은 양도 아니고 거액의 표물도 아닌 정확히 중간 규모의 표물을 운반하는 표행이었다.

그래도 이번 표행을 책임지고 있는 대표두 장홍은 크게 신경을 쓰고 있었다.

표물을 받을 대상이 바로 화산파였기 때문이다.

'이전까지는 화산파와 관련된 모든 표행은 은하표국 장안 지국에서 도맡아했었지. 하나 녹림과 은하표국 사이가 험악해지면서 은하표국의 신용이 크게 떨어진 상태. 그래서 우리에게 기회가 온 것이다.'

이번 기회를 잘 살려 화산파와 좋은 관계를 맺게 되면 앞으로 화산파로 가는 표물들을 영산표국이 독점할 수도 있을 터였다.

화산파는 검의 명문이기도 하지만 도가의 성지 중 한곳이다. 화산파의 보호를 받는 세력들이나 화산파의 가르침을 따르는 부호들과 백성들이 한 해에 화산파에 보내는 물건의 양은 상상을 초월한다.

'그 물량을 확보하게 되면 우리 영산표국도 대형표국으로

도약할 수 있을 것이다.'

화산파와 거래를 트게 돼 신용을 쌓으면 연쇄적으로 화산파와 직간접으로 연결된 다른 이들 또한 거래처로 확보할 수 있게 된다.

또한, 그 무엇보다도 화산파가 믿고 맡기는 표국이 된다는 상징적인 의미가 가장 컸다.

"잠시도 긴장의 끈을 놓지 마라! 이번 표행에 표국의 앞날이 걸려 있다 생각해라!"

대표두 장홍은 무슨 일이 있어도 이번 표행을 안전하게 끝내겠다는 의지를 몇 번이나 피력했다.

장홍의 명을 들은 이들 중에는 젊은 류 표사와 늙은 곽 표사 또한 포함돼 있었다.

다른 표사들이 대표두 장홍의 명에 우렁찬 목소리로 답한 반면, 이 두 사람은 끝까지 말이 없었다.

관도를 타고 화산으로 가는 표대는 사전에 알아둔 화림객잔까지 무사히 도착할 수 있었다.

대표두 장홍은 하루 종일 녹림도에 대한 걱정을 했다. 또, 경쟁 표국을 향해 더러운 암수도 불사하는 은하표국의 방해도 염려해야 했다. 그러나 오늘 하루는 다행히도 별일이 없었다.

그는 객잔에 들어서고 나서야 안도의 한숨을 내쉬었다.

"오늘 밤은 이곳 화림객잔에서 머문다. 쟁자수들은 말들을 쉬게 하고 먹이를 풍족히 주어라. 또한, 수레에 고장난 부분은 없는지 철저히 살펴야 할 것이다."

쟁자수들에게 일상적인 명을 내린 후 표사들을 바라봤다.

"밤에는 교대로 번을 설 것이다. 객잔에 있다 안심해서는 안 될 일이다."

그는 명을 내린 후 언제나처럼 말이 없는 두 표사를 바라보며 고개를 갸웃거렸다.

'일전의 경우만 봐도 실력은 있는 것 같으나 왠지 표사 일을 할 사람들로는 보이지 않는데……'

최근 장안에서 한중으로 가는 표행길에서 우연찮게 두 표사의 실력을 볼 수 있었다.

녹림도가 아닌 무지막지한 마적들이 표대를 습격했을 때였다. 워낙 날래고 포악한 마적들이었던지라 표사들이 제대로 대처를 하지 못하고 우왕좌왕하고 있을 때였다.

평소에는 별 존재감 없던 저 두 표사가 조용히 나섰다.

'대단했었지. 검광이 한번 번쩍 하고 나면 마적들 대여섯이 단번에 피를 토하며 죽어갔으니……'

저 두 표사가 아니었다면 자신도 지금 이 자리에 서 있지 못했을 것이다.

마적들을 처음 만났을 때 느꼈던 서늘함과 그 마적들을 간단히 격퇴해 버리는 두 표사를 보며 가졌던 경외심이 지금 이 순간 다시 한 번 교차하고 있었다.

"곽 표사, 별일은 없소?"

장홍은 그나마 대하기 편한 노인인 곽 표사에게 말을 걸었다.

그 말에 곽 표사는 웃는 듯 마는 듯한 표정 변화를 잠시 일으키더니 다시 평소의 무표정한 얼굴로 돌아가고 말았다.

"곽 표사도 참."

처음에는 자신의 말에 대꾸도 하지 않는 늙은 표사가 마음에 들지 않았다. 그러나 그것도 곧 적응이 되고 나니 자신 또한 그저 한번 헛웃음을 짓고는 넘어갈 수 있게 됐다.

"내 도움이 필요한 일이 생기면 언제든 말을 하게. 일전에 두 사람에게 내 생명의 빚을 진 적도 있으니."

전형적인 호한인 장홍이 그리 말하더니 곧 객잔 안의 방으로 들어갔다.

주변에서는 표사 몇이 하루의 피로를 풀며 가볍게 술잔을 나누기 시작했다. 또 몇몇은 대표두 장홍처럼 곧장 객실 안으로 들어가 잠깐 동안 눈을 붙이기도 했다.

젊은 류 표사와 늙은 곽 표사는 술잔을 나누지도, 객실 안으로 들어가지도 않았다.

두 사람은 객잔 뒤편에 있는 조용한 마당으로 향했다.

주변에 둘밖에 없음을 확인한 후, 곽 표사가 먼저 입을 열었다.

"이제 육 개월만 참게."

류 표사가 답했다.

"육 개월만 참으면 되오?"

"그분은 앞날을 보시네. 그분의 가슴에 보리무상장의 장인을 찍을 이는 분명……."

곽 표사는 뒷말을 아꼈다.

신중한 곽 표사를 보며 류 표사가 특유의 시큰둥한 어조로 말했다.

"나에게는 다른 방법도 없을뿐더러, 그 사실을 믿지 못한다 해도 내 힘으로는 그가 나에게 걸어놓은 금제를 벗어날 수가 없으니."

그런 류 표사는 무언가 불쾌한 듯 미간을 찌푸리고 있었다.

육 개월만 참으면 된다 했던 사람의 위치와 능력을 생각하면 그 얘기를 믿을 법도 했다. 하지만 상식으로는 당최 믿을 수가 없는 내용이었다.

하지만 자신은 이미 완벽하게 제압당해 금제가 걸려 있는 몸. 게다가 자신의 곁에는 무척이나 강한 곽 표사가 온종일 붙어 있었다.

"별수없이 따를 수밖에. 하지만 나는 소림의 보리무상장은 알지도 못하고, 사용할 줄도 모르오."

그 항변에는 곽 표사 역시 수긍을 하는 눈치였다. 그러나 그는 이미 받은 명령이 있으니 어찌할 도리가 없었다.

"이곳에서 세월을 보내다 육 개월이 지나고, 아무 일이 생기지 않게 되면 자네는 자유네. 명심하게. 그분은 자네를 죽여 일을 간단히 만들 수도 있었으나 자네 역시 성화로 이어진 십만대산의 형제이기에 자비를 베푼 것이라는 사실을."

"십만대산의 형제라… 훗! 이 류한이 누군가에게 목숨을 구걸했다니."

자존심이 크게 상하는 일이었다. 그래도 상대가 상대인만큼 억울하지도, 분하지도 않았다.

자신은 완벽하게 패배했고, 승자는 패자를 이리 대할 권리가 있다 여겼다.

"좋은 방향으로 생각하게. 자네가 일 년만 숨죽이고 있으면 정마대전도 발발하지 않고, 마도시대도 열리지 않을 것이니."

"그러나 이처럼 아무것도 하지 않고 넋 놓고 있어 무엇 하겠소? 차라리 남궁세가의 힘을 더 키우고, 궁극적으로 십만대산과 손을 잡는 편이 더 현실적일 것이오."

"그럴 수도 있겠지. 하나 문제는 남궁세가가 아니라 십만대산 내부에 있다네. 그분이 말씀하시길 십만대산 안에 또 다른 십만대산이 있다 했지. 이는 남궁세가가 외형적인 힘을 아무리 키워도 해결할 수 없는 문제라 했네."

그 말에는 류 표사도 반박할 수가 없었다.

지고무상인 그가 그리 말했다는데 어찌 토를 달 수 있을까?

류 표사가 할 수 없다는 표정으로 말했다.

"어쨌든 혈세신마가 강호에 더 분탕질을 치기 전에 정리를 하는 편이 나을 거요."

곽 표사가 미소를 지었다.

"혈세신마가 강하기는 하나 절대 그분의 검에 대항할 수 없네. 그분의 검에 대항하지 못하는 것은 십만 마인들의 숙명이니까. 자네 역시 그분에게는 제대로 힘 한번 써보지 못하고 당하지 않았나?"

"훗! 매일같이 아픈 곳을 찌르는군요."

시큰둥한 웃음소리를 내는 류 표사의 말을 들은 체 만 체 넘긴 곽 표사가 서쪽 하늘을 바라보더니 말했다.

"혈세신마 따위가 문제가 아닐세. 천부경의 문을 통해 넘어온 마인들이 십만대산 안에 똬리를 틀고 있다네. 지금이야 그분의 검을 두려워해 그자들이 모조리 숨죽이고 있지. 하나 마도시대의 신무학이라면 그분의 검마저 파해할 검이 나올지도 모를 일이니……."

"금제를 걸어 이곳에 처박아두느니 나에게 그 일을 맡겨주시오. 어떤 마인들이 넘어와 있는지는 알 수 없으나 이 철혈투마가 그들을 모조리 정리해 버릴 것이니!"

제아무리 문을 타고 넘어온 마도시대 마인들이 강하다 하나 류 표사는 자신있었다.

고금제일신마인 교주를 제외하면 마도시대에서 어떤 마인

들이 넘어온다 해도 모조리 베어버릴 능력이 있었다.

"지금 생각해 보면 왜 그의 죽음으로부터 정마대전이 발발 했는지를 알 것 같소. 십만대산 안의 불온한 무리들 또한 그의 검 아래서는 숨 한 번 제대로 쉴 수 없었을 것이오. 그렇기에 그만 쓰러뜨린다면 모든 것이 해결되는 것이겠지. 하나 마인들은 절대 그분의 검을 파훼할 수 없소. 그렇기에 마인들이 정파의 고수를 자객으로 고용한 것일 거요."

류 표사는 정마대전 발발과 관련해 거의 진실에 근접한 추리를 하고 있었다.

"그럴 수도 있겠네. 하나 소림에는 보리무상장을 익힌 이가 없네. 그것은 익히기가 극히 까다로운 것이니."

"마도시대가 열린 후 소림의 장경각이 통째로 십만대산으로 옮겨졌소. 그 안에 분명 보리무상장의 비급이 있었을 것이오. 그를 통해 그것을 익힌 자가 천부경의 문을 타고 넘어와 그의 가슴에 보리무상장의 장인을 찍었을 것이오."

정마대전 발발과 관련한 속사정이 정리가 되기 시작했다.

하지만 의문점 한 가지가 남았다.

'그는 초월자다. 제아무리 보리무상장이 대단하다 하나 그것만으로 그를 죽일 수 있었을까?

그리고 또 한 가지.

자신이 이곳에서 허송세월하게 만든 결정적인 원인과 관련해서는 당최 추측할 수가 없었다.

"내가 무수한 무공을 알고 있다지만 그 안에 보리무상장은 없소. 그러니 그의 가슴에 보리무상장을 찍을 이는 절대 내가 아니란 의미요."

그랬다.

그는 류 표사가 보리무상장으로 그를 죽이게 될 존재라 했다. 그러나 류 표사는 보리무상장을 익히기는커녕 본 적도, 들은 적도 없었다.

"내가 어찌 판단하겠나? 다 그분의 판단인 것인데. 불만이 있다면 자네가 힘으로 나를 쓰러뜨리고 이곳을 떠나면 될 일이네."

"훗! 금제에 걸린 몸으로 어찌 무림사왕 중 수좌인 검왕을 쓰러뜨릴 수 있겠소? 정상적인 몸이었다면 당장에……."

류 표사가 순간 살기를 폭사시켰다.

그 살기를 느낀 곽 표사가 지그시 미소를 지었다.

"나 역시 자네와 검을 섞고 싶네. 언젠가는 그리되겠지……."

류 표사가 그런 곽 표사를 잠시 노려보더니 말했다.

"지루하기 짝이 없는 시간들이 빨리 지나갔으면 좋겠소. 그나마 심산유곡에 처박는 대신 표사 일이라도 하며 돌아다니게 해줘서 고맙다고 해야 하나? 덤으로 목숨까지 살려주고. 흐흐흐!"

웃고는 있으나 쓸쓸하기 그지없는 웃음이었다.

"내 한 가지 묻지. 일 년 후에 아무 일도 생기지 않게 되면 자네는 남궁세가로 돌아갈 작정인가?"

"모르겠소. 남궁세가에 적잖이 정이 들고 이제는 내가 진짜 남궁유한인 것처럼 느껴지지만… 하나 나 역시 십만대산에서 태어나 십만대산에서 죽는 것을 지고의 가치로 여기는 마인 아니겠소?"

류 표사의 말에 곽 표사가 고개를 끄덕였다.

"십만대산에서 받아만 준다면 나 역시 십만대산의 봉우리 하나를 받아 그곳에서 살고 싶소. 어차피 이 시대에는 갈 곳도 없고, 이루고 싶은 일도 없으니. 또, 다른 시대에서 온 내가 이곳을 분탕질 놓는 것이 옳은 일도 아닐 것이고."

물론 조용히 사라진다는 전제는 육 개월 후에 아무 일도 발생하지 않고, 정마대전도 발발하지 않는다는 것이었다.

"의외로 욕심이 없구만. 자네 능력에다 남궁세가의 힘이라면 능히 강호일통도 꿈꿔볼 만할 것인데."

"하하하! 십만대산이 존재하는 한 그 어떤 세력도 진정한 강호일통을 할 수 없음을 내가 가장 잘 알고 있소."

"그렇겠지. 그 어떤 이나 세력도 감히 십만대산을 범할 수는 없을 것이니. 지금 십만대산에 오르겠다고 악에 받쳐 소리치고 있는 사천당가 역시 곧 그것이 불가능한 일임을 깨닫게 될 것이네."

곽 표사는 남서쪽에 있는 사천성 쪽을 바라보며 묘한 미소를 지었다.

안휘성 합비 인근의 호수인 청호(青湖).

실종된 소가주 남궁유한의 명에 따라 하루 십이 시진 내내 철통같이 감시를 하는 곳이었다.

그 누구도 알지 못하지만 남궁유한이 그런 명을 내린 것에는 다 이유가 있었다.

이 호수는 마도시대를 살던 철혈투마 류한이 처음 이 시대로 넘어온 지점이었다.

태왕촌 장백문의 운사에게 들은 이야기 중 천부경의 문은 천기(天氣)와 지기(地氣), 인기(人氣), 그리고 시기(時氣)가 사방에서 합치되는 지점에서만 열린다 했다.

그런 지점 중 하나가 바로 이곳 청호였다.

청호를 지키는 것은 남궁세가가 자랑하는 사대(四隊) 중 백룡대였다.

오늘 번을 서게 된 것은 백룡대 중 용작두와 개작두 등 작두채의 전직 산적들이었다.

"혀, 형님! 대체 남궁세가 창고는 언제쯤 털 예정이……."

퍽!

개작두의 물음에 용작두의 주먹이 그대로 개작두의 면상에 작렬했다.

흑룡대 지옥 훈련 후 무시무시한(?) 고수가 돼 돌아온 용작두가 제법 호방하게 소리쳤다.

"창고 따위 중요할 것도 없다! 이대로 조금만 더 수련하게 되면 이 용작두, 천하의 고수가 될 것이다! 기껏 황금 쪼가리 몇 개 얻느니, 고수가 돼 이 용작두 훨훨 날아보련다!"

흑룡대에서 어찌나 고생을 했는지 기세마저 매섭게 변해 버린 용작두가 굳은 의지를 내보였다.

"형님, 하지만 한탕하고 도망치기로 했던 그 굳은 맹세는……."

퍽! 퍼퍽! 퍼퍼퍽!

이제는 작두채 산적들로서는 감히 대적할 수 없는 경지에 올라 버린 용작두의 주먹이 연달아 다른 산적들에게 작렬했다.

"시끄럽다! 너희들도 가랑이 사이에 방울 두 개 달고 태어났으면 뜻을 크게 품으란 말이다! 언제까지 삼류 무명소졸로 살아갈 것이냐? 나 용작두, 흑룡대주 고방충 형님을 모시며 크게 깨달은 바가 있다! 이 용작두, 앞으로 남궁세가에서 뼈를 묻을 각오로 끝까지 정진할 것이다!"

기세가 달라지니 사람마저 완전히 변한 것만 같은 용작두였다. 무공이 급격히 증진된 것은 물론이고 정신 개조까지 완벽하게 받고 흑룡대에서 막 출소(?)한 그였다.

"그 각오는 좋지만 강호에 소가주님은 마교 교주에게 제대로 한 칼 먹고 이미 북망산을 넘었다 하는데……."

퍼퍼퍼퍼퍼퍼퍼퍼퍽! 퍼퍼퍼퍼퍼퍼퍼퍽!

소가주의 죽음을 입에 올린 개작두의 주둥이에 용작두의 무수한 주먹이 작렬했다.

"시끄럽다! 어느 호로새끼가 감히 그딴 개소리를 나불거리고 다니느냐! 남궁세가는 무적세가! 우리 무적세가를 책임지고 있는 소가주님은 불사신이다! 한번만 그 주둥이 나불거려 보거라! 아주 요절을 내줄 것이니!"

"그러나……."

개작두는 물론이고 작두채 산적들은 용작두의 말을 믿지 않았다.

소가주가 살아 있다면 왜 일 년이 넘도록 남궁세가에 나타나지 않는 것인가?

물론 소가주가 있을 때보다 남궁세가는 더한 성세를 누리고 있기는 했다. 북쪽의 하북팽가, 남쪽의 남궁세가 소리를 들을 정도로 강해졌으니.

소가주가 죽었다고 믿고 있는 작두채 산적들에게 용작두가 아무리 아니라고 강조를 해도 그들은 쉬이 믿지 않았다.

결국 용작두가 가슴을 두드리며 답답함을 토해냈다.

"이런 젠장할! 너희들은 이제 두목 말도 믿지를 않는구나. 활극에서 보면 이럴 때 죽었다 알려진 사람이 슝하고 나타나곤 하던데. 그런 일 혹 안 벌어지나?"

용작두가 그러며 안개가 짙게 깔려 있는 청호를 바라봤다.

그런데 이것이 무슨 조화인지 안개가 짙게 깔려 있어 한 치 앞도 내다보기 힘든 청호의 수면이 조금씩 진동하기 시작하는 것이 아닌가?

"무슨 일이지?"

용작두가 흔들리고 있는 수면을 뚫어지게 바라봤다.

흔들리던 수면은 갈수록 크게 흔들렸다. 그러다 순간 수면 위에 조그만 백색 빛 하나가 나타났다.

"저건……?"

용작두의 입에서 그 말이 나오기가 무섭게 조그만 백색 빛이 거대하게 변했다.

그러더니 곧 거대해진 빛이 일순간 백색 섬광을 발하며 폭발하기 시작했다.

그 빛에 순간 용작두를 포함한 작두채 산적 출신 백룡대 무사 전원의 눈이 순간적으로 멀었다.

수면에서 하나의 인영이 솟구쳐 올라왔다.

몸에서 괴이할 정도로 찬란한 광채를 뿜어내는 인영.

그 인영이 발하는 빛은 직전에 청호 전체를 백색 빛으로 물들였던 섬광과 비교조차 할 수 없이 강렬한 것이었다.

백색 섬광 사이를 뚫고 나온 인영은 등평도수(登萍渡水)의 경공술을 펼쳐 수면 위를 수평으로 빠르게 걸어왔다.

그 인영의 존재를 감지하자마자 용작두와 작두채 출신 백룡대는 감히 숨조차 쉴 수 없었다.

태산이 전신을 짓누르고 있는 것만 같은 압력이 느껴졌기 때문이었다.

인영은 청호 수면 위를 금세 벗어나 용작두와 백룡대를 향해 천천히 걸어왔다.

인영이 순식간에 용작두에게 다가와 물었다.

"지금이 몇 년이냐?"

목소리, 낮지만 굵은 목소리가 불문의 사자후처럼 용작두의 귓속을 사정없이 파고들었다.

"으......."

고막이 파열되는 것만 같은 격렬한 고통이 용작두에게 몰려왔다.

이전과 비교하면 놀라울 정도로 무공이 증진된 용작두였다. 그러나 단지 질문 하나 들은 것만으로도 심장이 타 들어가는 것만 같은 고통이 전신에 요동치고 있었다.

"물었다. 지금이 몇 년이냐고."

싸늘하기 그지없는 목소리. 북해의 만년빙정보다도 더욱 차가운 목소리였다.

용작두는 당장에라도 정신을 잃을 것만 같은 상황이었다. 그러나 그 거역할 수 없는 목소리에 자신도 모르게 답할 수밖에 없었다.

"영락 팔 년......."

그 대답을 듣게 되자 사내는 냉혹한 미소를 지었다. 그러고는 목소리를 들은 것만으로도 이미 정신을 잃고 기절해 있는 백룡대를 바라봤다.

"너무나 허약한 시대로군. 그 정도 실력으로 검 한 자루에 목숨을 걸고 산다니……."

사내는 한심하다는 목소리로 그렇게 말한 후 청호 근처에 남궁유한이 세운 석비를 바라봤다.

그 석비에는 분명하게 이 글귀가 새겨져 있었다.

"고금무적 천추제일 남궁세가라……."

사내가 입가에 싸늘한 미소를 지었다.

"우리 시대에 남궁세가가 무적세가 소리를 듣기는 했었지. 흥! 그러나 남궁세가의 몰락도 시간문제일 뿐이다."

사내는 그 석비를 무척이나 못마땅하게 바라보더니 손으로 목을 쓰윽 쓰다듬었다.

그와 동시에 전광석화처럼 그 석비를 향해 일장을 내질렀다.

소리도, 형체도 없는 무형의 면장이었다.

펑!

그러나 그 위력만은 너무도 대단해 단단한 대리석으로 만들어진 석비가 박살나고 말았다. 아니, 그 정도를 넘어 단번에 가루로 변하고 말 정도였다.

"소림의 반야대능력을 기반으로 한 보리무상장은 꽤 쓸 만하군."

청호에 나타난 사내는 곧 그곳을 떠났다.

곧 사내의 뒤를 이어 흑의 장삼을 입고, 흑색 죽립을 깊게 눌러쓰고 있는 수십 명의 사내들이 청호 수면 밖으로 뛰쳐나왔다.

그들 역시 허공답보의 절정 경공을 발휘해 공중을 평지처럼 걸어 멀리 사라졌다.

그런데 혼신의 힘을 다해 마지막 의식의 끈을 붙잡고 있던 용작두는 기절할 듯이 놀랐다.

이미 사라져 버린 사내의 얼굴을 떠올리며 용작두는 도저히 믿을 수 없다는 표정을 짓고 있었다.

그가 알고 있는 이와 너무도 닮았기 때문이었다. 아니, 분명히 그 사람이었다.

그러나 분위기나 풍기는 기세는 판이하게 달랐다.

"도대체 무슨 일이 벌어지고 있는……."

용작두는 그 말을 마지막으로 정신을 잃고 말았다.

휘청!

장안에서 출발해 막 회음현 화산 서쪽에 자리한 연화봉 정상에 오르고 있던 류 표사가 가슴을 움켜쥐었다.

고통, 가슴을 불로 지지는 것만 같은 지독한 아픔이 느껴졌다.

곧 그 고통이 줄어들기는 했으나 류 표사는 갑작스레 그런 고통이 느껴진 이유를 쉬이 짐작하기 어려웠다.

"금제 때문인가?"

단지 그렇게 생각할 뿐이었다.

그는 곧 몸 전체로 기를 한 번 운기시켜 보았다. 다행히도 특별한 문제는 없었다.

그런데 이전부터 느껴왔던 묘한 점 한 가지가 있었다.

단전 안에 또 다른 단전 하나가 형성된 것만 같은 느낌이었다. 손가락 마디 하나 정도에 불과했던 작고 뜨거운 덩어리가 시간이 지날수록 점점 커지고 있었다.

불안했지만 아직은 그 정도 크기의 덩어리는 충분히 제어할 자신이 있었다.

그래도 이 불쾌한 기분이란.

류 표사는 순간적인 고통에 이은 불쾌함을 안고 화산파의 상청궁(上淸宮)을 향해 나아갔다.

하늘의 옥녀가 달 밝은 밤에 강림해 목욕을 하고 간다는 옥녀지(玉女池)를 지나자 곧 화산파의 상청궁이 눈에 들어왔다.

상청궁 코앞까지 이르자 이전부터 하마해 화산파에 예의를 갖추고 있던 영산표국 일행은 더욱 조심하기 시작했다.

그 성세가 예전만 하지 못하다지만 화산파는 화산파. 무수한 검선과 검종, 검왕들을 배출했던 전통의 명문이었다.

대표두 장홍은 삼백 자루의 검을 싣고 있는 수레 앞으로 나서 상청궁 입구에 나아갔다.

"장안 영산표국의 장홍이라고 합니다."

그는 일행 전체의 이름과 방문 목적이 적힌 붉은 배첩을 상청궁 입구에 상주하고 있는 도사에게 정중히 건넸다.

젊은 도사는 그 배첩을 보는 둥 마는 둥 하더니 거만하게 말했다.

"기다리시오. 곧 사숙께서 나오실 것이니."

그 도사는 영산표국 일행을 입구 밖에 그대로 세워놓더니 더 이상 아무 말도 하지 않았다.

분명 영산표국 일행을 무시하는 행위였기에 일행은 속으로 불만을 표시했으나 그것을 밖으로 표출할 수는 없었다.

화산파는 구파일방에 속하는 강호의 거대문파였고, 그에 비하면 영산표국은 장안의 보잘것없는 표국에 불과했기 때문이었다.

젊은 도사가 기다리라 한 지 일각이 지나고, 한 식경이 지나고, 반 시진이 훌쩍 지나 버렸다.

또다시 반 시진이 지나 기다리기 시작한 지 한 시진을 넘긴 상황에서도 안에서는 아무런 반응이 없었다.

자못 쌀쌀한 기운이 느껴지는 계절에 삼십 명의 일행을 한 시진 이상 입구 밖에서 기다리게 하니 일행 사이에서 조금씩 불만의 목소리가 새 나오기 시작했다.

"이거 너무하지 않은가?"

"제아무리 화산파라 하나 이것은 도리가 아닌데……."

그래도 그 불만들을 노골적으로 표할 수는 없었다. 그저 수군대는 목소리로 그리할 뿐이었다.

그렇게 한 반 시진이 더 지나자 도복을 입고 있는 한 중년 도사가 입구에 나타났다.

얼굴에 기름기가 줄줄 흐르는 도사는 도인이라기보다는 장사치나 탐욕스런 관리에 더 가까운 인상이었다.

"그래, 장안의 영산표국에서 왔다고?"

대뜸 하대를 하는 중년 도사를 향해 대표두 장홍이 굽실거리기 시작했다.

"그렇습니다. 이렇게 대화산파에서 저희 표국에 표물을 맡겨주시니 얼마나 기쁜지 모르겠습니다."

"그런가? 은하표국에 사정이 있다 하니. 흠흠."

중년 도사는 그러더니 무언가를 기대하는 눈길로 장홍을 바라봤다. 연신 헛기침을 하며 중년 도사가 장홍을 계속 바라봤으나 장홍은 영문을 몰라 뭐라 말해야 할지 몰라 했다.

장홍이 그리 반응하자 점점 중년 도사의 얼굴이 일그러지더니 못마땅한 얼굴로 변해 크게 헛기침을 했다.

"큭! 뭘 모르는 이로구만. 에잉~"

중년 도사는 그렇게 말하더니 표물을 제대로 확인조차 하지 않고 등을 돌려 입구 안으로 사라졌다.

그러자 입구에 상주하고 있는 젊은 도사가 장홍에게 말했다.

"정말 준비해 온 것이 없소?"

장홍이 의아한 얼굴로 반문했다.

"무엇을 준비해 온단 말입니까?"

"허~ 사례금 말이외다. 은하표국에서는 한번 표행을 올 때마다 운청 사숙께 마음에서 우러나온 사례를 하곤 했었소. 역시 작은 표국이라 예를 모르는구만."

젊은 도사의 말을 듣고 나서야 장홍은 운청이라 불린 중년 도사가 처음부터 왜 그리 못마땅한 얼굴을 하고 있었는지를 이해할 수 있었다.

'뇌물을 원했던 모양이구나. 이런, 이런, 화산파에서도 그런 관행이 있었다면 미리 준비를 해왔을 것인데.'

대표두 장홍은 세상 경험이 많은 사람이다.

자신이 원하지는 않으나 상대가 원한다면 기꺼이 은자를 상대에게 안길 줄도 아는 사람이라는 얘기였다.

그러나 뇌물은 조그만 문파나 상인, 부호들 사이에서나 통용되는 것이라 여겼다. 도인들의 청정도량으로나 알고 있던 화산파에서도 필요한 것임은 미처 알지 못했다.

'실수를 했구나. 하나 화산파마저 이렇다니 적잖이 실망스러운 것도 사실이다.'

장홍은 그러며 젊은 도사에게 말했다.

"도사님, 처음이라 이 사람이 미처 알지 못했습니다. 다음 번에는 이번 것까지 합쳐 사례를 할 것이니 부디 넓은 마음으로 헤아려 주십시오.”

“잘 알아두시오. 우리 화산파에서 필요한 물품들을 조달하는 일은 모두 운청 사숙이 맡고 있소. 사숙의 눈 밖에 나면 별로 좋은 꼴은 보지 못할 것이오.”

젊은 도사 역시 그 말을 마지막으로 등을 돌려 사라졌다.

사라진 젊은 도사의 뒷모습을 바라보며 대표두 장홍은 한숨을 폭폭 쉬어댔다.

표물의 양이 많은 편은 아니었다. 그러나 이번 화산파의 거래를 통해 앞으로 화산파로 오는 표물을 맡고자 했다. 또한, 장기적으로는 화산파와 연결된 다른 세력들의 표물까지도 운송할 목표를 세우고 온 길이었다.

무림오대세가는 직접적으로 이권에 관계돼 있다. 반면, 구파일방은 그들과 연결된 속가제자들을 통해 간접적으로 영향력을 행사한다.

직접적으로 이권에 관계하지 않는 구파일방이기에 구파일방과 관련된 이권을 대신 처리해 줄 대리인들이 더욱 필요하다. 이렇게 화산파로 오는 물건을 운송해 줄 표국처럼 말이다.

어쩌면 중소 규모 상단이나 표국 같은 경우는 모든 것을 스스로 처리하는 오대세가보다 대리인들이 필요한 구파일방이 더 중요한 고객들인지도 모를 것을.

“일단 돌아가자.”

그런 계획이 모두 망가져 버린 대표두 장홍은 어깨를 축 늘어뜨린 채 영산표국 일행에게 명했다.

일이 잘 풀리지 않았음을 익히 짐작한 일행도 더 이상 묻지 않고 그 명에 순순히 따랐다.

그 와중에 쓴웃음을 짓는 이가 하나 있었다.

"일부분을 보고 전체를 판단할 수는 없으나, 화산파의 도사라는 자가 웃기는 짓거리를 해대는군."

류 표사가 그렇게 말하자 곽 표사 또한 고개를 끄덕였다.

"예전부터 궁금한 사실 한 가지가 있었소."

류 표사의 말에 곽 표사가 반문했다.

"무엇인가?"

"한 부분이 곪으면 전체가 곪는 것은 시간문제요. 저 꼬락서니를 보니 화산파는 물론이고 다른 구파일방 역시 보잘것 없을 듯한데 왜 십만대산에서는 저런 것들을 깡그리 밀어버리지 못했소?"

사실 십만대산이 가진 힘이라면 허약한 구파일방 정도를 멸문시키는 것은 일도 아닌 것처럼 보였다.

"저런 것은 극히 일부분일 뿐이네. 전통의 힘, 명문의 힘이란 겉으로 드러나 보이지 않는 것이지."

"이해가 가지 않소."

"화산파를 예로 들어 말하자면, 상청궁에 거주하며 화산파 제자랍시고 우쭐대는 것들은 사실 보잘것이 없지. 하나 화산의 수많은 봉우리, 선인봉이나 낙안봉, 연화봉 같은 곳에 은거하고 있는 이들은 꽤 무섭다네."

"흠."

"이미 은퇴해 화산의 이름 모를 봉우리에 암자 하나 짓고 유유자적하는 전대 장로들은 대단하지. 또한, 잠룡처럼 화산의 도림평이나 소요동에 웅크리고 있는 무명의 제자들도 무시할 수 없네. 상청궁의 기둥뿌리까지 뽑힐 위기가 아니면 결코 그 모습을 드러내지 않는 그런 이들이 진정 무서운 것이네."

"그렇소?"

류 표사는 고개를 갸웃거렸다.

"정파를 실질적으로 주도하고 있는 오대세가도 위협적이네. 하나 그 수는 적으나 소림과 무당, 화산 등 구파일방의 은거고수들 또한 경시할 수 없지. 고래로 정파제일고수는 언제나 구파일방에서 나오지 않았는가?"

"그렇기는 하지만, 내가 알고 있는 구파일방은 하도 보잘것이 없었던지라."

류 표사의 기억 속에는 극강의 강력함을 뽐냈던 무림오대세가에 비해 구파일방의 제자들은 무기력함 그 자체였었다.

'구파일방의 숨겨진 저력이라…….'

류 표사는 속으로 그에 대해 생각하며 화산을 내려가는 영산표국 일행과 함께 하산을 시작했다.

끝이 개운치 못한 표행길이었으나 그래도 표행은 성공적으로 마친 셈이었다.

날이 저물자 화산 초입에 위치한 한 객잔에 들어가 일행은 표행길의 피로를 풀기 시작했다.

"자네들 모두 수고했네! 이번 표행이 만족스런 결과를 얻지 못했다면 전부 내 탓일 것이야! 그러니 자네들은 낮의 일은 개의치 말게나!"

대표두 장홍이 그리 소리치며 술잔을 높이 들었다.

표사와 쟁자수들은 장홍의 말에 안타까움도 느꼈지만 어쨌든 자신들의 일은 마친 것이라 흥겹게 술잔을 기울였다.

한 잔이 두 잔이 되고, 석 잔이 되며 일행 전체에게 서서히 취기가 올라오기 시작했다.

"류 표사, 곽 표사, 자네들도 한잔하게."

적잖이 취기가 오른 상태인 고참 표두 조연당이 두 표사에게 술을 권했다.

그러나 두 표사는 말없이 술잔을 거절했다.

평소라면 그냥 넘어갈 법한 행동이었으나 적잖이 취기가 오른 조연당은 자제하지 못하고 버럭 소리를 지르려 했다.

그런데 그때였다.

객잔 문이 열리며 조금 스치기만 해도 크게 베일 것 같은 예기를 풀풀 풍기는 다섯 무사들이 객잔 안으로 들어왔다.

그들은 특별한 움직임을 보이지도 않았다.

단 한 마디의 말도 내뱉지 않았다.

그러나 그 존재 자체로 사람들의 간담을 모조리 얼려 버릴 정도의 터무니없는 기세를 풍기고 있었다.

흥겹게 술잔을 주고받던 영산표국 무사들 또한 그들을 보는 것만으로도 등에서 식은땀이 줄줄 흐를 정도였다.

'대체 어디서 온 자들인가?'

그들은 흑색 장삼을 입고 있는 데다 흑색 피풍의로 전신을 가리고 있었다. 머리에는 흑색 죽립까지 깊게 눌러쓰고는 조용히 걸어와 탁자 주변에 자리를 잡았다.

가슴을 쭉 펴고 서 있는 그들의 왼쪽 가슴 위에는 '폭풍(暴風)'이라는 글귀가 선명하게 적혀 있었다.

흑색 장삼, 흑색 피풍의, 흑색 죽립, 그리고 폭풍이라는 글귀.

그것들을 바라보며 류 표사는 그답지 않게 고개를 갸웃거렸다.

그러며 그들을 더욱 유심히 관찰하기 시작했다.

"소, 손님들, 묵고 가시겠습니까, 아, 아니면 식사만 하고 가시겠습니까?"

점소이가 잔뜩 겁먹은 표정으로 객잔 의자에 앉지도 않고 계속 서 있는 그들에게 물었다.

다섯 흑의인 중 하나가 그 물음에 짧게 답했다.

"둘 다 아니다."

탁!

그러며 그 점소이에게 황금 덩어리를 던져 주었다.

"피를 볼 것이다. 이것은 객잔에서 조그만 소란을 일으키는 데 대한 대가라고 생각하고 객잔 주인에게 건네라."

"피, 피요?"

점소이가 소스라치게 놀라 물었으나 흑의인들은 그에 답하지 않았다. 그저 서 있는 자세 그대로 지그시 눈을 감을 뿐이었다.

그들은 이 객잔에서 누군가를 기다리고 있었다.

"대표두님, 무슨 일이 있어도 크게 있을 분위기입니다."

어느새 장홍 대표두 곁으로 다가간 고참 표두 조연당이 속삭였다.

"내가 보기에도 그럴 것 같네."

"어찌해야 합니까? 예전처럼 조용히 자리를 피해줍니까?"

강호의 은원과 연관된 일이라면 영산표국 일행이 참견할 일이 아니다. 더욱이 저 다섯 흑의인들의 기세를 느껴보건대 엄청난 고수들임에 틀림없었다.

계속 이 자리에 머물렀다가는 크게 화를 입을 수도 있는 노릇이었다.

"아무래도 그러는 편이 낫겠네."

자리에서 일어난 대표두 장홍이 곧 표국 식솔들에게 자리를 뜨라고 명했다. 그러자 진즉부터 심상치 않은 기운을 느끼고 있던 일행은 재빨리 객잔 밖으로 나가기 시작했다.

그런데 이번에도 유독 두 사람만이 객잔에서 움직이지 않았다. 마치 앉아 있는 의자에 접착제라도 발라져 있는 양 전혀 움직일 생각이 없어 보였다.

"류 표사, 곽 표사, 대체 무엇 하는가? 어서 움직이게."

직전에 기분이 상했던 것은 어느새 까맣게 잊어버렸는지 표두 조연당이 걱정스런 목소리로 두 사람을 재촉했다.

그러나 두 표사는 아무 말 없이 입가만 몇 번 씰룩거리고 말 뿐이었다.

"아, 왜들 이러나. 계속 여기 있다가는 크게 경을 친다네."

표두 조연당이 또 한 번 재촉했으나 두 사람은 요지부동이었다.

두 표사의 고집 때문에 그렇게 잠시 시간이 지체됐을 때였다.

쿵!

객잔 문이 거세게 열렸다.

열린 문을 통해 노인 하나와 얼굴을 면사로 가리고 있는 젊은 여인 하나가 급하게 객잔 안으로 들어왔다.

"헉헉! 헉헉! 헉헉!"

옷 전체가 피투성이인 노인은 금방이라도 숨이 넘어갈 것처럼 헐떡거렸다.

동행한 젊은 여인 또한 옷 곳곳이 찢어져 뽀얀 속살을 그대로 내보이고 있어 몰골이 처참하기 그지없었다.

일이 있어도 크게 있어 보이는 노인과 여인이었다.

노인은 아직까지 피도 채 마르지 않은 검을 든 채로 젊은 여인에게 말했다.

"조금만, 조금만 더 가면 화산이다. 화산에만 도착하면……."

노인이 그 말을 채 끝내기도 전에 다섯 흑의사내들 중 하나가 바로 말을 끊었다.

"그대가 화산에 오를 일은 없을 것이오."

그 목소리의 주인을 향해 노인이 막 고개를 돌리려던 차였다.

쉬익!

검강, 분명 한 자는 넘어 보이는 푸른 검강이 흑의인이 들고 있는 검끝에서 분리되는 것과 동시에 크게 반월을 그리며 노인을 향해 날아갔다.

"이런!"

노인이 그 공격에 대경실색하며 급하게 검을 휘둘렀다.

그런데 그 노인 또한 놀랍게도 검강을 구사하며 어렵게나마 반월형 검강을 튕겨내는 것이 아닌가?

"푸웁!"

노인은 상대의 검강을 간신히 튕겨내기는 했다. 그러나 그

것이 한계를 넘어선 것이었는지 입에서 연신 피분수를 뿜어 냈다.

"훗!"

그 노인을 보며 흑의인 중 하나가 가볍게 미소를 지었다.

곁에서 엉겁결에 그 광경을 구경하게 된 표두 조연당은 검 강을 보더니 눈을 동그랗게 떴다.

"저, 저거……!"

조연당 또한 강호에 발을 담그고 있었고, 무공 또한 여러 가지를 익히고 있었다. 하지만 검강을 구사하는 진짜 고수들 을 본 것은 이번이 난생처음이었다.

'어찌해야 하나? 지금이라도 자리를 피해야 하는 것인가?'

그가 그렇게 고민하고 있을 때, 다섯 흑의인 중 우두머리로 보이는 사내 하나가 검을 뽑아 든 채로 노인에게 천천히 걸어 갔다.

노인은 그 사내를 보더니 어떻게든 저항하기 위해 힘을 모 으려 했다.

"노인장, 무리하지 마시오. 노인장이 정상적인 상태라 해 도 우리 중 하나도 감당하기 어려울 것이니."

노인이 크게 소리쳤다.

"이, 이놈들!"

"노인장이 누구인지는 모르나 이것 하나는 약속해 드리겠 소. 편히 보내 드리겠소이다."

그 흑의사내가 그리 말하며 가볍게 걸어가고만 있었음에
도 노인은 숨이 다 턱턱 막힐 지경이었다.

'대체 어디서 이런 자들이……'

상상을 초월할 정도로 강한 상대의 정체를 도무지 알 수가
없었다. 이틀 밤낮을 쉴 새 없이 쫓기며 저들과 무수히 검을
섞었으나 짐작조차 할 수 없었다.

마기가 진하게 느껴지는 것은 사실이었으나 묘하게도 그
안에는 광명정대한 기운 또한 물씬 풍겨 나왔다.

마치 정파의 검과 마도의 검을 섞으면 딱 이럴까 싶은 무공
을 구사하는 자들이었다.

"나 단운악을 그리 쉽게 제압할 수 있을 것 같으냐!"

자신의 이름을 단운악이라고 밝힌 노인의 악다구니에 사
내가 무심하게 답했다.

"노인장의 이름에는 관심없소. 그저 괜찮은 검객을 보았으
며, 검을 섞어보았으니 그것으로 족할 뿐."

흑의사내가 그렇게 말하더니 온 기세를 한곳으로 집중시
키기 시작했다.

분명 형체는 없었으나 온몸의 솜털까지 다 쭈뼛 서게 만들
정도로 어마어마한 기운이 객잔 안에 감돌았다.

"……"

무공 수위가 낮은 조연당은 그저 무시무시한 기운이라고
만 느꼈을 뿐이다. 그러나 당사자인 노인과 곁에서 말없이 지

켜보던 두 표사, 특히 곽 표사는 크게 놀랐다.

"심검(心劍)!"

분명하게 느낄 수 있었다.

저 흑의사내가 지금 구사하고 있는 것은 전설의 경지라는 심검이었다.

곽 표사가 알기에 십만대산을 제외하면 당금 강호에 심검의 경지에 도달한 것은 오직 두 사람뿐이었다.

강호쌍성으로 불리며 정파의 최고수들로 알려진 소림성승과 무당검선만이 심검을 구사할 수 있었다.

심검을 구사한다 함은 바로 강호쌍성과도 맞설 수 있음을 의미하며, 무림사왕보다 강하다는 의미였다.

그런데 웬 무명의 흑의사내가 심검을 구사하려 하다니…….

놀라고, 또 놀랄 수밖에 없었다.

놀람의 와중에 곽 표사는 자신도 모르게 마음속에서 호승심이 들끓어오르는 것을 느낄 수 있었다.

그에게는 주인이 있어 주인의 명에 절대적으로 따르느라 류 표사를 감시하는 일을 맡고 있었다. 그러나 그는 천생이 무인이며, 검 하나만을 추구하는 순수한 검객이었다.

그의 호승심이 하나의 기세로 변하고, 그 기세가 응축되고 또 응축돼 한 자루 검으로 승화되기 시작했다.

무형의 검, 마음으로 만드는 검.

마음이 행하는 대로, 마음이 가는 대로 그 모습을 드러내는 검.

이 역시 심검이었다.

곽 표사가 심검을 만들어내자 이번에 놀란 것은 바로 흑의사내들 쪽이었다.

그들은 전혀 예상하지 못했다는 듯이 곽 표사와 그가 만들어낸 심검을 바라봤다.

직전까지 노인을 공격하려던 흑의사내가 웃으며 짧게 말했다.

"좋구나."

그는 진정으로 흡족한 표정을 짓고 있었다. 그와 동시에 그 흑의사내는 노인에게 날리려던 심검의 방향을 바꿔 곽 표사에게 날렸다.

곽 표사 역시 자신이 만들어낸 심검을 그 흑의사내에게 쏘아냈다.

펑!

조연당 같은 평범한 이의 눈에는 보이지도 않을 심검 두 자루가 허공에서 정면으로 맞부딪치며 폭음을 발했다.

곽 표사와 흑의사내는 상대가 쏘아낸 심검의 기운을 버티지 못하고 뒤로 주르륵 밀려나고 말았다.

"흐흐흐!"

흑의사내도 웃었고, 곽 표사도 웃었다.

흑의사내가 먼저 입을 열었다.

"…그대가 당대의 천하제일검인가?"

가볍게 물었으나 그 안에 담긴 의미는 무겁기 그지없었다.

"당치도 않은 소리네."

곽 표사의 답에 흑의사내가 묘한 미소를 지었다.

그는 단 한 번 검을 섞었을 뿐이나 이미 모든 것을 알겠다는 표정으로 말했다.

"그대는 부인하나, 우리 폭풍대는 그대를 당대의 천하제일 검으로 인정하겠다."

사내가 손을 들었다.

"폭풍대!"

그 부름에 다른 네 흑의사내가 일제히 자세를 바로잡았다.

"당대의 천하제일검이다! 예로써 그를 상대해라!"

"존명!"

네 흑의사내가 일제히 검을 뽑았다.

그러자 객잔 내부가 당장에라도 대폭발을 일으킬 것만 같은 엄청난 기운이 흐르기 시작했다.

"윽!"

조연당이 그 기운을 견디지 못하고 양손으로 고통스럽게 목을 움켜쥐며 바닥에 고꾸라지고 말았다.

무공이 낮은 조연당은 그렇다 쳐도 처음부터 이 흑의사내들이 기다리고 있었던 당사자인 노인 또한 그 엄청난 기세에 크게 놀랐다.

'다르다. 이틀 동안 우리 뒤를 쫓았던 괴한들과는 수준 자체가 다르다. 비교하기가 부끄러울 정도.'

자신을 쫓던 괴한들 또한 막강했다. 그러나 지금 이 다섯 흑의사내들은 그들과는 비교할 수 없을 정도로 강했다.

이 흑의사내들은 터무니없을 정도로 강했다.

그런 판단이 들자 노인은 갑자기 양다리에 힘이 빠지며 다리가 풀리기 시작했다.

도저히 항거할 수 없을 정도의 강함, 감히 대적할 수 없는 강력한 상대를 만났을 때 느껴지는 무기력함이 해일처럼 밀려들었다.

엎친 데 덮친 격으로 객잔 문이 세게 열리며 적색 복면으로 얼굴을 가리고 있는 수십 명의 무사들이 몰려들었다.

"끝이다."

노인은 그들을 목격하더니 절망적인 탄식을 내뱉을 수밖에 없었다. 저들은 이틀 동안 자신의 뒤를 쫓아왔던 무리들이었다.

저 무리조차 감당하지 못하고 도주하기만 했는데, 이제 그들보다 더욱 강한 상대까지 나타났으니…….

절망적이었다.

적색 복면을 한 무사들은 객잔 안에서 흑의사내들을 발견하더니 크게 허리를 굽히며 소리쳤다.

"폭풍무적 절대투마!"

폭풍무적(暴風無敵) 절대투마(絶對鬪魔).

온몸으로 죽음의 전장을 돌파했던 십만마교 최강의 돌격부대를 상징하는 말. 마도시대가 열린 후 온 천하를 진동시켰던 구호였다.

그 구호를 다시 듣게 되자 뒤편에서 지켜만 보고 있던 류표사가 격동하기 시작했다. 그러나 그는 그 떨림을 간신히 진정시키며 생각했다.

'나의 형제들은 모두 죽었다. 이는 내가 직접 목격한 사실이다.'

그는 이성적으로 생각하려 노력했다.

아마 그와 폭풍대가 등장하기 전에도 십만대산에서 저런 구호를 쓰는 부대가 있었을 것이라고 억지로 이해하려 노력했다.

그런데 그의 머리보다 가슴이 먼저 움직였다.

그가 순간 그동안 감추고 있던 엄청난 기세를 폭사시켰다.

그렇지 않아도 팽팽하기 이를 데 없을 정도로 기운들이 충돌하고 있던 객잔 내부에 그의 기세가 더해졌다.

그 엄청난 기운을 다섯 흑의사내들이 느끼지 못할 리 없었다.

"오늘 두 번이나 놀라는군. 이 안에 또 다른 고수가 있었단 말인가?"

우두머리 격인 흑의사내가 이번에는 진정 놀랍다는 표정으로 말했다.

"한편으로는 부끄럽기도 하군. 미처 그대를 알아보지 못해서."

흑의사내들의 검이 류 표사에게 일제히 향했다.

"저희가 해결하겠습니다."

적색 복면 무사들이 흑의사내에게 말했다.

"너희들의 적이 아니다. 우리 다섯이 모두 달려든다 해도 승부를 장담할 수 없는 고수다."

그 소리에 적색 복면 무사들이 깜짝 놀랐다.

"믿을 수 없습니다. 이는 성승이나 검선이 온다 해도 불가능한 일입니다."

"나 역시 믿기지는 않으나 그것이 사실이다. 그러니 물러서라."

흑의사내들이 적색 복면 무사들보다는 훨씬 윗자리에 있는 듯, 적색 복면 무사들이 그 명령에 일제히 뒤로 물러섰다.

"우리는 선수를 잡는 것을 부끄럽다 여기지 않소. 그저 이기는 것이 우리의 전부이기에."

흑의사내의 말에 류 표사가 미소를 지었다.

"하수라면 주저하지 말고 그래야지."

다짜고짜 흑의사내들을 하수라고 칭하는 류 표사의 거만한 말이었다. 그러나 흑의사내들은 그것을 전혀 불쾌하게 여기지 않고 말했다.

"그대는 그런 말을 할 자격이 있소. 하나 우리 각각은 패한 적이 있을지 몰라도, 우리 형제들이 하나가 된 이후로는 이제껏 패한 적이 없소. 우리는 불패요!"

그 소리와 동시에 다섯 사내들이 객잔 내부에 일진광풍을 일으키며 검을 휘둘렀다.

말로는 형용할 수 없는 엄청난 기운이 류 표사에게 밀어닥쳤다. 더욱이 다섯 사내의 합격진은 너무나 절묘해 혹 있을지도 모를 미세한 빈틈마저도 완벽하게 가려주고 있었다.

각 개인으로도 당대에는 상대를 찾을 수 없을 정도로 강력한 이들이 하나도 아니고 다섯이나 공격해 들어왔다. 그것도 완벽한 합격진을 구사하면서.

당대제일고수라는 성승과 검선마저도 단 일 초에 피떡으로 만들 수 있을 법한 무시무시한 공격.

그러나 류 표사는 웃었다.

전혀 긴장하지 않았다.

다른 이들은 이 합격진의 빈틈을 찾을 수 없을지 모르나 자신만은 정확히 찾아낼 수 있었다.

쉬익!

류 표사의 검이 다섯 사내가 펼친 합격진의 한 지점을 찔러 들어갔다.

류 표사와 다섯 흑의사내가 순간 크게 교차했다.

그리고…….

거대한 폭풍이 객잔 내부를 휩쓸고 지나갔다.

양편에서는 여전히 흑색 죽립을 깊게 눌러쓰고 있는 다섯 흑의사내와 류 표사가 무표정한 얼굴로 서로를 바라보고 있었다.

그러기를 잠깐 동안 계속하더니 마침내 흑의사내가 말했다.

"오늘은 돌아간다."

그 명에 수십의 적색 복면 무사들이 바로 말했다.

"대주님께서 자하령을 반드시 수거해야 한다 하셨습니다."

사내들의 반발에 흑의사내는 류 표사를 바라보고는 약간의 감정을 실어 적색 복면 무사들에게 말했다.

"오늘 실패에 대한 책임은 전적으로 내가 지겠다. 대주께도 내가 죄를 청할 것이다."

"하나……."

흑의사내가 그렇게까지 말했음에도 적색 복면 무사들은 쉽사리 뜻을 꺾지 않았다.

흑의사내를 극히 공경하는 것은 분명했으나, 대주라 불린 사내에 대해서는 엄청난 외경심을 품고 있는 듯 보였다.

성질 급한 몇몇은 당장에라도 검을 뽑아 류 표사에게 달려들 것만 같은 험악한 기세를 풍기고 있었다.

"멈춰라!"

흑의사내는 그런 적색 복면 무사들을 제지하며 짧게 말했다.

"그에게 덤비면 너희들은 모두 죽는다."

죽는다는 소리에 무사들은 깜짝 놀랐다. 도저히 믿을 수 없다는 표정이었다.

흑의사내는 류 표사에게 아주 미세하게 고개를 숙였다.

"부끄럽게도 목숨의 구함을 받았소. 죽기 전에 이 빚을 갚을 수 있기를 진정으로 바랄 뿐이오."

강호인들에게 있어 빚이라 함은 곧 복수를 의미했다. 그러나 이 사내는 진정으로 생명의 빚을 졌다 생각하고 있었다.

'내 생각이 틀렸다. 마도시대만이 최강이라 여겼건만, 이 시대에도 절대고수가 존재하고 있었다.'

사내는 속으로 그리 생각하며 먼저 객잔을 나서기 시작했다.

뚝! 뚝! 뚜둑! 뚜두둑!

그가 발걸음을 옮길 때마다 흑색 장삼 아래로 굵은 핏방울이 떨어지고 있었다.

그것은 류 표사와 겨뤘던 다른 네 사람의 흑의사내 역시 마찬가지였다.

그들 모두 검을 들고 있는 손목을 타고 검붉은 핏줄기가 흘러내리고 있었다.

그 피를 본 적색 복면 무사들은 소스라치게 놀랐다.

"설마 저분들이 패한 것은……."

그들은 도저히 믿을 수 없다는 표정으로 객잔에서 물러나기 시작했다.

"윽!"

그들이 완전히 물러나고 나서야 완전히 기진맥진한 상태였던 노인이 바닥에 털썩 주저앉았다.

"장로님!"

노인이 바닥에 쓰러졌다. 그러자 객잔 안에 휘몰아쳤던 엄청난 기의 소용돌이 속에서 간신히 버티고 있던 젊은 여인이 노인을 향해 달려갔다.

그사이 곽 표사가 류 표사에게 다가와 물었다.

"역시나 마도시대의 무인들이었나?"

류 표사가 조용히 고개를 끄덕였다.

"단순한 무인들이 아니오. 실력도 실력이거니와 그 경험과 임기응변마저도 대단한 수준에 이른 진짜 마인들이오."

그렇게 말하는 류 표사의 입가에서 한줄기 굵은 핏물이 흘러내렸다.

"푸웁!"

동시에 류 표사가 입에서 검붉은 선혈을 뭉텅이로 토해냈다.

그 모습을 본 곽 표사가 고개를 절레절레 흔들며 말했다.

"자네가 얼마나 강한지는 내 익히 알고 있는 바. 자네를 이리 만들 정도라면 그들의 강함은 상상하기가 어려울 정도겠네."

곽 표사 또한 흑의사내 하나와 검을 겨뤘었다. 그들이 얼마나 강한지를 알기에는 차고 넘칠 지경이었다.

"대체 그렇게 강한 이들이 얼마나 더 있는 것인지……."

곽 표사가 근심스런 어조로 말했다.

"제아무리 마도시대라 하나 그 정도로 강한 이들은 거의 없습니다."

류 표사는 마도시대의 다른 무인들과도 이 시대에서 겨뤄본 적이 있었다. 그러나 지금껏 만났던 이들 중에서도 방금 전 만났던 사내들이 최강이었다. 마도시대에도 그들 정도 되는 무인들은 흔하게 볼 수가 없었다.

그러며 피에 물든 자신의 손을 내려다봤다.

손은 미세하게 떨리고 있었다.

"뭔가 달라지고 있다. 제아무리 나라 해도 저 정도 되는 무인들 다섯을 한꺼번에 극복해 내다니……."

마도시대 십삼신마 수준에는 미치지 못한다 해도 흑의사내들은 모두가 화경의 경지에 이른 절대고수들이었다.

그런 절대고수 다섯을 상대해 내고도 멀쩡하게 서 있을 수 있다는 것은 류 표사 스스로도 놀랍기 그지없는 일이었다.

분명 스스로도 알 수 없는 변화가 일어나고 있는 것이었다.

곽 표사는 그런 류 표사를 묘한 눈으로 바라보더니 말했다.

"조 표두를 저리 둘 수는 없겠네. 조금만 더 저리 두었다가는 목숨이 위태로울 것 같아."

곽 표사는 바닥에 혼절해 있는 표두 조연당을 향해 걸어가더니 그의 혈도 몇 곳을 짚었다. 그러고는 조연당의 몸 안에 내력을 불어넣기 시작했다.

그때까지도 류 표사는 여전히 떨리고 있는 자신의 손을 바라보고 있었다.

그에게 금제를 당한 이후 한번도 제대로 된 상대를 만날 수 없었다. 아니, 검을 휘두를 만한 가치가 있는 상대도 없었다. 그랬기에 지금까지 자신이 변하고 있음을 확인할 방법도, 기회도 없었던 것이다.

그러나 막상 확인하고 보니 그 변화는 놀랍기 그지없는 것이었다.

호북성 무한 제갈세가.

"비상 타종을 해라! 침입자가 들어왔다!"

제갈세가 무사들 전체가 세가에서 특별히 제조한 기문병기들을 급히 챙겨 세가 앞으로 집결하고 있었다.

"진법이 돌파당하고 있다! 서둘러라!"

무사들 중 하나가 다른 무사들을 향해 고래고래 소리쳤다.

스스로를 삼국시대 제갈공명의 후예라 일컫는 제갈세가다.

그런 제갈세가답게 불청객이 세가 정문까지 도달하기 위해서는 무려 삼백육십여 종의 진법을 돌파해야만 한다.

세가 앞에 펼쳐진 삼백육십 개 진법 숫자도 놀랍다. 하나 그 진법의 종류를 모두 듣고 나면 천하의 그 어떤 이도 감히 제갈세가를 범할 생각을 하지 못할 것임에 틀림없었다.

기본적인 천지삼재진과 팔진도, 육갑미혼진, 칠종칠금진부터 시작해 천강북두진과 금강진 등은 물론이고 혈곡의 고죽환영진이나 새외의 요요미종진, 심지어는 마교의 마라사영진까지 모조리 포함돼 있었다.

또한 삼백육십 종의 진법 안에 또다시 일원, 양의, 삼재, 사방, 오행, 육합, 칠성, 팔괘, 구궁, 십익의 도리가 복잡하게 조합돼 있다.

이 진 자체가 제갈세가 수백 년 역사의 정화였다. 그동안 제갈이란 성씨를 썼던 이들 수천, 수만이 짜내고 짜낸 노력의 결과이기도 했다.

그러한 것을 겨우 한 사람이 단시간 내에 파훼할 수 있다?

그 말 자체가 어불성설이었다.

그러니 그 어떤 불세출의 진법가라 할지라도 이것을 풀어낸다는 것은 불가능한 일이었다.

"십만대산조차 감히 제갈세가를 범할 수는 없다!"

강호인들이 제갈세가의 진법을 높이 평가해 이렇게 말하는 것은 결코 무리가 아니었다.

철옹성!

석가장에 위치한 하북팽가가 천혜의 철옹성에 위치해 있다면, 무한에 있는 제갈세가는 인위적인 철옹성으로 보호받고 있는 셈이었다.

그런데 오늘, 수백 년 동안 단 한 번도 무너지지 않았던 제갈세가의 철옹성이 완벽하게 허물어지고 있었다.

"대체 어떻게 된 일이냐!"

제갈세가 가주 제갈현도가 세가의 정예들을 이끌고 나왔다.

그때, 진법의 철옹성을 완전히 돌파한 괴인은 이미 제갈세가의 정문 앞에 당도한 상태였다.

흑색 장삼에 흑색 죽립을 깊이 눌러쓴 괴인은 거만하게 목을 한번 돌리더니 말했다.

"제갈세가는 다른 오대세가와는 달리 너무 일찍 멸문을 당해 내 손으로 기둥뿌리를 뽑지 못했던 것이 영 아쉬웠었다. 그런데 이렇게 기회가 주어지다니."

괴인은 낮지만 싸늘한 어조로 말했다.

제갈현도는 그 괴인을 잠시 살펴보더니 조금은 진정을 하며 소리쳤다.

"본 세가를 방문해 주신 고인의 존성대명을 묻고자 하오."

진법을 힘으로 돌파한 괴인은 볼 것도 없이 제갈세가의 적이라는 사실은 말할 것도 없다. 하나 그렇기에 더욱 무례할 수가 없었다.

천하에 그 어떤 이가 제갈세가의 삼백육십 개 진법을 오직 힘만으로 돌파할 수 있단 말인가?

이는 십만대산의 지배자인 십만마교주 비천신마 한평마저도 불가능한 일이었다.

그처럼 강력한 자와 싸우기보다는 대화로써 이야기를 풀어나가고 싶은 것이 제갈현도의 솔직한 심정이었다.

그러나 괴인은 제갈현도의 그런 심정을 깡그리 짓밟았다.

"제갈세가의 쥐새끼 따위가 감히 내 이름을 묻다니. 어이가 없군."

그 모욕적인 발언에는 언제나 웃는 얼굴을 하고 다니는 제갈현도조차 미간을 찌푸릴 수밖에 없었다.

"그대는 너무 무례하구려."

제갈현도의 말에 괴인이 쓴웃음을 지었다.

"무례할 만한 실력을 가지고 있으니, 무례할 수도 있는 것이다."

괴인은 오만하게 말하더니 말을 이어갔다.

"이 안에 제갈영호라는 이름의 쥐새끼가 있을 것이다. 인간의 영을 가둬 그 귀기를 내력처럼 운용하는 버러지 같은 녀석이!"

그 소리에 제갈현도는 순간 말문이 막혔다.

"주제도 모르고 턱없이 욕심을 부리는 자다. 나는 형제들을 배신하고, 주인을 물려고 덤벼드는 그자를 찾아왔다."

그 소리에 제갈현도가 급하게 막 무어라 반박하려 했다.

그런데 제갈현도 뒤편에서 청년 하나가 천천히 걸어나왔다.

불타는 듯한 적의를 입고 있는 청년으로 제갈현도와 무척이나 흡사한 외모를 가지고 있는 인물이었다.

예전에는 노인의 모습으로 나타났었으나 이 시대 사람들의 영을 흡수해 이제는 외모마저 완전히 젊어진 혈세신마 제갈영호였다.

"그대는 나를 알고 있나 보지?"

제갈영호는 인간의 영이 가진 원념과 귀기를 원천으로 삼는 탈혼검의 비밀을 알고 있는 것으로 보아 이 괴인이 자신을 알고 있는 인물이라고 확신하고 있었다.

그가 구사하는 역천의 사공인 탈혼검은 마도시대에 만들어진 무학. 이 시대에는 탈혼검의 이치를 알고 있는 인물이 있을 리가 만무했다.

"알고 있지. 너무나 잘 알고 있지. 내가 그대의 수염을 태운 적도 있지 않은가?"

그 소리에 제갈영호가 흠칫 놀랐다.

"수염을 태웠다면……."

그의 수염을 태운 적이 있는 자는 오직 한 사람뿐이었다.

"설마 너는?"

괴인이 깊숙하게 눌러쓰고 있던 흑색 죽립을 벗기 시작했다. 그러자 곧 괴인의 얼굴이 서서히 드러났다.

"헉!"

곁에 모여 있던 제갈세가 무사들 중 일부가 사신이라도 본 것처럼 크게 놀랐다.

일전에 남궁세가를 찾아갔다 포로로 잡혔던 이들이었다.

한참이나 남궁세가 옥에 갇혀 있다 남궁유한이 죽었다는 소문이 돌고, 오룡제가 열리면서 이들은 간신히 풀려나 제갈세가로 돌아올 수 있었다.

그랬으니 일전에 그들을 단박에 제압한 적이 있는 남궁유한의 얼굴을 못 알아볼 리 없었다.

"남궁유한 소가주!"

그들 중 몇몇이 자신도 모르게 소리쳤다.

그 소리에 모여 있던 다른 제갈세가 무사들 역시 크게 놀랐다.

마교 교주 한평에게 죽었다는 소문이 돌았던 남궁유한 소가주가 살아 있는 것도 물론 놀라웠다.

또한, 제갈세가와는 원수지간인 남궁세가 소가주가 혈혈단신으로 제갈세가를 찾아온 것 또한 놀라울 수밖에 없었다.

남궁유한이 제아무리 절대고수라 해도, 일전에는 전설의

남검 소리까지 들었던 이라 해도, 제갈세가에 홀로 들어와서는 절대 살아나갈 수 없다.

제갈세가 모두가 그 사실을 굳게 믿었다.

빠드득! 빠드득!

제갈영호가 이를 갈며 음산한 목소리로 말했다.

"네 녀석이 죽으러 왔구나."

남궁유한이 얼굴을 삐딱하게 기울인 채로 말했다.

"훗! 단 한 사람을 제외하고는 하늘 아래 나를 죽일 수 있는 존재는 없다."

"못 본 사이에 입심만 늘었나 보군."

혈세신마 제갈영호와 철혈투마 류한은 마도시대부터 앙숙으로 유명했다. 십만대산의 형제만 아니었다면 어느 한쪽이 한쪽을 죽여도 진즉에 죽였을 것이라 말해졌을 정도로.

"입심도 늘었지만, 실력은 그보다 더욱 늘었지."

"흐흐흐! 그래 봐야 너와 나는 일천 초 이내에는 승부를 볼 수 없는 백중지세였다. 그렇다는 얘기는 누군가 나를 도와줄 고수 몇 명만 있어도 너를 제압하기가 그리 어려운 것은 아니라는 의미지."

제갈영호가 손을 들었다. 그러자 그의 뒤편에서 그와 함께 천부경의 문을 넘었던 그의 세 제자가 걸어나왔다.

"또한, 제갈세가 전체가 나를 도울 것이다. 이래도 이곳이 사지가 아니라고 그 입을 놀릴 수 있겠느냐?"

겉으로 보기에는 분명 그러했다.

그러나 남궁유한은 웃었다.

"너는 한 가지를 크게 착각하고 있다. 어때, 그것이 무엇인지 들어보겠나?"

"네놈의 유언이라면 기꺼이 들어주마."

남궁유한이 눈빛을 번뜩였다.

"가장 중요한 전제가 틀렸다. 너와 나의 실력이 백중지세였던 때도 있었지. 그러나 그것은 과거의 일이다."

"과거의 일이라?"

"과거의 일이지. 시간이 지날수록 너는 그저 늙어갈 뿐이지만, 나는 갈수록 강해지고 있으니."

"흐흐흐! 너에게 폭풍대라도 있으면 모를까 폭풍대도 없는 너는 전혀 두렵지 않다. 아~ 맞군. 폭풍대는 아마 모두 뒈져 버렸다지? 내가 잠시 착각을 했어."

제갈영호가 은근히 남궁유한의 속을 긁었다. 그러나 남궁유한은 아무렇지도 않은 듯 그 소리를 받아넘겼다.

"훗! 폭풍대가 죽었다니. 무슨 헛소리를 지껄이고 있나 모르겠군."

"이런, 이런. 그때의 충격이 너무나 컸나 보군. 폭풍대 전원이 계집처럼 울부짖으며 죽어가던 때의 충격 말이야. 흐흐흐!"

"네놈이 벌써 노망이 든 모양이구나."

"노망이라. 오래 살다 보면 그럴 수도 있겠으나 너나 나나 그런 것과는 거리가 멀지 않았던가?"

남궁유한이 백 년을 훌쩍 넘기며 살아온 혈세신마를 바라보더니 말했다.

"네가 오래 살기는 오래 살았지. 그런데 우리가 이렇게 오래 말을 섞을 정도로 친한 사이였던가?"

"물론 아니지."

"길게 끌어봐야 뭐 할까?"

남궁유한이 돌연 눈빛을 폭사시켰다. 그리고 검지를 들며 선언했다.

"네놈을 일초 안에 제압해 주마!"

"개소리!"

그런데 제갈영호의 그 말이 끝나기가 무섭게 남궁유한이 땅을 박차고 날아왔다.

그와 동시에 제갈영호가 수중에 품고 있던 귀검을 뽑아 들려 했다.

수천 원혼의 원념과 귀기로 완성된 역천의 검법 탈혼검을 펼치려 하는 제갈영호였다.

"다른 이들에게 권하고 싶지는 않으나 그 위력만은 십만대산 안에서도 능히 열 손가락 안에 드는 것이 탈혼검이다."

마선의 경지에 오른 교주마저도 그 위력만은 극찬했던 것이 바로 혈세신마 제갈영호의 탈혼검이었다.

수천 원혼과 영적으로 연결돼 있는 탈혼검은 그 검이 펼쳐지기도 전에 시전자의 의지에 종속돼 수천 원혼들이 귀기의 벽을 형성한다.

이는 일종의 호신강기와 유사한 형태다. 하나 차이가 있다면 인간의 몸으로는 이 귀기의 벽을 극복하기가 거의 불가능하다는 점이다.

제갈영호 역시 그 점을 철석같이 믿고 있었다.

다른 십삼신마에 비해 부족한 부분이 많았으나 그가 당당히 십삼신마의 상위에 포함될 수 있었던 것은 특별한 능력을 지니지 않고서는 뚫어낼 수 없는 이 귀기의 벽에 있었다.

상대가 뚫지 못하니 수비에 신경 쓸 것 없이 혈세신마는 일방적으로 상대를 공격할 수 있다는 이점을 가지게 되는 것이다.

혈세신마 제갈영호가 느긋하게 귀검을 뽑았다.

남궁유한이 제아무리 오대마검의 주인이라 해도 귀기의 벽을 뚫지 못할 것이며, 예전에 실제로 그것을 확인한 바도 있었다.

"천천히 즐겨주마."

제갈영호가 남궁유한을 어찌 요리할지를 상상하며 막 귀검을 휘두르려던 찰나였다.

귀기의 벽을 이루고 있는 원혼들이 세상의 종말을 알리는 것만 같은 처절한 귀곡성을 내지르기 시작하는 것이 아닌가?

그 귀곡성에 원혼들을 부리는 혈세신마조차 적잖이 놀랐을 때였다.

남궁유한은 이미 아주 간단하게 귀기의 벽을 돌파해 버리고 있었다.

이는 있을 수 없는 일이었다.

절대 불가능한 일이었다.

그의 눈에 남궁유한의 손이 황금빛으로 빛나고 있는 것이 보이기 시작했다.

황금빛 손.

그것을 보자마자 혈세신마의 뇌리를 스쳐 지나가는 무공 하나가 있었다.

"반야대능력!"

정파에서도, 마도에서도 금지된 무공.

소림파 제일의 무상신공이나 소림이 스스로 봉인했고, 천마심공의 천적이기에 마교조차 절대 금지했던 무공이 아니던가?

"네가 어찌?"

혈세신마가 그리 소리치던 순간이었다.

남궁유한의 황금빛 손이 마치 시공간을 가르는 것처럼 별안간 나타나 혈세신마의 목줄기를 잡았다.

언제나 백중지세였던 두 사람이었다.

그러나 어찌 된 영문인지 남궁유한은 혈세신마를 단 일초 만에 제압해 버린 신위를 선보이고 있었다.

'나답지 않게 너무 당황했다.'

혈세신마는 정상적으로 싸웠으면 이렇게 일초 만에 제압 당할 리 없다고 여전히 믿고 있었다.

'또한, 네가 반야대능력을 익히고 있다 해도 나는 어쩌지 못할 것이다.'

생각이 거기까지 미치자 혈세신마는 자신도 모르게 희미한 미소를 입가에 흘렸다.

그 미소를 남궁유한이 알아본 것일까?

"내가 네 몸뚱이를 어쩌지 못할 것 같으냐?"

목줄기를 잡힌 채로 남궁유한이 손아귀에 힘만 조금 줘도 당장에라도 목뼈가 부러질 것이 틀림없는 혈세신마였다. 그러나 그는 그다지 당황하지 않았다.

오히려 남궁유한에게 목줄기를 잡혀 있는 것이 더 편안해 보일 정도였다.

"탈혼검에는 몇 가지 묘용이 있지. 너도 알다시피 그중에는 불사의 능력도 포함돼 있다. 나는 그 능력을 믿고 감히 교주를 배신할 수 있는 용기를 낼 수 있었다. 흐흐흐!"

혈세신마는 최악의 경우에도 죽음만은 면할 수 있다는 절대적인 확신이 있었다.

불사!

목이 잘려도, 심장이 박살이 나도, 몸뚱이가 오체분시를 당해도, 탈혼검을 익혔던 다른 이들과는 달리 혈세신마는 온몸이 불에 타도 죽지 않는다.

탈혼검, 이것이야말로 진정한 역천의 사공이었다.

"과연 그럴까?"

그 소리와 함께 황금빛으로 빛나던 남궁유한의 손에 서광이 배어 나오기 시작했다.

"나는 한 가지 무공을 익혔다. 그 이름이 아마 보리무상장이라 했던가?"

남궁유한이 손바닥을 치켜들며 사악한 기운을 풍기기 시작했다.

"보, 보리무상장?"

그 이름에 혈세신마가 사시나무처럼 온몸을 떨었다.

"미, 믿을 수 없다!"

"직접 경험해 보면 알게 되겠지."

황금빛으로 빛나는 남궁유한의 손이 수도처럼 변해 혈세신마의 왼팔을 어깨부터 자르기 시작했다.

사방에 살 타는 냄새가 고약하게 진동하기 시작했다.

그 고통이 얼마나 대단했던지 십만마교의 십삼신마 중 하나인 혈세신마가 막 비명을 지르려 했다.

"쉿! 그 나이 먹고 비명을 질러대면 다른 사람들이 어떻게 보겠나? 너무 나약하다고 생각하지 않을까? 사내라면 한 팔이 잘려도 다른 팔로 잘린 팔을 받아낼 오기와 근성이 있어야지. 흐흐흐!"

남궁유한은 사악한 웃음과 함께 한껏 조롱하는 분위기를 풍기며 한 팔이 잘려 나가는 혈세신마를 바라봤다.

"흐흐흐! 탈혼검을 익힌 네놈은 산룡자(山龍子, 도마뱀)의 잘린 꼬리가 재생되는 것처럼 신체를 자유자재로 재생시키지 않았던가? 내 앞에서 그 놀라운 재주를 한번 펼쳐 보이는 것이 어떨까?"

"이, 이……!"

혈세신마가 악에 받쳐 이를 앙다물었다.

그는 이미 잘린 팔을 재생시키려고 했으나 그것은 불가능했다.

'반야대능력에 이어지는 보리무상장. 진짜였다.'

"네가 어찌 그것을 익힐 수 있단 말이냐? 그것을 익히게 되면 무림의 공적이 되는 것은 물론이며, 그 순간 교주의 분노로부터도 피할 수 없다."

"하하하! 교주를 배신한 네 입에서 교주의 분노 운운하는 소리를 듣게 되니 우습기 짝이 없구나."

그러더니 남궁유한은 혈세신마 제갈영호의 귀에 대고 무어라고 속삭이기 시작했다.

그 얘기를 듣고 있는 제갈영호의 얼굴이 백지장처럼 창백하게 질려갔다.

그는 이야기를 다 듣고 난 후 결국 자리에 주저앉고 말았다.

그의 얼굴에는 그저 허탈한 미소만이 온통 자리하고 있을 뿐이었다.

第三章 화산 장문인

無敵世家

　노인과 함께 화산 초입의 객잔을 찾았던 젊은 여인은 자신들을 장안에 있는 영산표국의 표사들이라고 밝힌 그들을 바라보고 있었다.

　흑의 장삼을 입은 괴한이 서슴없이 말하길 당대의 천하제일검이라고 했던 늙은 표사.

　그리고 이 자리에 성승과 검선이 있다 해도 둘 이상은 상대하기 벅찰 것이 틀림없는 절대고수 다섯을 놀랍게도 홀로 격퇴한 젊은 표사.

　여인은 특히 젊은 표사에 더욱 집중하고 있었다.

　그런데 역시나 젊은 표사에게는 묘한 점이 있었다.

보통 사람이라면 거의 알아차리지 못했을 것이나 눈썰미가 유달리 예리한 그녀에게는 명확하게 느껴졌다.

처음 보았을 때의 얼굴과 그다음 보았을 때, 또 지금 보았을 때의 얼굴 모습과 분위기가 계속 달라지고 있었다. 나중에 다시 본다 해도 전혀 다른 사람이라고 여겨질 정도로 느낌이 완전히 달라질 정도였다.

처음에는 그 점을 크게 신경 쓰지 않았다. 그러나 계속해서 얼굴과 분위기가 변화하자 이제는 호기심을 넘어 일종의 두려움마저 생길 지경이었다.

사람의 얼굴이나 분위기는 시간이 지나면 변한다 하지만 어찌 눈 깜빡할 사이에 저리 급격하게 변할 수 있단 말인가?

설마 다른 사람과는 달리 시간마저 저 젊은 표사에게는 다르게 흐르고 있단 말인가?

'평범한 표사일 리가 없다. 절대무공은 물론이고 이런 듣도 보도 못한 기사를 가진 인물이라면 더더욱.'

얼굴을 가리고 있는 면사마저도 본래의 색 대신 붉은 피에 물들어 버린 여인이 면사를 내리며 자신을 소개했다.

"저는 제갈연하라고 합니다."

이 젊은 여인, 예전에 남궁세가에 찾아왔다 사로잡혀 남궁유한의 시비 생활을 하는 굴욕을 당했던 제갈연하였다.

강호사대미인 중 으뜸으로 뽑히는 금설매가 바로 그녀였으며, 당금 제갈세가주인 제갈현도의 딸이기도 했다.

'의외로군. 이런 곳에서 저 여인을 다시 보게 되다니.'

류 표사는 그녀의 얼굴을 보더니 조금은 놀란 표정을 지었으나 곧 평소의 무표정한 얼굴로 돌아가고 말았다.

그는 자신이 누구인지 밝히지도 않았으며, 대답조차 하지 않았다.

금설매는 금설매, 그녀의 미모는 내상을 입고 이제 막 깨어나 몸이 온전하지 않은 조연당마저 깜짝 놀라게 할 정도였다.

"대단하구나. 평생 아름답다는 미녀들을 적잖게 보아왔으나, 저렇듯 대단한 미녀는 난생처음 보는구나."

조연당은 색을 탐하는 인물이 아니었으나 제갈연하의 아름다움에는 자신도 모르게 게걸스럽게 침까지 질질 흘릴 정도였다.

제갈연하의 얼굴에서 눈을 떼지 못하던 조연당을 현실로 돌아오게 만든 것은 늙은 곽 표사였다.

곽 표사는 조연당을 말없이 등에 업고는 난장판이 된 객잔 밖으로 나가려 했다.

"잠시만요!"

객잔 밖으로 나가려는 곽 표사와 류 표사를 불러 세운 것은 제갈연하였다.

"조연당 표두란 분이 말하길 당신들은 영산표국의 표사라 하셨지요?"

곽 표사의 등에 업혀 있는 조연당이 그 사실을 재차 확인해

주었다.

"표국이란 표물을 대신 운송해 주고 운임을 받는 곳이죠?"

조연당이 또다시 고개를 끄덕였다.

그러자 제갈연하가 잠시 무언가를 생각하더니 품에서 야명주 한 알을 꺼냈다.

"이 정도 금액이면 당신들에게 표물 운송을 의뢰할 수 있나요?"

그 모습을 드러낸 것만으로 난장판이 된 객잔 내부의 우중충함을 화려함으로 바꿔 버린 야명주.

성인 남자의 주먹 정도인 그 크기도 크기려니와 광채와 선명함 또한 극상품 중의 극상품인 야명주로 보였다. 아무리 적게 잡아도 은자 수십만 냥은 돼 보이는 물건이었다.

그 야명주에서 시선을 떼지 못하는 조연당을 바라보며 제갈연하가 재차 물었다.

"표물 운송을 의뢰하려면 누구와 얘기를 나눠야 하는 것인가요?"

"조 표두에게 얘기는 들었소만 대체 어떤 표물을, 어디로, 언제까지 운송해야 하는 것입니까?"

정체불명의 괴한들이 객잔 안으로 들어와 잠시 몸을 피했던 대표두 장홍은 급작스럽게 표물 운송을 맡기겠다는 제갈연하를 마주하고 있었다.

"대표두께서 물어본 점도 중하나, 저에게 가장 중요한 점은 바로 누구를 고용하느냐 하는 것입니다."

"누구를요? 저희 영산표국에 맡기겠다 하신 것 아니었습니까?"

장홍이 고개를 갸웃거렸다.

"물론 영산표국에 맡기는 것입니다. 하나 저의 청부에 두 사람을 꼭 포함시켜 줬으면 합니다."

"두 사람이요? 갈수록 모를 소리를 하십니다."

제갈연하가 간단히 말했다.

"지금 표대에 속해 있는 류 표사와 곽 표사란 분만 포함된다면 다른 조건은 걸지 않겠습니다."

"류 표사와 곽 표사요?"

제갈연하가 고개를 끄덕였다.

그런 제갈연하를 보며 장홍이 속으로 생각했다.

'허, 이거 참 어찌 된 영문인지를 알 수가 있나? 이 청부를 받아들여도 되는 것인가?'

영산표국의 국주인 남우량이나 장홍 역시 평생을 표국에서 살아오며 궂은일, 험한 일을 다 해온 표국의 기둥이었다.

또한, 지금 이 표대는 대표두 장홍이 맡고 있다. 이전에도 가끔씩 이렇게 표행 중간에 표물이 들어오는 경우 장홍이 임의로 일을 처리하는 경우가 종종 있었다.

'그래도 류 표사와 곽 표사를 명확히 지명한 것이 마음에 걸리는구나. 또, 무슨 표행인지는 모르나 대금 또한 너무 과하지 않은가?

탐욕스런 사람이라면 수십만 냥의 가치는 너끈할 야명주를 보고 눈이 뒤집혀 이성이 마비됐을 것이다. 장홍 역시 그 야명주가 탐나지 않는 것은 아니었다.

그러나 과도한 청부금에는 곧 극도로 위험한 대가가 따른다는 사실을 구분할 최소한의 분별력은 가지고 있었다.

장홍이 그렇게 고민하기 시작하자 제갈연하가 말했다.

"무엇을 고민하는지 능히 짐작하겠습니다."

"사실 걸리는 점이 있기는 있습니다."

"처음에 물었던 부분에 답해 드리면 마음이 조금 놓일지도 모르겠군요."

그 말에 장홍이 크게 흥미를 표했다.

"표물은 사람입니다. 그것도 화산파의 전전대 장로이신 검종 단운악 어르신이십니다."

조연당이 그 소리에 깜짝 놀랐다.

화산파의 전전대 장로라는 신분도 놀라웠지만 검종이라는 말에는 그야말로 기절할 듯이 놀랄 수밖에 없었다.

당대에 무림사왕이 있다 하지만, 검종 단운악은 그들보다 앞선 시대에 이미 절대고수로 불렸던 대단한 검객이었다.

화산파에서 근 백 년 만에 이십사수매화검법과 자하신공을 극성으로 익힌 검객을 배출했으니 그가 바로 단운악이었다.

화산파를 양분하며 알력을 빚고 있는 검종과 기종의 두 파벌 모두가 검과 기공 양쪽에서 모두 극의를 깨우친 단운악에게만큼은 극도의 존경을 표할 정도였다.

소림에 성승이 있고, 무당에 태극검선이 있다면, 화산에는 바로 검종이 있다 말해지곤 했었다.

"그분께서 정녕 살아계셨소이까? 일설에는 등선을 했다 들었는데……."

장홍은 도저히 믿기지 않는다는 얼굴이었다. 이미 수십 년 전에 검종 단운악은 등선했다 들어왔기에 더욱 그러했다.

"상청궁을 떠나 선인봉에 은거를 하신 후부터 단 한 번도 강호에 발걸음을 하지 않으셨지요. 심지어는 화산 제자들 앞에도 얼굴을 보이지 않으셨으니 그런 소문이 날 법도 합니다."

"아, 그랬습니까? 저희가 그런 분께 무슨 힘이 될지는 알 수 없으나 그분을 어디로 가서 맞이하면 되겠습니까?"

장홍은 내심 기회라 여기고 있었다.

화산파와 관련된 표물 운송의 뒤끝이 좋지 못했다. 하지만 화산파의 어른 중 어른인 검종 단운악과 연을 맺을 수만 있다면 영산표국의 앞날은 탄탄대로일 것이 분명했다.

또한, 천하의 검종과 함께 가는 길인데 무슨 어려운 일이 있을까 싶기도 했다.

그저 검종 체면에 물건들을 옮기는 것이 꺼려져서 자신들을 고용하려는 것이라 애써 생각했다. 그래도 대금이 너무 과한 것은 확실히 이상했지만.

제갈연하는 장홍의 물음에 답을 하는 대신 난장판이 된 객잔 한구석에서 거친 숨을 몰아쉬고 있는 노인을 가리켰다.

그러자 장홍이 설마하는 얼굴로 물었다.

"저 노인 분이 혹?"

제갈연하가 고개를 끄덕였다.

온몸이 피투성이가 된 채 당장에라도 숨이 끊어질 듯 헐떡거리고 있는 노인이 화산검종 단운악이라니.

장홍은 소스라치게 놀라며 자리에서 벌떡 일어섰다.

"청부를 받아들일 수 없습니다. 천하의 검종께서 저리 험한 꼴을 당할 정도인 상황에 우리 표국 표사들 몇이 추가된다 해서 무슨 도움이 되겠습니까? 제아무리 야명주가 탐이 난다 하나 표사들을 개죽음당하게 만들 수는 없는 일입니다!"

당연한 반응이었다.

화산검종이 저리됐다는 얘기는 곧, 검종을 노리는 상대가 상상을 불허할 정도로 강력한 세력이라는 의미였다.

대다수가 이류무사에 간혹 일류급 무사들이 섞여 있는 영산표국으로는 감히 감당할 수 없는 상대가 틀림없었다.

"그래서 류 표사와 곽 표사, 단둘만 원하는 것입니다."

제갈연하가 짧게 말했다.

"그 두 표사 역시 우리 표국의 표사들이외다. 제아무리 은자가 좋다 하나 그들을 사지로 밀어 넣을 수는 없소이다."

장홍은 단호하게 거절했다.

제갈연하는 그 뒤로도 몇 번이나 간절히 청했으나 장홍은 요지부동이었다.

결국 장홍의 뜻을 끝내 꺾지 못한 제갈연하가 한숨을 내쉬며 말했다.

"그럼, 화산검종 어르신을 상청궁까지라도 모셔다 드릴 수 있겠습니까?"

계속 불가하다는 소리만 반복했던 장홍이었다. 이 절세미녀의 내력은 자세히 알 수 없으나 화산검종과 함께하고 있다면 결코 평범한 여인이 아닐 것이었다.

그런 여인이 그토록 간절히 청했는데 계속 거절만 했다가는 후에 좋은 꼴을 보지 못할 가능성이 컸다.

또한, 이곳은 화산 초입이다.

그 말은 곧 화산파의 세력권이라는 의미며, 무슨 일이 생겨도 곧바로 화산 제자들의 도움을 청할 수 있었다.

게다가 여기서부터 제아무리 오래 걸려도 상청궁까지는 고작 하루면 닿을 수 있는 거리다.

잠시 고민하던 장홍이 입을 열었다.

"그 청부라면 받아들이겠습니다."

장홍이 그것만은 받아들이자 그때서야 제갈연하가 안도의

한숨을 내쉬었다.

그녀는 그러며 시큰둥한 얼굴로 서 있는 류 표사의 얼굴을 바라봤다.

'검종 어르신의 호위를 받았음에도 거의 죽을 위기에 처했었어. 적들은 너무 강해. 그런 적들을 뚫고 구파일방 전체에 자하령을 발동하기 위해서는 최고의 호위무사가 필요해.'

자하령을 발동하기 위해 이상하게 변해 버린 자신의 가문 제갈세가를 탈출해야 했던 제갈연하다.

구파일방의 진실한 힘을 움직일 수 있는 자하령.

그 자하령을 위해 그녀는 저 두 표사, 특히 류 표사가 절실히 필요했다.

다음날 아침.

화산검종 단운악의 상세가 조금은 안정되자 영산표국 표대는 다시 화산을 오르기 시작했다.

상황이 상황인지라 대표두 장홍부터 말단 쟁자수에 이르기까지 경계의 끈을 놓지 않고 있었다.

그나마 다행스럽게도 일행을 노리는 적들은 없었고, 해가 떨어지기 전에 표대는 다시 화산과 상청궁에 당도할 수 있었다.

"휴우~"

오는 내내 가슴을 졸이고 있던 대표두 장홍이 안도의 한숨을 내쉬며 다시 오게 된 상청궁 입구를 바라봤다.

그는 곧 상청궁 입구 지객당을 찾아가 얼마 전 본 적이 있는 화산파의 젊은 도사를 찾아냈다.

화산파의 도사 역시 장홍을 알아봤으나 말을 건네는 대신 인상만 한없이 써댈 뿐이었다.

장홍이 명확히 자신을 향해 성큼성큼 다가오고, 서로 눈을 마주치게 되자 그때서야 젊은 도사는 어쩔 수 없이 입을 열었다.

"장안의 한 표국에서 왔다 했었지요?"

젊은 도사는 영산표국의 이름은 물론 장홍의 이름과 직위조차 제대로 기억하고 있지 못한 것처럼 보였다.

그런 낌새를 알아챈 장홍은 내심 불쾌했으나 밖으로는 그런 감정을 표현하지 않고 말했다.

"저희가 한 분을 호위하고 왔습니다."

"호위요? 누구를 호위하고 왔는지는 알 수 없으나 곧 장안의 대부호인 오달천 대인께서 오실 예정이오. 그러니 나중에 얘기합시다."

젊은 도사는 너희 정도 되는 표국의 표사들 실력으로 호위하고 있는 인물이라 봐야 별 볼일 없는 인물일 거라 확신하고 있었다.

"얘기를 좀 더 들어보시지요."

장홍은 자신들이 누구를 호위하고 왔는지를 말하면 이 도사의 태도가 완전히 달라질 거라 믿었다.

화산검종의 이름은 다른 곳에서도 대단한 무게감을 주는 이름이었고, 특히 이곳 화산에서는 가히 신선처럼 존경받는 이름이었기에.

"우리가 모시고 온 분의 존성대명은 화산……."

장홍이 화산검종 단운악의 이름을 막 말하려던 때였다.

"현진아, 거기서 무얼 하고 있는 것이냐? 곧 오 대인이 당도할 때가 되었는데."

도호가 현진인 젊은 도사는 화산파 외궁을 책임지고 있는 운청 도사의 말이 떨어지자 장홍에게는 예도 갖추지 않고 급히 떠나고 말았다.

"허~!"

그 광경에 장홍은 어이없는 표정을 지을 수밖에 없었다.

그래도 그는 다른 도사라도 찾아 자신들이 화산검종 단운악을 호위하고 왔음을 알리고자 했다.

"지금은 바쁩니다. 잠시 후에 다시 찾아오시지요."

그러나 다른 도사들 역시 장홍의 말을 제대로 들어주려 하지 않았다.

어찌 됐든 조금이라도 안면이 있는 현진 도사조차 상대해 주지 않았는데 하물며 다른 도사들이 장홍의 말을 들어줄 리 없었다.

"하~ 화산파에 또 한 번 실망하게 되는구나."

자신들이 화산파 최고 어른을 모시고 왔는데 말조차 제대로 걸 수 없다니.

장홍은 실망에 또 실망을 거듭할 수밖에 없었다.

어처구니없게도 화산검종을 모시고 왔다는 말을 화산 제자에게 전하는 것조차 실패하고 만 그는 표국 일행이 있는 곳으로 되돌아왔다.

"무슨 이런 개 같은 대접이 다 있답니까?"

장홍이 자신이 겪은 일을 설명하자 젊은 축에 속하는 표사들이 당장에 발끈했다.

융숭한 대접을 기대한 것은 아니었으나 이런 문전박대까지는 차마 참을 수 없었던 것이다.

제갈연하의 얼굴마저 붉게 변하고 말았다.

"……"

마차 안에 누워 그 사정을 다 들은 화산검종 단운악은 힘겹게 혀를 차며 눈을 감았다.

무언가 말을 하고는 싶으나 지금 간신히 숨만 붙어 있는 그였던지라 지금은 그것밖에는 할 수가 없었다.

얼마 후, 장홍과 영산표국 일행도 그 이름만은 너무나 잘 알고 있는 장안의 대부호 오달천 일행이 상청궁 입구에 나타났다.

그러자 화산파 제자들은 영산표국 일행을 대할 때와는 태도가 완전히 달라져 있었다.

외궁 책임자인 운청 도사부터 십수 명의 도사들이 나와 오달천을 영접하기 시작했다.

멀리서 그 광경을 지켜보고 있던 류 표사와 곽 표사는 쓴웃음을 지었다.

특히, 류 표사는 구파일방 중 상위에 꼽히는 화산파 도사들이 저리도 눈이 어두우니 정마대전에서 구파일방이 정파를 이끌지 못했다고 생각하고 있었다.

융숭한 대접과 함께 도사답지 않게 호들갑까지 떠는 화산파의 장안 대부호 오달천 영접이 곧 끝났다.

특히 운청 도사는 오달천 곁에 딱 달라붙어서 상청궁 안으로 들어갔고, 이전에는 코빼기도 비치지 않던 다른 도사들도 오달천에게 아양을 떨며 입구에서 사라졌다.

대표두 장홍은 그때까지도 분을 삭이지 못하고 있었다. 그래도 맡은바 책임이 있기에 그는 필사적으로 노기를 억누르고 다시 한 번 화산파 도사 현진에게 향했다.

현진은 장홍을 발견하자 곧바로 눈살을 찌푸렸다.

"어찌 아직도 가지 않고 또 오신 것이오?"

'이 망할 놈의 도사가!'

사람 좋고 넉넉하기로 정평이 난 장홍이었으나 계속되는 박대로 인해 속에서 좋은 말이 나올 수가 없었다.

"한 가지 전할 말이 있소."

"듣는 것이 번거로운 일은 아니니 하고 싶은 말을 하시오."

"우리가 화산검종 단운악 어르신을 모시고 왔소."

분명히 화산검종의 이름을 언급했음에도 현진 도사는 시큰둥한 반응이었다.

감사하거나 놀라기는커녕 잔뜩 짜증만 부리기 시작했다.

"말도 안 되는 소리 그만 하시오. 운악 태사숙조께서는 등선하신 지 이미 이십 년이 흘렀소. 그런 태사숙조께서 어찌 그대들의 호위를 받고 올 수 있단 말이오? 백번을 양보해 태사숙조께서 혹여 살아계신다 해도 그분의 검이 이미 검선의 경지에 들었는데 어찌 일개 표국 표사들의 호위를 받고 올 수 있단 말이오?"

현진은 이제는 장홍을 무슨 사기꾼이나 협잡꾼 보듯 바라보며 손을 내저었다.

"그런 소리 할 거면 당장에 여기서 꺼지시오!"

현진은 머리끝까지 짜증이 치밀어 올랐는지 수행을 하는 도사답지 않게 상스러운 소리까지 내뱉었다.

"꺼지라? 꺼지라? 허~ 제아무리 대화산파의 도사라 하나 이 사람은 그대의 아비뻘 되는 연배의 사람이오. 그런 사람에게 꺼지라고 말하는 것이 가당키나 한 일이오?"

장홍이 노기를 폭발시키며 현진을 노려봤다.

"흥! 내 말이 조금 거칠었을 수도 있으나 당최 사리에 맞지 않는 헛소리를 먼저 지껄인 것이 누구였소? 혹 당신네 표국이 감히 화산파에 행패라도 부릴 심산으로 이리 찾아온 것이오?"

장홍은 어이가 없었다.

자신이 대체 무엇을 잘못했기에 이런 소리까지 들어야 한
단 말인가?

그는 또 한 번 힘없이 돌아와야 했다.

벌써 두 번째나 이리 천대를 당하고 보니 화산파를 바라보
는 눈은 물론이고, 마차 안에 누워 있는 화산검종에 대한 시
선마저 적잖이 차가워졌다.

그런 상황에서 마차의 문이 힘겹게 열리며 제갈연하에게
검 한 자루가 전해졌다.

얼핏 보기에는 싸구려 철검, 그 이상도 이하도 아닌 검이었
다.

제갈연하는 화산검종이 무언가 뜻이 있어 그 검을 건넸을
것으로 여기고 조심스럽게 그 검을 장홍에게 넘겼다.

"아마도 이 검은 검종 어르신을 상징하는 신표일 것입니
다. 이것을 보이면 화산파 제자들의 태도가 완전히 달라질 것
같습니다."

그녀의 말에 장홍은 마지못해 고개를 끄덕였다. 그러고는
곧 세 번째로 지객당을 향해 나아갔다.

이번에는 장홍조차도 떨떠름한 표정을 지은 채 도사 현진
에게 말을 걸었다.

"현진 도사."

또다시 장홍의 목소리를 들은 현진은 이번에는 다짜고짜 고함부터 지르기 시작했다.

"당신이 정말 크게 경을 치고 싶은 모양이구려! 사제들은 무엇 하고 있는가? 이자가 대화산파 앞에서 행패를 부리려 하지 않는가!"

그 호통에 지객당에 대기하고 있던 화산파 제자들이 기세를 뿜어내며 장홍을 압박해 들어오기 시작했다.

"이, 이보시오! 어찌 이러는 것이오?"

장홍은 극도로 화가 나는 감정 반, 화산파 제자들의 기세에 눌려 밀려오기 시작한 공포의 감정 반이 뒤섞인 상태로 소리를 질렀다.

그는 경황 중에 화산검종이 건넨 신표라는 철검을 보여주기 위해 그것을 치켜들었다.

그런데 화산파 제자들은 그 모습을 장홍이 검을 빼 들려는 모습으로 오해하고 말았다.

"저자가 검을 뽑으려 한다! 대화산파 앞에서 감히 검을 뽑다니!"

현진 도사의 말에 한결같이 젊은 화산파 제자들이 바로 흥분해 검을 들었다.

"내 말 좀 들어보시오!"

"닥쳐라! 화산을 범하려는 자를 우리는 결코 용서한 적이 없다!"

화산파 제자들이 다짜고짜 장홍을 공격하려 하자 뒤에서 그 광경을 지켜보고 있던 영산표국 표사들도 바로 반응했다.

"저 사이비 도사 놈들이!"

"대표두님을 도와라!"

상청궁 지객당을 지키는 젊은 도사들이라 해도 화산파의 제자들이다. 겨우 이류나 되는 영산표국 표사들의 실력으로 그들을 감당할 수 있을 리 없었다.

그러나 이들 모두 장홍 대표두와는 십수 년을 같이 고생해 온 깊은 정리를 가지고 있었다.

영산표국 표사들이 검을 빼 들고 우르르 달려들자 화산파 제자들 역시 이제는 본격적으로 공격 자세를 취했다.

"혹 모르니 비상종을 타종해 화산을 범하려는 자들이 왔음을 알려라!"

현진이 그렇게 외치자 곧바로 상청궁 안에 요란한 종소리가 울려 퍼지기 시작했다.

곧이어 현진이 가장 먼저 장홍을 향해 출수했다. 장홍 역시 개죽음당하지 않기 위해 방어를 위해 검을 뽑아 들었다.

화산 제자 여덟 명과 영산표국 표사 열한 명이 순식간에 뒤엉켜 난전을 벌이기 시작했다.

화산 제자들은 명문의 제자답게 기초와 내공이 튼실했으며 강호의 일절로 알려진 화산의 검법들을 익힌 몸이었다. 순수하게 무공 수위를 놓고 따지면 이들 쪽이 표국 표사들보다는 월등히 앞선 실력을 가지고 있었다.

하지만 영산표국 표사들에게는 십 년의 수련보다 어쩌면 더 중할 수도 있는 경험이 있었다. 경험이란 측면에서는 화산파 제자들이 감히 따라올 수 없는 수준이었다.

실력의 차이에도 불구하고 노련한 경험으로 인해 화산파 제자들이 압도적인 힘을 가지고 있었음에도 표국 표사들을 단숨에 제압할 수 없었다.

그렇다고 근본적인 실력 차이마저 뛰어넘을 수는 없었다.

한동안 팽팽했던 상황에서 얼마 후 표사들 여럿이 순식간에 부상을 입으며 피를 흘리기 시작했다.

표사들 쪽이 분명히 열세에 처하고 있었다.

"이왕 이렇게 된 것 저 오만한 것들과 같이 죽어버리자!"

악에 받친 표사들이 자신의 목숨은 도외시한 채 화산파 제자들을 향해 동귀어진의 수법을 구사하기 시작했다.

그 살벌한 기세에는 화산파 제자들도 조금은 질렸는지 일방적으로 밀어붙이던 그들의 공세가 잠시 주춤해졌다.

사소한 오해로부터 시작돼 순식간에 생사결의 혈전으로 변해 버린 상황을 보고 제갈연하가 크게 당황했다.

"도움을 주러 온 사람들과 어찌 저런……."

제갈연하는 그렇게 중얼거리며 저절로 그때까지도 지켜보고만 있던 류 표사와 곽 표사를 향해 고개를 돌렸다.

두 사람, 아니, 한 사람만 나서줘도 눈앞의 저 상황은 순식간에 정리할 수 있을 터였다.

그런데 류 표사도, 곽 표사도 그저 쓴웃음만 짓고 있을 뿐 미동도 하지 않고 있었다.

'저 표사들은 두 사람의 동료가 아니었던가?'

제갈연하는 동료 표사가 생사의 갈림길에 서 있는데도 전혀 개의치 않는 두 표사를 보며 그리 생각할 수밖에 없었다.

두 사람이 돕지 않겠다면 큰 분란거리를 만들기 전에 그녀라도 나서고자 했다.

중상을 입고 있는 몸이라 가진바 실력의 일 할도 낼 수 없으나 그렇다고 넋 놓고 있을 수만은 없었다.

제갈세가를 급하게 탈출하느라 이전에 가지고 있던 세가의 기문병기들은 하나도 챙겨오지 못한 터였다.

그저 허리춤에 차고 있는 보검 한 자루뿐이었다.

그녀는 보검을 뽑아 영산표국 사람들을 돕기 위해 싸움이 벌어진 장소로 몸을 날렸다.

그때, 화산파 도사 현진을 맞상대하고 있던 장홍은 궁지에 몰려 있는 상태였다. 당장에라도 현진의 검에 병신이 되거나 목숨마저 잃을 수 있는 위기에 처해 있었다.

가쁜 숨을 몰아쉬며 필사적으로 방어에 치중하고 있던 장홍의 어깨를 향해 현진의 검이 날아왔다.

일직선으로 찔러 들어오는 그 검을 막기 위해 장홍이 급하게 검을 휘둘렀다.

그런데 현진의 검이 순간 기묘하게 변화를 일으키더니 원래 노리던 어깨 대신 장홍의 목을 노리고 들어왔다.

탁! 타탁! 타타탁!

그와 동시에 현진이 보법을 밟고 있는 발을 빠르게 회전시켰다. 그러자 현진의 발을 중심으로 앞쪽부터 뿌연 황토 흙먼지가 일어나며 순간 장홍의 시야를 완전히 가리고 말았다.

치졸하다면 치졸한 수이고, 절묘하다면 절묘한 수였다.

"흥! 저런 자가 도사랍시고 경이나 외고 있다니."

류 표사는 현진의 수가 얼마나 악랄한 것인지를 단박에 알아보고는 코웃음을 쳤다.

"뭐, 상대를 죽일 생각이라면 저런 잔재주가 효과적이긴 하겠지. 하나 불구대천의 원수도 아니고, 정파나 마도인처럼 딱히 가는 길이 다르고 신념이 다른 이도 아닐진대 저런 살수를 쓰다니."

류 표사는 혀를 찼다. 그러나 여전히 움직일 생각은 없었다. 대신 어느 지점을 유심히 지켜보고 있었다.

'대응할 수가 없다!'

분명 자신의 목을 향해 현진의 검이 날아오는 것은 알고 있었으나 갑자기 일어난 흙먼지에 시야가 가린 장홍이었다.

그가 일신에 지닌 재주로는 이 위기를 극복할 방도가 없었다.

'끝인가.'

장홍이 크게 절망하며 검을 쥐고 있는 손에서 힘이 빠져나갈 때였다.

챙!

강렬한 금속성이 들리는가 싶더니 흙먼지 사이로 어렴풋하게 보이던 현진의 검이 돌연 뒤로 튕겨 나갔다.

그 갑작스런 상황에 크게 놀라 장홍이 빠르게 주위를 둘러봤다.

그곳에는 보검을 들고 막 현진을 공격하려는 제갈연하의 모습이 보였다.

'저 여인이 내 목숨을 구했는가?'

제갈연하를 보며 장홍이 크게 감격해 말했다.

"고맙소이다."

그런 장홍을 향해 제갈연하가 소리쳤다.

"이 도사를 제압해야 해요! 일단 이자를 제압한 연후에야 서로 오해를 풀 기회가 생길 것이에요!"

그녀는 그렇게 소리치더니 보검을 휘둘러 현진을 공격해 들어가기 시작했다.

그녀가 들고 있는 검은 청루검(靑淚劍)이란 이름의 명검으로 제갈세가에서 대대로 내려온 명검이었다.

검이 한 번 휘둘러질 때마다 사방을 뒤덮으며 흩뿌려지는 검광이 마치 푸른 눈물[靑淚]과 같다 하여 붙여진 보검이었다.

제갈연하의 검법도 그리 신통치 못했으나 그녀는 청루검

의 날카로움에 의지해 순식간에 현진을 상대로 우세를 잡았다.

이에 장홍 또한 용기백배해 검을 고쳐 잡고 현진을 몰아붙이기 시작했다.

반면, 장홍의 목줄을 쥐었다 생각할 정도로 우세를 잡고 있다 순식간에 상황이 뒤집힌 현진은 크게 당황하고 있었다.

그의 검법은 꽤 괜찮은 편이었으나 역시나 경험이 너무나 적었다. 경험이 적은 것은 물론이고 타고나길 임기응변의 재주가 극히 적은 성품이었다.

갑작스런 상황 변화에다 강호에서도 열 손가락 안에는 능히 꼽힐 만한 보검인 청루의 날카로움, 게다가 두 명을 동시에 상대하게 되자 순식간에 그의 검이 어지러워지기 시작했다.

"이, 이……!"

그는 이를 앙다물고 대항하려 했으나 시간이 지날수록 처음에는 어설펐던 제갈연하와 장홍의 합격술은 더욱 위력적으로 변해만 갔다.

곧 현진은 그 압박을 더 이상 견디지 못하고 손에서 검을 놓치고 마는 치명적인 실수를 범하고 말았다.

그와 동시에 이번에는 장홍의 검이 현진의 팔을 향해 날아왔다.

단박에 그의 팔 하나가 잘릴 위기였다.

"이런 망할!"

현진이 비명처럼 욕설을 내뱉었다. 그렇다고 장홍의 검이 멈출 리 만무했다.

장홍의 검이 현진의 팔을 잘라 그를 외팔이로 만들어 버릴 순간이었다.

쉬이이익!

상청궁 입구 안에서 한 자루 검이 거세게 허공을 가르며 날아왔다.

그 검에 실린 기세는 실로 대단해 장홍은 물론이고 청루검을 들고 있는 제갈연하마저도 감히 대항할 수가 없었다.

챙!

막 현진의 팔을 베려던 장홍의 검이 그 위력적인 검과 맞부딪쳤다.

"윽!"

그 순간 장홍은 검을 잡고 있던 손이 불에 데기라도 한 듯한 고통을 느끼며 검을 바닥에 떨어뜨리고 말았다.

"감히 어떤 사악한 무리들이 화산을 범하려 하느냐!"

우렁찬 목소리와 함께 도포 자락을 휘날리며 입구 안쪽에서 화산의 고수가 등장했다.

"운청 사숙!"

현진은 사숙 운청의 등장에 크게 기뻐하며 소리쳤다.

또한, 제갈연하 역시 기뻐했다.

성미 급한 젊은 도사와 생긴 오해를 그의 사숙뻘 되는 이와 는 충분히 대화로 풀 수 있다 여겼기 때문이었다.

그러나 그런 그녀의 기대는 여지없이 무너지고 말았다.

"화산의 제자로서 부끄럽지도 않은 것이냐? 저런 잡배들 하나 제압하지 못하다니!"

운청은 장홍의 얼굴을 보고는 그가 무슨 표국에서 왔다 했 던 인물임을 기억해 냈다.

그의 기준으로는 은하표국 외에 다른 표국들은 모조리 하 오잡배 무리들에 불과했다. 사례를 표해야 한다는 기본적(?) 인 예의마저 망각한 무리들이라면 더 말할 것도 없었다.

어쩌면 그 일과 관련한 불쾌감이 남아 있어 더욱 강경하게 대처하는 것인지도 몰랐다.

"잠시만 기다려 주십시오!"

제갈연하가 오해를 풀어보기 위해 다급히 소리쳤다.

"신성한 도량에 요사한 여인까지 대동하고 오다니. 더욱 용서할 수 없겠구나!"

도리어 그가 가장 먼저 검을 휘두르며 영산표국 무리들을 공격해 들어왔다.

'아~! 저들은 검종 어르신과는 전혀 다른 이들이구나.'

제갈연하가 속으로 한탄하며 청루검을 곧추세웠다.

상대가 대화를 거부하고 다짜고짜 이쪽을 핍박하려 하는 데 넋 놓고 죽어줄 이유가 전혀 없었다. 아니, 그녀가 반드시

해내야 할 임무를 행하기 위해서라도 필사적으로 살아남아야 했다.

팅~!

청루검이 순간 박살이 날 정도로 격렬하게 진동을 했다.

운청의 보잘것없는 인품과는 달리 그의 검은 실로 대단했다.

검기를 실은 운청의 검과 청루검의 날이 부딪치자마자 제갈연하는 손목이 끊어지는 것만 같은 고통을 느껴야 했다.

그 충격에 청루검을 놓치지 않은 것만도 기적이라 해야 했다.

그러나 운청은 쉬지 않고 휘몰아쳤다.

제갈연하가 청루검의 예리함에 의지해 간신히 십 초를 버티기는 했으나 그녀가 제압당하는 것은 이제 시간문제였다.

쉬익!

운청의 검과 재차 부딪치자 제갈연하의 손목이 부러지며 청루검을 놓치고 말았다.

그의 검이 어찌나 위력이 강했는지 청루검을 튕겨내는 것으로도 모자라 그녀의 상반신마저 크게 베어내고 말았다.

제갈연하가 입고 있던 연분홍색 경장 상의가 크게 찢기더니 그녀의 뽀얀 속살과 풍만한 가슴이 그대로 겉으로 드러나고 말았다.

운청은 원래는 그 기세를 몰아 제갈연하를 단숨에 베어버리려 했다. 그러나 천하절색인 그녀가 속살을 드러내자 순간 마음속에서 음심이 들끓기 시작했다.

'이런, 이런!'

운청 역시 도를 구하는 도사.

그의 인품이 저속하다 하나 색을 탐하는 이는 아니었다. 그러나 제갈연하의 미모와 은근히 색기마저 뿜어내는 자태는 도사 운청의 마음과 영혼마저 순간 뒤흔들 정도로 대단한 것이었다.

운청은 시선을 돌려 마음이 들끓는 것을 필사적으로 억제하려 했으나 그의 육신은 그의 마음과 달리 움직였다.

그의 눈이 음탕한 눈빛으로 활활 타오르기 시작했다.

손목이 부러진 채로 바닥에 쓰러져 있던 제갈연하는 자신의 몸 구석구석을 훑고 있는 음탕한 시선을 느낄 수 있었다.

'구역질이 나.'

그녀는 욕지기를 느끼며 어떻게든 몸을 일으켜 보려 노력했다. 그러나 지난 며칠 동안 괴인들에게 쫓기며 심한 내상을 입고 아직 회복되지도 않은 몸으로 싸움을 벌였다.

게다가 검기를 자유자재로 구사하는 고수인 운청과 검을 맞댄 후라 몸을 움직이기가 극히 어려웠다.

제갈연하의 눈이 자신도 모르게 여전히 뒤편에서 턱을 치켜든 채 오만한 표정을 짓고 있는 류 표사에게 향했다.

"훗! 가지가지 하는군. 졸렬한 것으로도 모자라 여인까지 탐해? 대체 저 작자가 왜 지금까지 도포를 입고 있는지 알 수가 없을 지경이군."

류 표사의 말에 운청이 대노해 소리쳤다.

"삼류잡배 따위가 감히 내가 누구인 줄 알고 그런 망발을 내뱉는 것이냐!"

"훗! 내가 삼류잡배일 수도 있으나, 나는 도사 같지 않은 도사의 이름 따위를 알 이유도 없고 알고 싶지도 않아. 망발? 나는 정직한 사람이야. 보고 느낀 그대로 말했을 뿐."

"이놈이!"

운청이 격하게 소리치며 류 표사를 향해 검을 휘둘러 왔다.

"등신 자식! 그런 것도 검이라고! 일 초에 끝내주마!"

쉬익!

바람 소리가 강하게 들렸으나 주변에 있던 그 누구도 무슨 일이 벌어졌는지 정확히 알 수는 없었다.

그들이 마지막으로 목격한 것은 대노한 운청이 화산의 검법을 펼치려 했던 것이고, 최후로 들었던 말은 일 초에 끝낸다 했던 청년의 광오한 선언이었다.

빠지직! 빠지직!

운청이 들고 있던 검이 완전히 박살이 나기 시작했다.

탁!

류 표사가 한 손으로 우악스럽게 운청의 목을 잡고는 그대로 공중에 들어 올리고 있었다.

그간 행실에 문제가 있어 외궁주로 밀려났으나 도사 운청은 화산에서도 손꼽히는 고수였다.

알고 있는 금나수법만도 수십 가지는 족히 될 운청이 우악스럽게 목을 잡고 있는 청년의 손 하나를 어찌하지 못해 볼썽 사납게 몸을 버둥거리고 있었다.

찰싹! 찰싹!

류 표사가 허공에서 꿈틀대고 있는 운청의 **뺨**을 두 번 세차게 후렸다.

운청의 이빨 몇 대가 부러지고, 그의 입가로 핏물이 흐르기 시작했다.

"아직도 내가 네 이름 따위를 알고 있어야 한다고 생각하나?"

"으, 으, 으……!"

목을 잡고 있는 손의 압력을 이기지 못해 말조차 제대로 할 수 없게 된 운청이었다.

찰싹! 찰싹!

또다시 운청의 **뺨**을 후려친 류 표사가 미소를 지었다. 그러고는 이제 흥미가 떨어졌다는 듯 운청의 비대한 몸을 그대로 바닥에 내동댕이쳤다.

"꺼져라! 다시 한 번 내 눈에 띄면 몸을 두 쪽으로 갈라주마!"

무시무시한 기세가 동반된 위협이었다.

흉하게 바닥을 뒹군 운청에게 그 소리는 귀에 들어오지 않왔다. 수많은 화산 제자들 앞에서 죽음보다 못한 굴욕을 겪은 후였다.

그는 바닥에 떨어져 있던 검을 들고는 곧바로 동귀어진의 수를 펼쳤다.

자신의 몸 전체를 무방비 상태로 만들지만 최소한 상대의 목은 꿰뚫을 수 있다는 이십사수매화검법상의 절초인 매화일섬(梅花一閃)이었다.

운청은 믿었다.

다른 초식이라면 몰라도 매화일섬이라면 이 터무니없이 강한 자의 목숨마저 취할 수 있을 것이라고.

그러나 그 믿음은 류 표사의 검지와 중지 두 개의 손가락에 의해 와르르 무너져 내렸다.

매화일섬을 구사한 운청의 검끝은 류 표사의 검지와 중지 사이에 낀 채로 더 이상 전진하지 못했다.

류 표사는 웃고 있었다.

그 웃음이 끝나기가 무섭게 두 손가락 사이에 낀 검날이 먼지로 변함과 동시에 운청의 비대한 몸이 허공으로 튕겨져 나갔다.

또 한 번 흉하게 바닥에 추락한 운청은 그대로 정신을 잃고 말았다.

경이적이며 압도적인 힘.

류 표사의 그 힘에 놀란 사람들이 순간 자신들이 현재 싸우고 있었다는 사실마저 망각한 채 모든 움직임을 정지하고 있었다.

화산파 제자들은 물론이고 영산표국 사람들까지도 입을 쩌억 벌린 채 신위를 보여준 류 표사를 뚫어져라 바라보고 있을 뿐이었다.

"흥!"

그 시선을 느낀 류 표사는 특유의 코웃음을 치더니 곁에서 미간을 찌푸리고 있는 곽 표사에게 향했다.

"이런 것까지 탓하려 하지 마시오. 배알이 꼴려서 더 이상은 지켜볼 수 없었으니."

"흠……."

어쩌면 류 표사를 감시하고, 제지하는 역할을 하고 있는 곽 표사가 낮은 신음성을 토해냈다.

그는 잠시 생각하더니 말했다.

"앞으로는 절대 이런 일이 있어서는 아니 될 것이네."

"그럽시다. 내심 강호 역사상 전무후무한 일초무적의 전설이나 한 번 쌓아보려 했더니 별수없겠구려. 이 몸이 뛰어봐야 그의 손바닥 안일 것이고, 이미 금제까지 걸려 있는 몸이니."

류 표사가 시큰둥한 어조로 곽 표사에게 속삭이더니 곧바로 등을 돌렸다.

그러자 그의 압도적인 힘에 놀라 아무런 행동도 취하지 못

하고 있던 화산 제자들이 상청궁 입구 안으로 도주하기 시작
했다.

'우리 모두가 힘을 합쳐도 운청 사숙 한 분에 미치지 못한
다. 그런 사숙을 단 일 초에 제압해 버리는 고수라니. 우리의
상대가 아니다. 상청궁에 도움을 청해야 한다.'

현진을 비롯한 젊은 화산파 도사들이 속으로 그리 생각하
며 혼신의 힘을 다해 달려나갔다.

안으로 들어갔던 젊은 도사들은 곧 중장년의 도사들은 물
론 잘 갈린 한 자루 칼 같은 예기를 뿜어내는 이십사 명의 검
객들과 함께 나타났다.

그중 조그만 키에 후덕한 인상을 지닌 노도사가 앞으로 나
섰다.

"표국 사람들이 무슨 이유로 도사들이 수양을 하는 이곳을
다시 방문하신 것이오?"

그러자 어느새 류 표사와 곽 표사 주위에 모여 있던 영산표
국 표사들 중 대표두 장홍이 소리쳤다.

"이미 용무를 밝혔소이다! 하나 제대로 듣지도 않고 힘을
과시해 우리를 죽이려 했던 것은 화산의 도사들이 아니오이
까?"

처음 운청 도사 등을 대할 때는 비굴하다 싶을 정도로 예의
를 갖춰 말했던 장홍이었다. 그러나 직전까지 생사를 넘나드
는 격전을 치른 터라 그의 입에서 나오는 말이 절대 고울 리

없었다.

"참으로 괄괄한 성미를 가지신 분이시구려. 화산에 악의를 품고 있지 않다면 잠시만 진정해 주시구려."

노도사는 은근히 사람에게 호감을 주는 인상이었다. 또한, 그의 말에는 사람의 마음을 진정시키고 들끓는 기혈을 가라앉히는 묘한 힘이 배어 있었다.

중년의 나이답지 않게 혈기 왕성함을 보였던 장홍마저 노도사의 말을 듣고는 왠지 더 이상 화를 내는 것이 낯설게만 느껴졌다.

"그러겠소이다."

장홍이 머쓱한 표정으로 동의하자 노도사는 아주 가벼운 발걸음으로 그때까지도 바닥에 쓰러져 정신을 잃고 있던 사제 운청에게로 향했다.

"사백님, 혼자 가시면 위험합니다!"

현진이 크게 소리쳤다.

"헐헐! 걱정 말거라. 쓸데없이 밥만 축내는 뒷방 늙은이이기는 하나 사람 보는 눈은 있느니라. 저 사람들은 허언을 할 사람들이 아니다."

"하나 저 사람들 중에는……."

"되었대도 그러는구나. 만에 하나 내 사람 보는 눈이 틀렸다 해도 이 한 몸 지킬 정도 실력은 있으니 너무 걱정하지 말거라."

노도사의 그 한마디에 현진은 물론이고 예리한 기세를 풍기는 스물네 명의 검객들 또한 절로 고개를 끄덕였다.

이 노도사에 대한 믿음은 가히 절대적인 것처럼 보였다.

노도사는 바닥에 쓰러져 정신을 잃고 있는 운청 곁으로 다가와 허리를 굽혔다. 그러고는 진맥을 하는 것처럼 운청의 맥을 잡아보더니 곧 막힌 혈을 풀기 위해 가볍게 타혈을 하기 시작했다.

그런데 그는 타혈하는 것을 몇 번이나 바꿔가며 하더니 곧 멈추고는 고개를 갸웃거렸다.

그는 짐짓 난감한 표정을 짓고 있었다.

"표국 분들 중에 대단한 고인이 계신가 보구려. 오늘 크게 안목을 넓혔소이다."

노도사는 곧 표국 일행을 하나씩 살펴보며 천천히 다가왔다. 그러더니 류 표사와 곽 표사 앞에서 계속 옮기던 발걸음을 멈췄다.

두 사람 앞에서 노도사가 예를 표했다.

"빈도는 화산파의 뒷방 늙은이인 운학이라는 사람이외다."

류 표사는 자신을 운학이라 밝힌 노도사를 보며 묘한 미소를 지을 뿐 가타부타 말이 없었다.

반면, 영산표국 일행은 깜짝 놀랐다.

운학이란 도호는 곧 화산파 당대 장문인의 도호였으니 놀라지 않을 수 없었다.

"헐헐헐! 두 표사 분들께서 단단히 골이 나신 모양이구려. 이 늙은이가 이름을 밝혔는데도 별 반응이 없으신 것을 보니."

그러며 그는 말을 이었다.

"두 분 중 어떤 분의 솜씨인지까지는 이 늙은이가 짐작키 어려우나 손속에 인정을 베풀어주신 점은 감사드리오이다. 아직 모든 것이 부족한 사제이기는 하나 사형 된 몸으로 사제가 크게 변을 당했다면 고인들과 크게 얼굴을 붉힐 뻔했소이다."

왠지 호감을 주는 노도사를 보더니 류 표사가 입을 열었다.

"자비를 베풀고 싶어서 베푼 것이 아니오. 나란 사람은 불살(不殺)의 계율에 얽매여 있으니 말이오."

그 소리에 사제 운청을 저리 만든 이가 젊은 표사임을 알게 된 운학이 빙그레 웃었다.

"젊은 분이셨구려. 불살이라, 불살이라……. 힘 가진 이가 가장 지키기 어려운 것 중 하나가 불살일진대 참으로 어려운 수행을 하고 계시외다."

"흥! 하고 싶어 하는 것이 아니니 그리 말할 필요까지는 없소."

"그렇소이까? 헐헐헐! 그런데 고인들께서 어찌 이 험한 산을 올랐는지 물어도 되겠소?"

"나는 단지 일개 표사일 뿐, 우리 일행을 이끌고 있는 이는 저쪽 사람이니 남은 얘기는 저쪽에 가서 하시오."

류 표사가 대표두 장홍을 가리켰다.

"헐헐헐! 알겠소이다. 하나 이렇게 만난 것도 인연이니 잠시 후 안으로 드셔서 이 늙은이와 차라도 한 잔 같이 하십시다그려."

운학은 사람 좋은 미소를 짓더니 곧 장홍에게 향했다.

장홍은 대화산파의 장문인이 자신에게 다가오자 몸 둘 바를 모르며 바로 고개를 숙였다.

화산파와 칼부림까지 했으나 상대는 전 강호에서 크게 존경을 받는 화산 장문인이었다.

연배도 그렇고, 강호의 배분을 따져도, 그 명성과 인품을 따져도 장홍은 결코 운학에게 함부로 행동할 수 없었다.

"영산표국에서 대표두 직을 맡고 있는 장홍이라고 합니다."

"장 대표두셨구려. 나는 운학이라고 하오."

"평소 장문인을 마음 깊이 흠모해 왔었습니다."

"헐헐! 늙은이 얼굴에 금칠을 해주시는구려. 자, 그럼 일단 장 대표두 일행이 무슨 연유로 화산에 올랐는지 답해주시겠소?"

장홍은 그 답을 하기 이전에 그가 엉겁결에 뽑아 들고 휘둘렀던 화산검종의 철검을 운학에게 보여줬다.

"이 검을 보아주십시오."

"언뜻 보기엔 평범한 철검 같구려."

그런데 철검을 건네받은 운학이 곧 검파와 검신이 이어지는 부분을 주목하기 시작했다.

그 부분에 아주 섬세한 명장의 솜씨로 총 열 개의 매화가 양각돼 있었다.

그것을 확인한 운학이 순간 얼굴을 굳히며 조금은 다급히 장홍에게 물었다.

"부디 이 검의 주인에게 변고가 일어난 것은 아니라고 말해주시오."

"그것이……."

장홍이 말을 얼버무렸다.

운학이 그답지 않게 목소리까지 떨며 물었다.

"주인은 먼저 먼 길을 떠나고, 설마 검만 돌아온 것이오?"

"그것은 아닙니다."

그 대답에 운학은 크게 안도의 한숨을 내쉬었다.

"다행이외다. 자칫 화산 제자 전체가 강호로 뛰쳐나가 백정이 되는 최악의 상황만은 피한 것 같으니."

그 말에 장홍이 속으로 크게 놀랐다.

'화산검종이 화산에서 그 정도 존재였나? 화산 밖 출입이 거의 없다는 화산 제자들이 강호에 모조리 출도해 흉수를 향해 피의 복수를 하게 만들 정도로.'

"검은 돌아왔으나 주인이 먼저 떠난 것은 아니라 했으니 아마도 십매화검의 주인은 대표두 일행과 함께 있겠구려. 아마도 크게 불편한 상태일 듯하니 서둘러 안내해 주시구려."

"어찌 아셨습니까?"

"검에 열 송이의 매화를 새길 수 있는 분은 화산을 통틀어 오직 한 분뿐이오. 그 한 분은 평생 이 철검을 손에서 놓은 적이 없으니, 주인 되는 그분이 먼 길 떠나지 않았다면 반드시 이 근방에 있을 것이라 추측해 본 것이지. 내 말이 틀렸소?"

장흥은 그 말에 수긍한다는 표정을 지으며 곧 뒤편에 휘장을 친 마차로 운학을 안내했다.

마차의 휘장을 걷자 안에서 거친 숨을 몰아쉬고 있는 화산 검종 단운악이 보이기 시작했다.

"사숙조!"

운학의 목소리에 화산검종 단운악이 희미하게 미소를 지었다.

운학은 말조차 제대로 하지 못하는 사숙조 단운악의 상태를 알아보기 위해 곧바로 마차 안으로 들어갔다.

그는 사숙조의 맥을 짚어보더니 얼마 후 천만다행이라는 표정을 지었다.

"상태가 위중하기는 하나 충분히 고칠 수 있겠습니다. 다행입니다, 정말 다행입니다."

노년의 나이에 접어든 운학이었으나 얼마나 기쁜지 그의

눈가에는 눈물이 다 고여 있을 정도였다.

"사숙조, 이 운학이 모실 것이니 이제 마음 놓으십시오."

운학은 사숙조 단운악을 친히 들쳐 업더니 마차를 내려왔다.

그가 조심스럽게 발걸음을 옮겨 막 류 표사의 앞을 지나려 할 때였다.

극히 위중한 상태이던 단운악이 억지로 힘을 짜내 운학의 옷깃을 움켜쥐었다.

"사숙조, 하실 말씀이라도 있으신 것입니까?"

단운악이 힘에 겨워 부들부들 떨리는 손으로 열 송이의 매화가 새겨진 철검을 한 번 두드리더니 손가락으로 류 표사를 가리켰다.

운학은 처음에 그 행동의 의미가 대체 무엇을 뜻하는 것인지 알 수 없었으나 곧 떠오르는 생각 하나가 있었다.

"사숙조, 혹 십매화검을 저 젊은 표사에게 건네라 하시는 것입니까?"

그 물음에 단운악이 운학의 옷깃을 다시 한 번 꽉 움켜쥐는 것으로써 의사를 표했다.

"사숙조의 말씀이시니 마땅히 따라야 할 것이나……."

평범한 철검 하나 건네는 데 운학이 무척 망설이는 것 같은 모습이었다.

그러자 단운악이 재차 옷깃을 움켜쥐며 그의 뜻을 강하게 밝혔다.

사숙조 단운악이 그렇게까지 나오자 운학은 어쩔 수 없다
는 듯이 길게 한숨을 내쉬더니 말했다.

"운학은 사숙조의 뜻에 따르겠습니다."

운학은 약간 방향을 틀어 류 표사 앞에 섰다.

"거절치 않는다면 젊은 분께 이 철검을 드리고 싶소."

류 표사는 별말이 없었다.

"사숙조께서 표사 분에게 크게 신세를 진 듯싶소. 사숙조
께서 감사의 뜻을 표하고 싶으나 이제껏 살아오며 소유하고
있는 것이 이 철검 한 자루뿐이라 알고 있소. 볼품없는 검이
나 받아주셨으면 정말 감사하겠소."

운학은 묘하게도 사람에게 호감을 주는 인물이었다. 이는
수십 년 동안의 일관된 수양으로 인해 절로 형성된 맑은 기운
이었다.

류 표사는 여전히 시큰둥한 얼굴이기는 했으나 차마 운학의
얼굴을 보면서는 거절하기가 힘들어 그 철검을 받아 들었다.

"감사하오. 한 가지 당부하고 싶은 것은 술값이 궁하다 하
여 이 철검을 주루에 맡기지만 말아주시오. 어차피 맡겨봐야
얼마 받지도 못할 것이긴 하나……."

운학의 가벼운 익살에 류 표사마저 살며시 미소를 지었다.
아무리 봐도 호감을 주는 사람이었다.

철검을 건넨 운학은 곧 사숙조 단운악을 아래 제자들에게
맡긴 후 명했다.

"영산표국 분들은 우리 화산에 크게 도움을 주신 분들이다. 최고의 손님으로 여기고 후히 대접해야 할 것이다."

"알겠습니다, 장문인."

"그리고 저분들을 오해해 소란을 피운 현진과 지객당 제자들은 직접 찾아가 사죄를 한 연후에 청심궁에 들어야 할 것이다. 그곳에서 마음을 닦으며 무엇을 잘못했는지를 곰곰이 따져 봐야 할 것이다."

청심궁은 마음을 닦는 궁전이라는 거창한 이름을 달고 있었으나 실상은 화산 뒤편에 있는 작은 동굴들을 말함이었다.

죄를 지은 제자들이 한 달이고, 일 년이고 새로운 명이 떨어질 때까지 참회를 하는 공간이었다.

"장문인의 가르침을 따르겠습니다."

청심궁에 들어가라는 소리에 현진 등은 낯빛이 백지장처럼 창백하게 변했다. 그러나 지엄하기 그지없는 장문인의 명이었으니 따르지 않을 수 없었다.

곧 영산표국 일행은 화산파 제자들의 환대를 받으며 상청궁 안으로 들어갔다.

"네놈은 앞으로 내 앞에서 고개도 들지 마라. 나와 시선을 마주쳐서도, 내 물음에 반문을 던져서도 안 된다. 또한, 내가 발을 핥으라 하면 언제든 개처럼 내 발을 핥아야 할 것이다."

제갈세가 가주실 안의 화려한 의자에 발을 걸치고 앉아 있는 남궁유한이 위에서 아래로 내려다보며 명했다.

의자에서 한참 아래의 맨 바닥에 엎드려 있는 이는 다름 아닌 혈세신마 제갈영호였다.

그는 남궁유한의 명처럼 감히 고개도 들지 못한 채 오체투지하고 있었다.

"명심해라. 내 명을 거역할 때에는 네놈의 목을 저 남쪽 끝 해남도까지 날려 버릴 것이다. 나는 허언을 하지 않는다."

"가, 각골명심하겠습니다."

"그것만이 네 어깨 위에서 달랑거리고 있는 목을 보존하는 유일한 방도일 것이다."

"존명!"

대체 무슨 일이 있었는지, 무슨 말을 들었는지, 혈세신마 제갈영호는 놀랍게도 남궁유한 앞에서 개처럼 발발 기고 있었다.

남궁유한이 원한다면 스스로 배라도 갈라 쓸개고, 간이고 모조리 빼줄 분위기였다.

"한 가지 묻지. 내가 이 시대에서는 남궁세가의 소가주 행세를 하고 있었나?"

"그렇습니다."

"훗! 어이없는 짓거리를 하고 있었군."

"하나 그것은 꽤 쓸모가 있는……."

제갈영호가 자신도 모르게 그의 의견을 밝혔다.

펑!

그와 동시에 남궁유한의 손에서 일장이 나갔다.

그 일장은 제갈영호의 가슴을 꿰뚫으며 그의 등까지 뻥 뚫어버렸다.

가슴부터 등까지 둥글게 뚫린 상처에서 피를 뚝뚝 흘리며 제갈영호가 머리를 바닥에 찧었다.

"용서하십시오. 이 미천한 놈이 잠시 실성을 하였나 봅니다."

보통 사람, 아니, 제아무리 고수라 해도 단숨에 절명했어야 할 상처를 가지고도 멀쩡한 제갈영호였다.

피를 뚝뚝 흘리며 유부의 야차 같은 몰골을 한 제갈영호를 보며 남궁유한이 웃었다.

"죽지 않는 몸이라……. 의외로 흥미가 동하는구나. 때때로 네 녀석의 가슴에 구멍을 뚫고, 머리를 박살 내고, 사지를 자르며 놀아보는 것도 흥미로울 듯싶구나. 어차피 그래 봐야 네 녀석은 죽지도 않을 것이니. 하하하!"

남궁유한이 놀랍게도 가슴에 뚫린 상처가 급격하게 재생되는 제갈영호를 보며 크게 웃었다.

"언제든 명만 내리십시오. 대주님을 위해서라면 이 제갈영호, 몸을 바치겠나이다."

"좋아, 좋아. 그런 각오라면 되었다. 네놈이 제갈세가를 통째로 바쳤고, 내가 남궁세가를 집어삼켰다니 일이 더욱 쉽겠

구나. 또한 십만대산 안에도 이미 우리 세력이 육 할을 넘어
가고 있으니."

"그, 그렇습니다."

남궁유한은 치켜든 턱을 쓰다듬으며 특유의 오만한 말투
로 말했다.

"이제 남은 것은 한 가지뿐이구나. 당대의 십만대산 주인
이라는 비천신마 한평의 가슴에 보리무상장을 갈겨주는 것."

그 호언장담에 제갈영호가 연신 고개를 조아렸다.

그 칭송에 남궁유한이 크게 흡족해하며 말했다.

"그럼, 언제 시간나면 내가 통째로 삼켰다는 남궁세가나
한 번 방문해 볼까?"

남궁유한이 자리에서 일어섰다. 그가 허공을 향해 가볍게
손을 들었다.

그러자 어디서 나타났는지 알 수 없는 십여 명의 사내들이
그의 뒤에 일제히 시립했다.

그 흑의사내들은 흑의 장삼에 흑색 죽립을 깊게 눌러쓰고
있었다. 또한, 그들의 상의 가슴에는 '폭풍' 이라는 글귀가 선
명하게 새겨져 있었다.

第四章 두 남자

無敵世家

안휘성 합비 남궁세가.

대회의장이 자리한 남궁세가 내 전각 안에는 남궁세가의
핵심 인물들이 모두 모여 있었다.

세가가 크게 일어나자 덩달아 건강마저 크게 좋아진 총사
조량이 가장 먼저 세가를 실질적으로 책임지고 있는 총관 철
대선생에게 보고를 했다.

"창룡대, 흑룡대, 백룡대, 적룡대의 남궁사대 체제가 완성
됐습니다. 남궁사대는 그 어떤 세력과도 한번 자웅을 겨뤄볼
정도로 강력해졌습니다."

총사 조량은 자신만만했다.

십여 년 전 남궁지화에서 불구가 된 조량이었으나 그의 안목만은 여전히 살아 있었다.

그가 보기에 어떤 전투 부대와 견줘도 남궁사대는 강력했다.

"하북팽가가 자랑하는 폭풍, 질풍, 은풍, 광풍의 사대와도 비견할 수 있다고 생각합니다."

하북팽가의 자존심이자 정파 최강의 전투 부대라는 팽가의 네 부대와도 견줄 수 있다 할 정도라면 가히 기적 같은 일이었다. 남궁사대의 수련 기간이 채 이 년도 되지 않은 형편이었으니.

총사 조량에 이어 부총사 주오가 보고를 했다.

"현무, 주작, 백호, 청룡의 사신대(四神隊) 또한 고련에 고련을 거듭했습니다. 이 주오가 자신합니다. 사신대의 힘이라면 사천당가의 네 수호 가문에 못지않을 것입니다."

무공에 대한 천부적인 자질은 떨어지나 강인한 체력과 근성을 가진 이들로 구성된 부대가 바로 사신대였다.

사신대는 남궁사대와 결정적인 차이점이 있었다.

제갈세가에서 얻은 기문병기들을 사천당가의 장인들이 개량한 병기들로 무장하고 있다는 점이 바로 그것이었다.

사천당가와 신병기에 대한 것을 공유하고 있고, 사천당가에서 교두를 보내 그 기본 사용법을 전수해 줬다.

그러나 남궁유한의 재해석에 따라 사신의 공에 이어 창조된 '사신(四神)의 병(兵)'으로 운용하는 병기는 오히려 남궁세가의 사신대가 사천당가를 능가하고 있었다.

아마도 남궁세가에 있어 오히려 남궁사대보다 무서운 전력이라면 바로 사신대일지도 몰랐다.

"다들 수고했네."

철대선생은 총사 조량과 부총사 주오의 공을 치하하며 대륙 지도를 펼쳤다.

대륙은 산서성, 하남성, 안휘성, 강서성, 광동성의 좌측 끝을 중심으로 붉은 선이 수직으로 그어져 있었다.

붉은 선 동쪽에 위치한 산서성, 하북성, 산동성, 안휘성, 강소성, 절강성, 강서성, 복건성, 광동성은 푸른색으로 구분이 돼 있었다.

"천하를 둘로 나누는 동련(東聯)의 형성이 완료되었네. 우리 남궁세가와 하북팽가를 중심으로 구 개 성, 이십사 개 세가, 총 이백삼십육 개의 군소 방회와 문파들이 우리와 뜻을 모았네."

그 말에 참석하고 있던 사람들 모두가 '와~' 소리를 내었다.

"그렇게나 많은 방회와 문파들이 참여했습니까?"

총사 조량은 그 규모가 쉽사리 추측이 되지 않는다는 표정으로 물었다.

"이 일에는 소가주의 명성이 크게 도움이 되었네. 우리가 먼저 손을 내밀지 않아도 여러 방회와 문파들이 스스로 우리와 가족 되기를 청해왔으니."

철대선생은 그러며 대륙 동쪽 해안을 타고 이어지는 선을 가리켰다.

"현재 크게 진척된 바는 없으나 이 해안가를 타고 바닷길을 이을 생각이네."

그 말에 부총사 주오가 고개를 갸웃거렸다.

"우리 세가가 당당히 천하제일세가로 자리하는 데 바닷길을 이어 무엇 합니까?"

사실 당연한 의문이었다.

지금 당장 그 길을 이어 무슨 득을 얻는단 말인가?

그 답은 하오문 안휘성 지부장 출신으로 은근슬쩍 남궁세가에도 양다리(?)를 걸치고 있는 복삼이 답했다.

"소가주와 철대선생이 최종적으로 무엇을 추구하는지는 몰라. 하지만 이처럼 동련까지 구축하며 세를 모으는 데는 그 상대 또한 엄청나기 때문 아니겠어? 상대가 엄청나니 우리가 아무리 철저히 준비를 한다 해도 말이야, 만에 하나 우리가 패할 수도 있다는 예상도 하고 있겠지. 저 바닷길은 좋은 말로 하면 최후의 보루고, 잡놈들 사이에서 통용되는 말로 표현하면 여차하면 튈 생각으로 만든 길이겠지. 이 잡놈 복삼의 생각이 틀렸소이까, 철대선생?"

복삼이 자신의 턱에 쥐꼬리처럼 매달려 있는 염소수염을

쓰다듬었다.

자신의 뜻을 여지없이 간파하고 있는 복삼을 보며 철대선생은 미소를 지었다.

"어찌 알았는가?"

"요즘 이 복삼이가 하오문에서 크게 출세를 해 하오문 총단에서 온 분사 서른을 거느리고 있지 않겠소? 그것들이 밥은 꽤 많이 축내기는 하나, 일할 때는 한단 말이오. 그러니 남궁세가에서 은영대가 식충들이란 헛소문은 그만 내달란 말이오."

복삼은 하오문 총단에서 온 분사들을 이끌고 남궁세가 내 정보대인 은영대를 맡고 있었다.

하오문의 정보력은 대단해서 철대선생이 합비 창천장원에 앉아서도 천하 모든 곳의 정세를 샅샅이 알 수 있게 만들어줬다.

'예전에는 강호의 하층민들로 구성된 하오문이 대단하면 얼마나 대단하겠냐는 생각도 있었다. 그러나 실제로 겪고 보니 내 생각이 완전히 틀렸음을 알 수 있었다. 특히, 아무 연관이 없을 것처럼 보이는 대량의 정보들을 분석하고 의미를 연결시켜 천하정세를 읽게 도와주는 분사들의 능력이란……'

철대선생은 속으로 크게 감탄하며 복삼을 바라봤다.

"하나 은영대가 밥을 많이 먹기는 하지 않는가? 특히 자네 엉덩이가 무거워 당최 움직이려 하지 않는다는 것은 세가 사람이면 전부 알고 있는 것을."

"그것은 모함입니다. 철대선생마저도 그런 헛소문을 믿고 있다니……."

복삼이 투덜거리자 옆에 앉아 있던 그의 천적 황량이 말했다.

"복삼이 이놈아, 철대선생이 어떤 분이라고 그리 말하는 것이냐? 여차하면 우리가 하오문에 지원하고 있는 돈줄을 확 잘라 버릴 것이다."

"헉!"

"그리고는 네 녀석의 웃전인 하오문주에게 잡놈 복삼이가 제 할 일을 다 하지 않고 게으름을 피우고 있다 따로 연통을 넣을 것이다. 그리하면 하오문주가 네 녀석을 가만두겠느냐?"

언제나 황량 앞에서는 꼼짝도 하지 못하는 복삼이 울상을 지었다.

"황 대인, 어찌 그리 변하셨습니까? 예전에 어린 이놈을 도와주실 때는 세상에 그런 미륵보살이 따로 없었는데……."

"흐흐흐! 내 요즘 다시 돈 맛을 보고, 사람들을 돌리다 보니 예전 성격이 다시 나오나 보다."

그 소리에 복삼이 물었다.

"황 대인, 그 많은 은자가 대체 어디서 나오는 것입니까? 세가 식솔들이 일 년 새 네 배 이상 늘어 그들을 먹여 살리는 일도 녹록치 않을 텐데요. 또한, 세가에 입문하겠다며 찾아오는 이들까지 먹여줘, 재워줘, 입혀줘, 그리고 입문이 좌절된 이들에게는 노잣돈까지 쥐어주지 않습니까? 어디 그뿐입니까? 여차하면 튀겠다고 잇고 있는 저 바닷길을 위해 해안가 마을의 땅을 매입하고, 그곳에 대규모 토목공사를 일으키고 있습니다. 한 달에도 족히 은자 수백만 냥이 나갈 사업입니다."

그 물음에 황량이 딴청을 피웠다.

"흠흠, 원래 남궁세가는 농장이며, 목장 등을 가지고 있고 대토지를 가지고 있던 부유한 곳이 아니었더냐? 또한, 천하 차 거래의 팔 할 이상을 움켜쥐고 있으니 돈을 버는 것은 땅 짚고 헤엄 치기보다 쉬운 일이니라."

"남궁세가가 부유했던 것은 인정합니다. 하나 요즘 성과 성 사이를 넘는 차 밀거래가 성행하면서 수입이 예전의 반 토막이 난 것을 이 복삼이가 잘 알고 있습니다. 상황이 그런데 도리어 예전보다 십여 배 이상의 수익을 벌어들이니 이상한 것이 아니겠습니까?"

"흠흠, 복삼아. 너무 깊이 알려 하면 다친다. 그저 너나 남 궁세가 사람들은 이 황금충 황량이 벌어다 주는 은자를 끝없이 써주면 되는 것이니라."

"대인, 그러지 말고 돈 버는 비법을 살짝 언질 좀 주십시오."

"큰 것 없다. 사람이 곧 돈이니라."

"사람이 돈이란 말입니까? 대인, 혹 인신매매라도 하는 것입니까?"

"허, 네놈이 잡놈은 잡놈인가 보구나. 사람이 돈이란 의미를 그딴 식으로 받아들이다니. 내가 알고 있는 이들만 족히 십만을 넘으며, 그중에는 여러 분야에서 출세한 이들도 적지 않다. 그중에는 관부의 관리도 있고, 도적 놈도 있으며, 각 성의 대상인도 있으며, 소금 밀매업자도 있느니라. 그들이 나를 도우니 내가 돈을 벌지 않을래야 않을 수가 없는 것이다."

복삼이 그 말에 무언가 곰곰이 생각하더니 어렵사리 물었다.

"대인, 혹 은하표국과 녹림왕의 싸움, 그리고 요즘 기세를 올리고 있는 남염방의 소금 밀거래에 개입하고 계신 것입니까? 아, 가만, 그러고 보니 대인이 녹림왕이나 남염방주와도 예전에 인연이……."

복삼은 자신이 가지고 있는 정보와 황량의 옛 행적을 결부시켜 생각해 보니 그렇게 결론을 내리고 있었다.

"복삼아, 깊이 알면 다친다 했지?"

황량의 얼굴은 웃고 있었으나 어투는 은근한 협박조에 가까웠다.

그 미소의 의미를 알아차린 복삼이 말했다.

"하긴 그쪽 일이 조금 지저분하기는 하지요. 알겠습니다.

이 복삼, 알고도 모른 척하지요. 대신 두둑한 은자로 입이나 막아주십시오. 흐흐흐!"

"내 말하지 않았느냐? 내가 돈을 버는 것은 씀씀이가 헤픈 소가주부터 그런 소가주를 본받아 마구 돈을 써대는 남궁세가 무사들 때문이라고. 자자, 다른 얘기나 하지. 이 재당 당주 황량은 닥치는 대로 천하의 은자를 끌어 모을 것이니."

황량이 화제를 돌리려 했다.

그러자 그때까지 침묵하고 있던 폭풍대가 자리에서 일어섰다.

정확히 말하면 폭풍대 중 아평, 아소, 매타자, 초설, 그리고 초설의 손에 이끌려 일어난 곽상이었다.

어느새 훌쩍 커버려 이제는 더 이상 소년티가 나지 않는 건장한 청년무사 아평이 먼저 입을 열었다.

"철대선생께 묻겠습니다. 철대선생은 무슨 생각을 하고 있는 것입니까?"

예전보다 훨씬 날카로운 눈매로 변해 강인한 사내의 인상을 풍기는 아평이 호전적인 어투로 물었다.

"강 소협, 그렇게 묻는 의미를 잘 모르겠네."

아평에 이어 초설이 나섰다.

"정녕 모르서서 그러는 것입니까?"

초설의 목소리 역시 날카롭기 그지없었다.

"소가주님이 사천성 성도에서 실종됐다 했을 때는 우리의 책임도 컸기에 잠자코 철대선생의 말을 따랐습니다."

"그것은 참으로 고맙게 생각하고 있다네."

"또한, 사천당가에도 책임을 묻지 않았습니다. 사천당가가 초대를 했고, 그들의 안방에서 그런 일을 당했음에도 말입니다. 사실 생각해 보면 사천성 초입부터 우리가 자객을 맞았음에도 그들은 우리가 성도에 당도했을 때에서야 지원을 왔을 정도로 무책임했습니다."

"초설 소저, 그 부분은 사천당가에서 직접 몇 차례나 사절을 보내 사정을 설명하고 사과의 뜻을 밝혀오지 않았는가? 도리어 그들의 사과를 받는 내가 민망할 정도로 그들은 진심을 보였다네."

"다 좋습니다. 어차피 소가주님이 자리를 비웠을 때는 철대선생께 모든 일을 일임했으니 말입니다. 그동안 우리 폭풍대는 철대선생의 말을 소가주님의 명으로 여기고 혼신의 힘을 다해왔습니다. 또한, 동련 구축을 위해 여러 문파나 방회와 관련된 자질구레한 분쟁들을 처리해 왔음은 선생께서도 부정하지는 못할 것입니다."

"폭풍대 자네들이 참으로 많은 일을 해줬지. 자네들이야말로 세가의 가장 큰 힘일세."

철대선생 또한 진심으로 동의했다.

폭풍대는 지난 일 년 동안 동련에 동참한 군소 문파나 방회에 무력이 필요할 경우에는 천 리를 마다 않고 달려갔었다.

그들의 위기를 천하의 폭풍대가 나서 해결해 주었으니 여러 문파들이 남궁세가에 커다란 은혜를 입고 있다 여길 수밖에 없었다.

동련 구축의 가장 큰 공신들이 폭풍대였으며, 천하에 남궁세가의 이름을 떨친 것도 바로 이들이었다.

다시 아평이 위협적인 어조로 말했다.

"호북성 무한의 제갈세가에 실종됐던 소가주님이 나타나셨다 합니다. 철대선생께서도 듣는 귀가 있을 것인데 왜 이제껏 아무런 움직임을 보이지 않는 것입니까?"

매타자가 어눌한 말투로 말했다.

"복잡하믄 그냥 우리를 보내주시지라. 제갈세가고 뭐고 우리 다섯이 가서 기둥뿌리인지 서까래인지를 모조리 뽑아버릴 것인게."

곽상 또한 말했다.

"저 네 녀석들이 사천성에 다녀온 후 괄목상대했단 말이오. 그러니 저 넷에 나까지, 다섯이면 충분할 것이오. 수호검진 노인이야 세가 밖을 나설 수 없으니 우리 다섯만 보내주시오. 제갈세가에 소가주님이 나타났는지 확인을 하고, 혹 제갈세가에 그분이 억류돼 있는 것이라면 우리가 반드시 구출해 올 것이니."

검광 곽상까지 그렇게 나서자 철대선생은 곤혹스런 표정을 지었다.

남궁세가 무력의 핵심인 남궁사대와 사신대의 여덟 명 대주들은 폭풍대를 전적으로 신뢰하고 있었다.

폭풍대가 나선다면 남궁사대와 사신대 무사들 역시 절로 동참할 것은 불을 보듯 분명한 일이었다.

폭풍대가 움직인다는 것은 곧 남궁세가 전체가 움직이는 것이고, 그렇게 되면 남궁세가가 제갈세가와 전면전을 벌인다는 의미였다.

"제갈세가와 호남성 악양의 단목세가가 주축이 돼 호북성과 호남성, 광서성, 귀주성, 운남성의 여러 세력들이 모여 중맹(中盟)을 결성한 것은 알고들 있을 것이네."

남궁세가와 하북팽가가 동련을 결성하자 그에 대항하기 위해 제갈세가와 단목세가 역시 중맹이란 이름의 연합체를 출범시켰다.

동련에 비해 참여한 문파들의 수나 인원은 삼분지 일도 되지 않으나 중맹의 세력 또한 무시할 수 없는 정도였다.

"중맹을 상대하기 위해서는 사실 우리 남궁세가 하나의 힘으로는 역부족이네. 그 말은 곧 동련 전체의 합의를 구해야 할 것이네."

"합의 좋지요. 하나 그것은 시간이 너무 오래 걸립니다. 그러니 먼저 우리를 보내주십시오."

성깔있는 청년으로 변한 아평이 철대선생을 윽박질렀다.

"이미 말하지 않았는가? 자네들이 움직이면 남궁세가 전체가 움직이게 된다고. 잠시만 나를 믿고 기다려 주게."

만류하는 철대선생을 향해 그동안 잠자코 있던 아소가 말했다.

"요즘 강호에는 이런 소문이 돌고 있답니다. 하북팽가주에게 시집을 간 남궁아연 소공녀도 없고, 소가주님도 장기간 실종 상태이니 남궁세가는 이제 주인 없는 절이라고요. 주인 없는 절에 누구든 엉덩이 먼저 들이밀고 들어오면 새 주인이 되지 않겠느냐고 말입니다."

돌려 말했으나 철대선생이 혹 남궁세가의 주인 자리를 노리고 있는 것은 아니냐는 완곡한 비난이었다.

"아소야, 말이 조금 심하구나. 소가주님이 믿는 분이니 우리 또한 믿어야 할 것이 아니냐?"

처음으로 수호검 진교 노인이 입을 열었다.

"스승님, 스승님께서는 세가의 수호검이 아니십니까? 수호검은 대대로 세가를 지키고, 가주를 호위하는 것이 임무라 들었습니다. 그런 스승님이시라면 이번 일은 스승님께서 먼저 나서야 한다고 생각합니다."

정식으로 사제지연을 맺지는 않았으나 아평과 아소 형제는 수호검 진교를 스승이라고 불렀다.

"흠, 네 말 역시 맞고, 나 역시 진즉부터 상황을 주시하고 있었다. 일단은 제갈세가에 나타났다는 소가주님이 진짜인지부터 확인해야 한다. 그러고 나서 움직여도 늦지 않다 여겨진다."

"진 사부님, 그러다 만약 시기를 놓치면요? 그러니 우리가 먼저 가서 확인을 하겠습니다."

초설이 강력하게 주장했다. 그러며 곽상을 바라봤다.

"오라버니도 검광이네 뭐니 하면서 분위기만 잡지 말고 더 강하게 주장을 해보세요. 오라버니는 소가주님의 백화예검과 꼭 한 번 겨루어봐야 하겠다면서요?"

어느새 연인 사이로 발전한 초설과 곽상이었다.

처음에는 여자라면 질색을 했던 곽상이었으나 점점 초설에게 마음을 열었다.

마음을 여는 것까지는 좋았으나 이후 초설에게 꽉 잡혀 살며 적잖이 체면을 구기고 있는 곽상이었다.

과거 화산파 편액에 침을 뱉고, 종남파 장문인의 팔을 잘랐던 광포한 분위기는 온데간데없이 사라지고 평범한 공처가의 모습만 남아 있는 그였다.

곽상이 민망한 듯 헛기침을 몇 번 하며 입을 열었다.

"뭐라 해도 우리는 제갈세가로 가겠습니다."

단언하듯 선언하는 곽상을 보며 폭풍대와 하오문에 양다리를 걸치고 있는 복삼이 말했다.

"허, 조금 기다려 보라두. 내 밑의 은영대가 지금 정보를 분석하고 있으니 말이야."

"그 밥만 축내는 은영대를 믿느니 직접 우리 눈으로 확인

하겠다."

"뭐시라? 곽상 자네까지 우리 은영대를 식충이 취급할 수 있나? 우리 은영대가 세상에서 제일 듣기 싫어하는 말이 바로 밥 축낸다는 말과 식충이 소리네."

기이하게도 성격적으로 궁합이 전혀 맞지 않을 것 같은 곽상과 복삼은 은근히 서로에게 친밀감을 느끼고 있었다.

"식충이를 식충이라고 부르는 것을 두고 왜 그리 화를 내나? 그런 소리 듣기 싫으면 진즉에 소가주님의 행방을 찾아냈어야지."

"곽상, 자네가 정 그리 나온다면 우리 하오문 형제들을 시켜 네 녀석 검광 곽상이란 자가 천하의 공처가가 됐다 전 강호에 소문을 내버리고 말 것이야."

"흠흠, 뭐 사실이니 알아서 하든가. 나는 그런 소문보다 초설이가 더 무서우니."

아평과 아소 형제의 성격이 날카로워졌다면 검광 곽상의 성격은 예전과 비교할 수 없을 정도로 부드러워져 있었다. 심지어는 사람이 어느 정도는 우스워 보일 정도까지.

곽상과 복삼이 말을 섞으며 분위기가 조금은 나아졌으나 여전히 폭풍대는 자신들이 직접 확인하겠다는 뜻을 굽히지 않았다.

그런 폭풍대를 바라보며 철대선생이 속으로 생각했다.

'아무리 생각해도 이상한 점이 많다. 사천성에서 죽었다 알려진 소가주가 갑자기 호북성에서 나타나다니. 또한, 일설에는 소가주가 제갈세가의 삼백육십 가지 진법을 힘으로 돌파하고 제갈세가의 한 사람을 제압했다고 한다. 소가주가 그리 강했으며, 그토록 무모했던가?

다른 부분은 몰라도 소가주의 강함과 무모함이 마음에 걸렸다.

남궁유한 소가주가 강한 것이야 진즉부터 알고 있었으나 그가 제갈세가의 진법을 오로지 힘으로 돌파할 정도는 아니었다. 아니, 인육으로 이뤄진 사람의 몸으로는 불가능한 일이었다.

또한, 오만하고 고집이 센 소가주이기는 했으나 결코 무모한 사람이 아니었다. 제갈세가에 갈 일이 있으면 먼저 세가로 돌아와 최소한 폭풍대라도 끌고 갔을 것이었다.

'그렇다고 언제까지나 소가주와 관련된 일에 신중을 기할 수만도 없다. 벌써부터 강호에는 소가주 일에 아무 움직임을 보이지 않는 것은 내가 다른 마음을 품고 있기 때문이라는 소문마저 돌고 있으니.'

철대선생은 쓴웃음을 지었다.

자신은 그런 생각을 해본 적도, 품어본 적도 없었다.

사천당가에 몇 번이고 확인한 바, 소가주는 분명 마교 교주 한평에게 죽임을 당했다.

단지 시체가 없다는 이유로 실종이라고 우긴 것도, 실종이

란 말로 소가주의 죽음 이후 세가에 닥쳐올 혼란을 막아낸 것
도 바로 자신이었다.

'소가주는 분명 죽었다. 다른 사람에게는 애써 그 사실을
숨겨왔으나 나는 확실히 알고 있다. 그렇기에 제갈세가에 나
타났다는 소가주를 믿을 수가 없는 것이고, 애써 그 사실에
휘둘리지 않으려 했다.'

지금까지 주인 없는 남궁세가를 관리해 온 것은 소가주가
죽지 않았다고 믿고 있어서가 아니다.

이처럼 큰 세가가 일시에 맥이 끊어질 경우 안휘성은 물론
이고 여러 지역에서 커다란 혼란이 닥쳐올 것이기 때문이었
다. 또한, 이 세력을 통해 큰일을 해보기 위함이었다.

그러나 세가의 핵심인 폭풍대마저도 철대선생 자신의 마
음을 조금은 의심하고 있었다.

그렇다는 얘기는 정도의 차이는 있을지언정 다른 세가인
들 또한 마음 한구석에 그런 생각을 품고 있다는 의미였다.

소가주가 이끌 때보다 남궁세가를 더욱 크게 일으킨 관리
자가 자신이었다.

또한, 자신은 스스로를 너무나 잘 알고 있다.

차가운 머리를 가진 참모는 될 수 있어도 뜨거운 가슴으로
역경을 돌파하는 그런 군주가 될 수는 없는 자신이었다.

'선장을 잃은 거함은 이런 작은 외풍에도 쉽사리 흔들리게
되는 법이지.'

남궁세가가 외형적으로 크게 부흥했을지 몰라도, 언제 무너질지 모를 위태위태한 상태였다.

모래 위에 거대한 누각을 짓고 있는지도 몰랐다.

거대한 누각이 백 년이고, 천 년이고 모진 풍상을 다 이겨내기 위해서는 가장 강력한 기둥이 있어야 했다.

그 기둥이었던 남궁유한 소가주가 사라진 것은 치명타였다.

'폭풍대의 입장도 이해는 간다.'

사실 소가주가 단지 실종됐을 뿐이고, 언젠가는 돌아온다고 믿는 세가 식솔들 입장에서는 소가주의 행방을 알아보는데 미온적인 철대선생의 속내를 의심할 법도 했다.

반대로 소가주의 죽음을 확신하고 있는 철대선생 입장에서는 제갈세가에 나타났다는 소가주는 잘해봐야 헛소문, 최악의 경우 함정일지도 모르는 일이라 여길 수밖에 없었다.

이후로도 폭풍대는 철대선생을 계속 몰아붙였고, 철대선생은 벙어리 냉가슴 앓듯 그 말들에 난타를 당해야 했다.

장안 영산표국.

얼마 전 화산에서 돌아온 대표두 장홍은 웃어야 할지, 울어야 할지 모를 상황에 처해 있었다.

최근 장안의 상인들이란 상인들이 영산표국에 다 몰려들고 있었다. 또한, 장안에서 목소리 좀 낸다는 대부호들 또한 영산표국 접객당에 인산인해를 이루고 있었다.

"이제부터 이 사람은 영산표국과 거래를 틀까 하오. 화산파가 추천하며 보증하는 영산표국이라면 얼마의 비용이 든다 해도 상관없소. 앞으로는 영산표국에 모든 물건을 맡길까 하오."

상인들과 부호들은 한결같이 그렇게 말하고 있었다.

이는 장안의 상인이나 부호들만이 아니었다.

섬서성 곳곳에 자리한 상인들과 부호들 또한 영산표국에 몰려들어 화산파의 추천과 보증을 믿고 왔다며 이구동성으로 말하고 있었다.

"허허! 장 대표두, 화산파와 인연이 있었다면 진즉에 말하지 그랬소? 서운하외다."

심지어는 장안 전체를 책임지고 있는 관리인 장안 지주까지 일부러 영산표국을 방문했다.

이전에는 엄청나게 뒷돈을 쥐어줘도 얼굴 한번 보기 힘들었던 장안 지주가 알아서 표국을 방문할 줄은 꿈에도 상상하지 못했다.

"앞으로 관이 영산표국에 관여하는 일은 없을 것이외다. 폐하께서 도교를 숭상하고, 무당과 화산에 전답까지 크게 하사한 것은 천하가 다 아는 일인 것을."

당금 황제가 도교를 숭상할 뿐만 아니라 황족들 또한 화산파 도사들과 깊은 연관을 맺고 있었다. 그러니 황실 내부에서 화산파의 영향력이 막강할 수밖에 없었다.

화산파가 황제나 황족들에게 한마디라도 잘못 속삭이면 지주 자리는 물론이고 목이 달아날지도 모를 일이었기에.

그러니 일개(?) 정오품 지주 '나부랭이'가 화산파가 비호 한다는 영산표국 앞에서 아부라도 떠는 것이 당연했다.

"혹 곤란한 일이 생기거든 어려워하지 말고 찾아오시오. 관의 힘으로 해결할 수 있는 일이라면 만사를 제쳐 두고 최우 선적으로 해결해 주겠소이다."

장홍은 이전에는 잘 알지 못했다.

구파일방의 하나로 전통의 명문정파로만 알려졌던 화산파 가 천하에 이렇듯 강한 영향력을 끼치고 있을 줄은.

'오대세가가 보이는 힘이 막강한 반면, 전통의 구파일방은 보이지 않는 잠재력이 어마어마하구나.'

장홍은 장안 지주를 맞이한 연후에도 쉴 새 없이 표물을 맡 기겠다고, 인연을 맺고 싶다고 찾아오는 이들로 인해 행복한 비명을 지르고 있었다.

"조 표두, 류 표사와 곽 표사는 어찌하고 있는가?"

이 일은 전적으로 류 표사와 곽 표사의 덕이었다. 그러니 장홍이 두 사람을 신경 쓸 수밖에 없었다.

"언제나처럼 숙소에서 나오지 않고 있습니다."

"그런가?"

대표두 장홍은 바깥출입마저 삼가고 있는 두 표사의 처소를 바라보며 말했다.

"얼굴이나 한번 비춰줄 것이지……."

꿈을 꾸고 있었다.

최근 들어 눈만 감으면 그 사람이 나타나 자신을 향해 공격해 왔다.

매일같이 그의 검을 상대하다 보니 검로는 물론이고 검의 뜻, 검의 숨결까지 모조리 기억할 수 있을 정도였다.

그리고 마지막에는 그 사람의 검에 자신이 치명상을 입고 쓰러지며 눈을 떴다.

"헉!"

류 표사는 침상에서 일어나 단말마의 신음성을 내뱉었다.

전신이 땀으로 흠뻑 젖어 있었다.

그는 이마에 송골송골 맺혀 있는 땀방울을 닦아내며 언제나 침상 옆에 두는 검을 들었다.

그러고는 곧바로 밖으로 나가 겨울철이 다 돼 싸늘하기 그지없는 표국 마당에서 검무를 추었다.

특이할 것 전혀 없는 검무.

그러나 그 검무를 한 번 다 추고 나면 숨이 턱까지 차올랐다.

장담하건대 당금 천하에 자신보다 더 강한 내력을 가진 자는 없을 것이다. 그런 자신이 검무 한 번을 추었다고 해서 이처럼 힘이 들다니.

이해할 수 없는 일이었다.

"하아~"

소모된 힘을 보충하기 위해 언제나처럼 운기조식을 취했다.

그런 류 표사를 멀리서 바라보는 시선 하나가 있었다.

그는 바로 곽 표사였다.

'그럴 거라고 추측하고 있었건만, 이제는 확실해졌다.'

곽 표사의 양 볼을 타고 뜨거운 두 줄기 눈물이 흘러내렸다.

'그분의 생이 얼마 남지 않았구나. 시대를 지배한 거인이 삶의 마지막을 향해 달려가고 있는 것이리라.'

그는 류 표사가 검무와 유사한 것을 추어대는 것을 보고는 상황을 명확히 추측할 수 있었다.

영산표국 대표두 장홍은 허겁지겁 표국 정문을 향해 달려가고 있었다.

그는 최근 들어 바쁘게 일을 처리하느라 눈코 뜰 새가 없었으나 이 손님이 표국을 방문했다는 데는 만사를 다 제쳐 두고 달려나올 수밖에 없었다.

장홍은 이제 막 표국 정문을 넘고 있는 늙은 도사를 향해 정중히 허리를 숙였다.

"미리 기별을 넣었으면 이 사람이 마중을 나갔을 것입니다."

"아니네. 부탁을 하러 온 것은 이쪽인데 어찌 그럴 수 있겠는가?"

부탁을 하러 왔다는 늙은 도사는 바로 대화산파의 장문인 운학이었다.

운학 장문인은 장홍의 안내를 받아 표국 안 그의 집무실로 들어갔다.

"마땅히 국주님께서 맞아야 할 것이나 지금 먼 곳에 출타 중인지라 이 사람이 모시게 됐습니다."

"아닐세. 그런데 표국 정문 앞에 사람들로 인산인해를 이루고 있더군 그래."

"아, 그것이 다 장문인께서 신경 써주신 덕입니다."

"그러한가? 요즘 세상에는 무슨 일을 부탁하기 위해서는 먼저 사례를 해야 한다 들었네. 혹자는 그것을 뇌물이나 뒷돈이라고도 해 마음에 걸리기는 했으나… 내가 표국에 한 사례는 마음에 드는가?"

"국주님을 대신해 제가 감사드리겠습니다."

"영산표국이 사숙조를 호위해 온 것에는 우리 화산 전체가 크게 감사하고 있다네. 그런데 오늘 이 사람은 후안무치하게도 또 한 가지를 부탁하러 왔다네."

"무엇이든 말씀만 하십시오."

운학 장문인은 잠시 머뭇거리더니 겨우 입을 열었다.

"일전에 만났던 그 류 표사와 곽 표사를 보표로 고용하고 싶다네. 이 얘기는 연하가 이미 운을 뗀 것으로 알고 있네만."

그 소리에 장홍의 얼굴색이 확 달라졌다.

그 절세미녀를 호위하던 화산검종마저도 죽을 고비를 넘겼던 것을 잘 알고 있는 그였다.

"그것은……."

무슨 내막이 있는지는 알 수 없으나 그녀를 노리는 적들은 상상을 초월할 정도로 강한 이들임에 틀림없었다.

그런 이들에 맞서 특별하긴 하지만 그래도 표사임에 분명한 류 표사와 곽 표사를 보내달라 하는 것은 두 사람에게 목숨을 내어놓으라는 말과 다름이 없었다.

"자네가 고민하는 이유를 알겠네. 하나 이번에 우리도 사안의 중대성을 알고 이십사매화검객 전체와 선대 장로들 여러분이 돕기로 했네."

이십사매화검객이라면 화산이 내놓을 수 있는 최고의 패였다. 거기에 화산의 조용한 봉우리에서 은거를 하고 있는 장로들까지 돕는 것.

이것은 실로 화산이 가진 모든 것을 쏟아 붓는다는 것과 동의어였다.

'대체 무슨 일이기에? 그 미녀의 정체가 무엇이기에?'

장홍은 더할 나위 없이 궁금해졌다.

"장 대표두, 그 두 표사는 자네 상상보다 훨씬 더 강한 이들이라네. 내 생각에는 이십사매화검객과 장로 분들이 혹 변을 당하는 최악의 경우에라도 그 두 표사만은 반드시 살아 돌아올 것이네."

그 소리에 장홍의 눈이 휘둥그레졌다.

두 표사가 유별나고, 강한 것은 진즉부터 알고 있었다. 그래도 그 정도일 거라고는 미처 예상하지 못했다.

하지만 다른 사람도 아닌 화산 장문인의 평이니 믿지 않을래야 않을 수가 없었다.

"무례라는 것은 알고 있으나 내가 직접 그 두 사람에게 부탁을 해도 되겠는가?"

장홍은 자신보다는 두 사람이 직접 결정하게 하는 것이 옳을 것이라는 느낌이 들었다.

그는 곧 류 표사와 곽 표사를 불렀다.

언제나처럼 시큰둥한 표정의 류 표사와 요사이 상당히 침울한 기색을 보이고 있는 곽 표사가 자리에 앉았다.

"제가 이 자리에 더 있어봐야 거추장스럽기만 할 것이니 밖에서 기다리겠습니다."

장홍이 알아서 자리를 비켜주었다.

곧 운학 장문인이 류 표사에게 말했다.

"자네와 곽 표사를 보표로 고용했으면 하네."

류 표사가 시큰둥한 미소를 지었다.

"나는 훨훨 날고 싶으나 그것은 내가 결정할 문제가 아니오. 곽 표사와 얘기를 해보시오."

"그러한가? 곽 표사, 내 청을 들어주시겠는가?"

그런데 운학 장문인이 곽 표사를 바라보는 눈길이 예사롭지 않았다.

곽 표사도 무언가 기이한 점을 느끼며 짧게 답했다.

"우리는 일개 표사요. 표사의 평범한 일을 넘어서는 일은 하고 싶지 않소이다."

운학 장문인이 미소를 지으며 물었다.

"그것은 곽 표사의 뜻인가, 자네 주인의 뜻인가?"

"……."

주인이라는 말에 곽 표사가 순간 말문이 막히고 말았다. 단순히 넘겨짚어 말할 수 있는 단어가 아니었다.

"화산에서 처음 보았을 때 자네의 얼굴을 보고 왠지 낯이 익다 생각했었네. 곰곰이 되새겨 보니 언젠가 먼발치에서 한번 스쳐 갔던 것을 기억해 낼 수 있었지."

운학 장문인은 그러더니 곽 표사에게 말했다.

"무당 제자 청현이 맞소?"

꿈틀.

감정 표현이 거의 없는 그답지 않게 곽 표사가 미간을 꿈틀거렸다.

"맞나 보군. 삼십 년 전, 우리는 한번 만난 적이 있네. 십 년마다 열리는 오대검파 경합에서 말일세."

구파일방 중 검을 주력으로 삼는 무당과 화산, 청성, 종남, 아미의 다섯 검파가 십 년 주기로 천하의 명산을 돌며 비무를 갖곤 했었다.

이른바 오검지회라는 것인데 오검지회는 비무도 비무지만, 다섯 검파 제자들이 서로 교류를 하는 목적이 더 큰 자리였다.

"삼십 년 전 무당산에서 열린 오검지회에서 무당이 배출한 젊은 천재 한 사람을 우연히 보게 되었지. 그가 검을 수련하는 모습을 본 나는 크게 충격을 받았네. 그때까지만 해도 동년배 중에 나 이상 가는 검객은 없을 거라 자부하던 내 자존심이 여지없이 박살나고 말았지. 그런데 무슨 이유인지 그 천재 검객은 오검지회의 비무에 참여를 안 했었지."

운학은 그때의 광경을 떠올렸다.

"당연히 나올 거라 생각했던 그 검객이 나오지를 않자 나는 호기심이 생겨 조금 알아보았네. 그랬더니 그 제자는 무당에서 파문을 당한 제자라 하더군. 파문을 당했음에도 무당산 주위를 맴돌며 몇 년째 용서를 빌고 있는 중이라 하더군."

그 얘기까지 나오자 곽 표사가 급하게 운학 장문인의 말을 막았다.

"그만 하시오!"

운학 장문인은 길게 한숨을 내쉬더니 말했다.

"그로부터 몇 년 후에 강호에는 정파의 검도, 마도의 검도 아닌 특이한 검을 휘두르는 절세검객이 등장했지. 그 검객은 우리 화산은 물론이고 모든 오대검파를 직접 방문했어. 그러고는 오대검파의 내로라하는 검객들을 모조리 굴복시켰지. 또한, 그런 연후에는 천하를 돌며 이름난 검객들이란 검객들은 모조리 십초 안에 꺾어버리는 대단한 일을 해냈어. 사람들은 곧 그를 일컬어 검왕 곽연이라 부르기 시작했지. 검왕 곽연은 당시에도 천하제일도로 불리던 하북팽가주를 꺾고, 사천당가의 독왕마저 일패도지시켰지."

그것이 곽 표사, 아니, 곽연이 검왕으로 불린 연원이며, 무림사왕 중 수좌로 꼽히는 이유이기도 했다.

"그런데 한 가지 이상한 점이 있었어. 검객으로서 도전을 하려면 천하제일검파인 무당을 먼저 찾아갔어야 함에도 그는 끝내 무당의 검객들과는 단 한차례도 검을 섞지 않았지. 나는 그 얘기를 듣고는 곧 그가 바로 내가 우연히 보았던 그 무당 제자 청현임을 깨닫게 되었네."

운학 장문인은 그러나 안색을 굳히며 말을 이어갔다.

"세상 사람들은 모르나 나는 알고 있네. 검왕 곽연이 비천신마 한평에게 패해 스스로 그의 종복을 자처하기 시작했다는 사실을 말이야. 비천신마를 따르기는 하나 묘한 것이 그는 또 십만대산에 입문하지는 않았다 했지. 자네는 스스로를 여전히 무당 제자로 생각하고 있는 것이 아닌가?"

그 소리에 검왕 곽연이 격분했다.

"그만두시오! 더 이상 지껄인다면 그대의 목숨을 취할 것이오!"

크게 화를 내는 곽연 옆에서 흥미로운 눈초리로 그 얘기를 듣고 있던 류 표사가 웃기 시작했다.

"그런 과거가 있었소? 당신도 별로 재미있는 인생은 살지 못했겠군."

"닥쳐라!"

곽연이 처음으로 류 표사에게 화를 냈다.

"훗! 어떻소? 화산의 장문인이 무슨 일을 청할지는 모르나 한번 해보는 것이. 어쩌면 무당 제자로 돌아갈 수 있는 대공을 세울지도 모르니."

"시끄럽다! 나는 무당 제자가 아니다!"

그러자 류 표사가 비웃었다.

"그렇다고 십만대산의 사람도 아닌 것 같은데 말이오."

그는 그러더니 운학 장문인에게 말했다.

"화산파에 아무리 사람이 없기로서니 십만대산 주인의 종복을 자처하는 자에게 일을 맡기려는 것이오?"

빈정거림이 분명한 류 표사의 말이었으나 운학 장문인은 미소로 답했다.

"화산은 물론이고 구파일방을 다 통틀어봐도 검왕 곽연만

한 절대고수를 어디에서 찾겠나? 비견할 만한 이가 있다면 이미 죽었다 알려진 남궁세가의 소가주 정도겠지."

그 소리에 류 표사가 입꼬리를 씰룩거렸다.

"그나저나 곽 표사는 일 처리하는 것이 어찌나 허술한지. 은거를 선택했으면 자신을 알아보는 사람을 알아서 조심해야지, 어찌 이리 쉽게 자신의 정체를 발각당할까. 역시 도사 시절의 순박함이 아직 남아 있어 그런가?"

류 표사의 빈정거림에 검왕 곽연은 불쾌한 표정을 지었으나 무어라 말을 내뱉지는 않았다. 분명 자신이 부주의했고, 이번 일의 결과는 전적으로 자신의 책임이었다.

'류 표사를 세상에서 숨기고, 때가 올 때까지 기다리게 만들어야 하는 막중한 책임을 지고 있는 나다. 하나 자칫 나로 인해 모든 것이 틀어질지도 모른다.'

곽연의 검은 검왕이란 칭송에 너무나 잘 어울렸으나 그는 평생 검만 추구한 순박한 사람이었다. 즉, 다른 것에는 별다른 재주가 없었다.

"자자, 이렇게 됐으니 화산 장문인의 청을 들어주는 것이 어떻겠소?"

류 표사가 묘한 미소를 지으며 말했다.

무슨 일이 됐든 좀 더 넓은 천하를 활보하고 싶은 욕망이 꿈틀거리고 있는 류 표사였기에 당연한 의사 표시였다.

"절대 그럴 수 없다."

"하하하! 다른 곳도 아니고 화산파에 꼬리를 잡혔는데 우리가 조용히 살 수 있겠소? 사실 따지고 보면 어디를 가든 내가 십만대산에만 오르지만 않으면 되는 일 아니오?"

이전까지는 처참한 패배 이후 상황을 이해하고 순순히 곽 표사의 말에 따랐던 류 표사였다.

그러나 최근 들어 기이한 검무 하나를 익히면서 세상을 향해 뛰쳐나가지 않으면 가슴이 터져 버릴 것만 같은 격정에 휩싸여 있었다.

"불가하다."

그런 곽 표사를 보며 류 표사는 특유의 빈정거리는 표정을 지었다.

"그럼, 지금 당장 짐을 꾸려 사람들이 결코 찾지 못할 심산유곡이나 오지로 숨어듭시다. 나야 전혀 알려지지 않은 무명이니 상관없다 해도 십만대산 주인의 종복이었던 당신을 정파에서 가만둘지 모르겠소만."

류 표사는 은근슬쩍 방 밖을 가리켰다.

"화산 장문인이 모르긴 몰라도 이십사매화검객과 여러 장로들을 이곳까지 데려왔을 것 같은데 말이오. 모르지. 곽 표사가 일전에 얘기한 것처럼 화산에 숨어 있는 잠룡들까지 모조리 데려왔을지도……."

"나는 그리 믿지 않는다."

곽연의 말에 류 표사가 조금은 어이없다는 표정을 지었다.

"당신의 무공은 제법 괜찮으나 상황 판단에는 어찌 그리 어두운지 모르겠소. 구파일방과 십만대산이 만나면 인사를 나누고, 담소나 나누는 그런 사이였소? 이곳에 그대가 있다는 것을 안 이상 화산파가 가만둘 리가 없소. 그렇지 않소?"

류 표사가 화산 운학 장문인을 바라봤다.

"부인할 생각은 없소. 하나 그것은 두 분이 이 사람의 청을 거절했을 경우의 대비책이었을 뿐이오. 반대로 두 분이 이 사람의 청을 들어준다면 그들은 도리어 두 사람의 훌륭한 조력자가 될 것이오."

사람 좋은 도사이기 이전에 운학은 화산파를 책임지고 있는 장문인이었다. 공과 사는 엄격하게 구분할 줄 알았다.

곽 표사는 고민하기 시작했다.

반면, 류 표사는 득의양양한 표정이었다.

그러나 곽 표사는 끝끝내 그 청을 거절했다.

운학 장문인은 그런 곽 표사를 보며 크게 아쉬워했다.

"청현, 나는 자네를 믿고 있네. 비천신마 또한 자네가 마인이 될 사람이 아니었기에 끝끝내 십만대산 입문을 거절했던 것일 게야. 이제라도 돌아오게……."

그는 검왕 곽연을 옛 도호인 청현이라 부르며 옛 추억에 잠기는 것처럼 보였다.

그날 밤.

류 표사와 곽연을 위해 별도로 마련된 숙소에서 두 사람은 서로를 마주하고 있었다.

류 표사가 먼저 입을 열었다.

"내 장담하건대 우리가 화산과 연결이 된 이상 어떻게든 이번 일에 휘말려 들 것이오."

"왜지?"

"당신은 정파의 도사 출신이라 십만대산을 잘 모르지. 내가 아는 십만대산은 한번 노린 목표를 절대 포기하는 법이 없소."

"그 말은?"

"십만마교 안의 또 다른 마교를 형성하고 있는 그것들이 다시 공격해 올 것이란 말이오. 바로 여기 영산표국으로."

"화산 장문인이 여기 있기 때문인가?"

류 표사가 웃었다.

"이럴 때 보면 당신은 나이를 헛먹은 것 같단 말이오. 애당초 그들이 공격한 것이 누구였소? 화산 장문인을 노렸으면 처음부터 상청궁으로 갔으면 될 일이었소."

곽연이 고개를 끄덕였다.

"처음 그들이 노렸던 두 사람이 지금 모두 영산표국에 있소. 늦고 빠른 차이만 있을 뿐이지 그들은 결국 두 사람을 향해 공격을 해올 것이오."

류 표사는 그러며 쓴웃음을 지었다.

"그리고 보면 사람 좋아 보이는 화산 장문인이 제법 머리를 굴릴 줄 안단 말이야. 그 어떤 이유로도 우리가 움직이지 않을 것 같으니 아예 상대가 노리는 표적을 표국 안으로 옮겨 놓았소. 이는 그들의 공격을 유도하고 우리를 어쩔 수 없이 일에 휘말리도록 만든 것이오. 역시나 늙은 생강이 더 맵다는 건가?"

"흠……."

검만 휘두를 줄 알았지 머리 굴리는 쪽에는 거의 재능이 없는 곽연이었다.

"그렇다면 지금이라도 이곳을 떠나야 하는가?"

"참으로 답답하시오. 우리가 이곳을 떠나든 말든 화산 장문인이 화산검종과 제갈연하를 떠나게 할 것 같소? 두 사람이 표국에 머무는 한 마교는 공격을 멈추지 않을 것이란 말이오. 뭐, 영산표국 사람들은 우리가 떠나면 모두 죽게 되겠지."

류 표사가 설명을 이어갔다.

"설사 우리가 떠나려 해도 곱게 떠날 수 있을 것 같소? 당신이 검왕 소리를 듣는 고수라 하나 이십사매화검수와 화산검종이 포함된 화산의 장로들, 그리고 그들의 핵심전력들을 홀로 상대할 수 있을 것 같소? 나에게 은자를 걸라 한다면 무조건 화산 쪽에 걸겠소."

"그런가……. 결국 내가 일을 망친 셈이구나."

곽연의 목소리에는 자책하는 감정이 절실히 배어 나오고

있었다.

"사실 웃기는 얘기지. 뾰족한 송곳은 절로 전낭을 뚫고 나오기 마련이오. 우리가 언제까지나 이 표국에서 신분을 감춘채 살아갈 수 있을 거라 믿었소? 또한, 앞날을 살피는 혜안을 가졌다는 그 사람 또한 그것을 기대하고 우리를 이곳에 둔 것이 아닐 것이오. 화산과 인연을 맺고 우리가 이 표국을 떠나게 되는 것도 어쩌면 그의 안배일지도 모를 일이지."

"무슨 소리인가? 나는 그분에게 그대를 이곳에 묶어두고 감시를 하라는 명을 받았다."

곽연이 강하게 부정했다.

"나도 처음에는 이상했소. 그냥 나를 죽이면 간단한 것을 십만대산의 형제 소리를 운운하며 살려둔 점이. 또한, 살려둘 거라면 십만대산 안에 있는 수백 장 깊이의 지하 뇌옥에 가두면 될 일이었소. 그도 싫으면 최소한 북해나 남만으로 보내 중원으로 돌아오지 못하게 하는 것이 가장 좋은 선택이었을 것이오. 그런데 섬서성 장안에, 그것도 세상과 교류할 일이 많은 표국에 머물게 하다니. 당신은 그 점들이 이상하지도 않소?"

곽연 또한 듣고 보니 이상한 얘기였다.

그는 위대한 주인의 명이니 일체의 의심을 품지 않고 명을 수행할 뿐이었기에 이전에는 그런 점들에 대해 깊이 생각해 본 적이 없었다.

"또한, 공교롭게도 우리는 화산에 가게 됐소. 우연히도 제갈연하와 내가 연이 있으며 하필이면 그녀가 자하령을 들고 우리 앞에 나타났단 말이오. 우연이라고 치부하기엔 너무 심하지 않소? 우연이 계속되면 그것은 필연이라고 했던가? 어쩌면 앞날을 내다보는 이의 장난이거나."

너무나 허술한 일들의 연속이었다.

"그렇다면 자하령에 무슨 곡절이 있단 말인가?"

류 표사가 그것은 아직까지 잘 모르겠다는 듯 고개를 갸웃거리며 답했다.

"당신이 모시는 그의 능력이라면 마도시대에서 제아무리 많은 마인들이 넘어오더라도 크게 문제될 것도 없을 것인데 말이오. 그의 천마검법은 모든 마인들을 제압하는 검이니."

류 표사는 점점 더 알 수 없다는 표정을 짓고 있었다.

"그의 검을 직접 상대한 나는 그 한 사람만 건재해도 마도시대 마인들을 완벽하게 상대할 수 있다는 판단을 내렸소. 그래서 내가 세력을 구축해 정마대전의 발발을 막으려 했던 시도를 모두 중단한 거요. 또한, 그런 그의 말이기에 내가 그를 암살한다는 허무맹랑한 말도 믿었던 거고. 결국 모든 일의 갈림길은 당신의 주인의 생과 사에 달려 있단 말이오."

천부경의 문을 타고 마도시대의 마인들이 제아무리 많이 넘어와도 그가 모두 제압할 수 있었다. 또한, 그가 죽지 않는다면 정마대전도 발발하지 않는다.

"그런데 왜 그가 전면에 나서지 않고, 우리로 하여금 이런 일을 하게 하느냐 하는 것이지. 내 느낌에는 자하령을 통해 구파일방의 힘마저 끌어 모으려 하는 것 같은데 말이오. 그런데 굳이 그래야 할 필요가 있을까?"

처음에는 곽연에게 하던 말이 점점 스스로에게 자문하는 투로 바뀌고 있는 류 표사였다.

류 표사는 한참을 생각하다 설마 그럴 리 없다는 표정으로 곽연에게 가볍게 물었다.

"그냥 지나가는 소리로 들으시오. 당신 주인의 생명이 얼마 남지 않은 것이오? 자객이 오지 않아도 이미 천수를 다 누려 곧 죽을 운명이라거나……. 아니오. 쓸데없는 상상이니 못 들은 것으로 하시오."

'그의 나이 칠순이 다 됐다 하나 앞으로 수십 년은 더 무병장수할 분위기였다. 그런 그가 병이나 피할 수 없는 노화로 죽는다는 것은 말도 안 되는 얘기다.'

류 표사는 제법 상황의 핵심에 다가가고 있었으나 가장 결정적인 문제인 그의 생사와 관련된 문제에 부딪치자 이내 고개를 설레설레 젓고 말았다.

"여하튼 앞날을 보는 이들의 머릿속에는 무엇이 들었는지 알 수 없단 말이야. 당신의 주인도 그렇고, 내가 알던 그 사람도 그렇고."

류 표사는 쓴웃음을 지었다.

그런데 그의 말을 듣고 있던 곽연은 어느새 안색이 창백하게 변해 있었다.

그는 한참이나 고민하더니 어렵게 입을 열었다.

그의 입에서는 정말 의외의 말이 나왔다.

"화산 장문인의 제안 받아들이겠다. 그러니 자네도 준비하게."

갑작스런 그 결정에 이번에 놀란 것은 류 표사였다.

"어처구니가 없다고 해야 할까? 설마 내 세 치 혀에 설득당한 것이오? 내 혀가 그리도 유창하게 돌아갔었나?"

농처럼 던지는 류 표사의 말에 곽 표사는 심각한 표정을 짓고만 있을 뿐 아무런 답이 없었다.

그러자 의아함을 느낀 류 표사가 혹시나 하는 심정으로 물었다.

"혹 그가 죽는 것이오?"

"……."

곽 표사는 절대 답하지 않았다.

그 침묵을 긍정으로 받아들인 류 표사가 기지개를 켜며 웃었다. 상황이 어찌 돌아가는지를 완벽하게 이해했다는 표정으로.

"그렇다면 자하령으로 구파일방의 힘을 모아야겠군. 일이 참으로 재미있게 돌아가는군."

류 표사는 묘한 웃음을 지었다.

"너무 인상 쓰지 마시오. 이왕 나서게 된 것, 즐겁게 해봅시다. 잘하면 당신이 무당으로 돌아갈 수도 있는 기회가 될 수도 있는 일 아니겠소?"

섬서성 장안을 출발해 섬서성과 하남성의 경계를 막 넘은 류 표사는 미소를 짓고 있었다.

"……."

곽 표사는 묵묵부답이었다.

두 사람의 뒤편에서는 제갈연하가 말을 타고 달리고 있었고, 그 옆에는 화산검종 단운악이 딱 달라붙어 있었다.

가장 후미에는 화산파가 자랑하는 이십사매화검수가 잔뜩 긴장한 표정으로 따르고 있었다.

만약을 대비해 영산표국에는 화산파의 전대 장로 등이 남아 방비를 하고 있었다.

물론 자하령을 노리고 있는 이들이기에 자하령을 소지한 제갈연하가 떠난 것을 알게 되면 영산표국을 노릴 가능성은 희박했지만.

"자하령이 움직였단 말이지?"

호북성 무한의 제갈세가에 자리하고 있는 남궁유한이 가슴에 폭풍이라고 쓰인 흑색 장삼을 입고 있는 사내들에게 말했다.

"그렇습니다."

"정마대전이 발발하고 제갈세가가 가장 먼저 멸문을 당한 것은 사실 자하령 때문이었지. 흠, 구파일방 녀석들의 천년맹세가 담긴 자하령을 한 번 손에 넣어볼까?"

"명만 내려주십시오."

"그전에 영산표국 표사라는 그 두 인물에 대해 나온 것이 있나?"

"쉽지가 않습니다."

"그래? 그럼 그 두 사람의 내력을 한번 알아볼까? 십만대산에서 놀고먹는 흑갑기마대를 한번 투입해 보도록."

"흑갑기마대 말입니까?"

그렇게 묻는 흑의인의 표정에는 당혹감이 가득했다.

"어차피 십만대산의 모든 것은 한번 쓰고 버리면 그만. 육개월 후, 십만마교 교주만 죽이면 모든 것이 끝이다."

남궁유한은 확신하고 있었다.

"끝내 이해가 되지 않는 것은 제아무리 천하의 검왕이라 해도 십만대산과 인연을 맺은 이를 대체 어찌 믿고 이런 일을 맡겼는가 하는 것이오."

그 말에 곽 표사는 낮은 신음성을 내뱉기만 할 뿐, 특별한 말이 없었다.

"어찌 됐든 내가 십만대산에만 오르지 않으면 역사는 바뀌는 것 아니겠소? 장안에만 틀어박혀 있기 답답했는데 잘됐소.”

그렇게 말하는 그의 눈에 멀리서 흙먼지가 일어나는 것이 보였다.

최근 기이하게 무공이 증진되면서 그의 시야 또한 이전보다 몇 배는 좋아졌다.

이전에도 이 시대에는 그를 따라올 자가 없는 형편이었는데, 최근에 또다시 발전을 하게 되자 그는 어느새 ‘초월자’에 가까워지고 있을 정도였다.

“전신을 흑색 철갑으로 두르고, 무식할 정도로 커다란 참마도를 휘두르는 흑색 기병들이라……. 저들의 주인은 기병의 양성을 엄히 금하고 있는 국법을 어찌 보고 저런 것들을 키워냈을까. 황상 폐하께서 아시면 당장 백만 금군을 모조리 동원해 도륙을 낼 것인데.”

황상 폐하라 칭하며 백만 금군을 얘기하고 있었지만 그의 말투에는 비웃음이 가득했다.

황제도, 백만 금군도 그의 안중에는 없었다.

“이럴 때 보면 십만대산은 아예 간이 배 밖으로 튀어나온 것 같단 말이야. 그리고 저런 기마대가 통과하는데 넋 놓고 있는 관리들이나 장군들은 다 천하의 멍청한 것들이지.”

곧 그 흙먼지는 검왕 곽연마저 확인할 수 있었고, 이십사매 화검수 또한 볼 수 있었다.

마차에 타고 있던 화산검종 단운악은 그 흙먼지를 일으키고 있는 자들이 누구인지를 알고는 낮은 신음성을 토해냈다.

"흑갑기마대……."

십만대산이 자랑하는 정예 중 하나인 흑갑기마대였다. 또한, 정파 무사들이 가장 껄끄럽게 여기는 부대이기도 했다.

흑갑기마대는 단단하기로 천하에 이름 높은 묵철(墨鐵)로 머리부터 발끝까지 전신을 보호하고 있었다. 또한, 기마대원 하나하나가 절대 죽음을 두려워하지 않는 불굴의 용사들이다.

천생 신력을 타고난 이들 중에 고르고 골라 뽑은 전사들을 온갖 영약과 무공비급을 들여 장기간에 걸쳐 양성한 것이 바로 흑갑기마대였다.

특별히 십만대산이 오랜 시간과 막대한 양의 환금을 들여 기마대를 양성한 것에는 나름의 이유가 있었다.

집단전 전술에 약한 것이 강호인들이었다. 특히, 저처럼 기마대를 구성해 돌격해 오는 이들에게 특히나 약한 것이 정파의 무사들이었다.

그러니 천하의 화산검종 단운악이라 할지라도 난감한 표정을 지을 수밖에.

"화산 제자들은 준비해라!"

화산검종 단운악의 명에 따라 이십사매화검수들이 매화진(梅花陣)을 형성하기 시작했다.

그 모습을 지켜보던 류 표사가 쓴웃음을 지으며 말했다.

"내가 먼저 나섰다가 저들에게 당하기라도 하면 그때 나서시오."

"무슨 말입니까? 저들은 분명 십만마교가 자랑하는 흑갑기마대입니다."

매화검수들의 수좌인 현오가 바로 반발했다.

"꿩 잡는 것이 매라 하니 믿어보시오."

류 표사는 그러더니 더 이상 말을 섞지 않고 말의 배를 발로 두들겨 찼다.

그러자 말이 거친 투레질 소리를 내며 달리기 시작했다.

"태사숙조님, 저희 또한 뒤따르겠습니다."

현오가 화산검종 단운악에게 청했다.

그러나 단운악은 고개를 가로저었다.

"아니다. 한번 두고 보자꾸나."

"어찌 홀로 흑갑기마대 이백을 상대한단 말입니까?"

"일단은 내 말을 믿고 따르거라."

화산의 어른 중의 어른인 단운악의 말인지라 현오는 더 이상은 입을 열 수가 없었다.

'객잔에서 본 대로라면 류 표사는 상상을 초월하는 고수다. 한번 그의 실력을 재확인하고 싶다.'

단운악이 속으로 그렇게 생각하고 있을 때, 류 표사가 탄말은 어느새 흑갑기마대 이백의 지척 거리까지 도달해 있었다.

흑갑기마대는 자신들을 상대로 홀로 달려오는 자를 보고도 특별한 반응을 보이지 않았다.

보통 기준으로 생각하면 저자는 분명 미치광이이거나 분수를 모르는 자라 생각할 것이다.

그러나 흑갑기마대 전원은 전혀 상대를 경시하지 않았다.

자신들을 향해 홀로 달려들 자신감이 있고, 그만한 실력을 갖추고 있기에 저리하는 것이라 여겼다.

"돌격하라!"

흑갑기마대장이 하늘을 향해 포효하듯 명을 내렸다.

다그닥! 다그닥! 다그닥!

족히 보통 말의 두 배 이상 되는 수백의 거마들이 뿌연 흙먼지를 일으키며 류 표사를 향해 돌진해 왔다.

그들을 보며 류 표사는 웃었다.

"얼마 전에 꽤 재미있는 무공을 익혔지. 나는 불살의 금제에 묶여 있고, 더욱이 그대들 또한 내 형제들일 터. 죽이지는 않으마."

극히 자신만만한 그는 검조차 뽑지 않았다.

하늘을 향해 두 손바닥이 보이도록 펼친 후 그대로 손을 위로 들어 올렸다.

그러고는 전방을 향해 크게 쌍장을 갈겼다.

두 개의 장력이 허공을 가르며 흑갑기마대 전체를 향해 쏘아져 나갔다.

대단한 기세가 실린 쌍장이었기에 흑갑기마대 또한 긴장하기 시작했다.

그러나 기세에 비해 장력의 속도는 너무나 느렸다. 제아무리 둔한 인물이라 해도 능히 피할 수 있을 정도로.

그런데 완만한 곡선을 그리며 날아가던 두 개의 장력이 돌연 어느 지점에서 수직으로 방향을 꺾으며 급격하게 하늘로 치솟기 시작했다.

"산(散)!"

류 표사의 기합 소리와 함께 하늘로 치솟은 두 개의 장력이 순간 폭발을 일으켰다.

허공에서 폭발한 장력은 순식간에 수백, 수천 개의 소규모 장력으로 변하더니 폭죽처럼 지상으로 쏟아져 내렸다.

그 광경에 돌진하던 흑갑기마대원들이 크게 당황했다.

워낙 광범위한 지역에 쏟아지는 것이었기에 피하기에는 이미 늦어버린 상황이었다.

결국 그들은 전신을 가릴 수 있는 묵철 방패를 들어 그 장력에 대항하고자 했다.

"쓸데없는 짓!"

류 표사는 그 소리와 함께 타고 있던 말안장을 박차고 뛰어올랐다.

퍼퍼퍼퍼펑! 퍼퍼퍼펑! 퍼퍼퍼퍼펑!

하늘을 뒤덮으며 쏟아진 장력에 격타당한 흑갑기마대원들이 쉴 새 없이 말에서 낙마하기 시작했다.

기마대의 위력을 극대화할 수 있는 것은 말에 타고 있을 때였다. 그렇기에 절대 말에서 떨어지지 않도록 고련에 고련을 거듭하기 마련이다.

그런데 이들은 너무나 맥없이 말에서 낙마하고 있었다.

"정신 차려라!"

급작스런 상황 변화에 기마대장이 크게 소리쳤다. 그러나 그 역시 장력에 격타당하고 말았다.

그는 순간 영혼마저 크게 뒤틀리는 충격을 받으며 말에서 떨어지고 말았다.

육체에 가해지는 충격이라면 얼마든지 버틸 수 있도록 훈련된 자신이었다. 그러나 기마대장 역시 영혼을 뒤흔드는 것 같은 이 낯선 충격만은 도저히 감당하지를 못했다.

낙마한 기마대들 사이로 류 표사가 하늘에서 지상으로 가볍게 착지했다.

그의 양손 열 손가락은 용조(龍爪)와 호조(虎爪)처럼 날카롭게 구부러져 있었다.

탁!

용조와 호조가 바닥을 뒹굴고 있는 대여섯의 기마대의 양팔을 철갑 보호대째로 잡아채더니 크게 비틀어 버렸다.

사신의 공 주작투혼수 중 초련식(初鍊式)을 구사한 것이었다.

일전에도 사신의 공을 몇 번 구사한 적이 있는 류 표사였다. 그러나 완전히 내력을 되찾은 지금 구사하는 사신의 공은 예전과는 그 위력 자체가 완전히 달랐다.

우드득! 우드득! 우드득!

팔이 엿가락처럼 휘어지며 뼈 부러지는 소리가 들려왔다.

빠지직! 빠지직!

용조와 호조에 걸린 또 다른 몇 명은 정강이뼈가 완전히 부러지며 전투불능 상태에 빠져들었다.

류 표사가 다시 자세를 바로잡았다.

그의 양 주먹이 허공에서 교차하더니 순간 일권을 날렸다.

쿵!

류 표사의 주먹이 땅에 무릎을 짚으며 막 일어서려던 기마대 한 명의 철갑 위를 강타했다.

"윽!"

그 소리와 함께 육중한 철갑으로 보호받고 있던 기마대 무사가 뒤편으로 크게 날아갔다.

그 가격의 위력은 직접 격타한 상대에게만 한정된 것이 아니었다.

그것은 바로 백 보 밖의 상대를 격타할 수 있는 신기를 발휘했던 소림 칠십이종절예 중 하나인 백보신권(百步神拳)의 묘용이 담겨 있는 백호철혈권의 연탄식이었기에.

그 무인뿐만 아니라 바로 뒤편에서 있던 기마대 여럿을 한

꺼번에 날려 버렸다.

그들은 단 일권에 늑골 전체가 부러져 바닥을 뒹굴었다.

백호철혈권을 연달아 작렬시켜 순식간에 수십의 기마대를 묵사발로 만든 류 표사가 땅을 박차고 다시 한 번 허공을 날기 시작했다.

류 표사의 몸이 공중으로 붕 떠올랐다.

그의 두 발이 쉴 새 없이 가위처럼 교차되면서 무수한 발차기가 기마대 무사들을 덮쳐 갔다.

타타타타탓! 타타타타타탓! 타타타타타타타타탓!

그러나 기마대 무사들의 눈에는 그 발차기가 전혀 보이지 않았다.

바로 청룡무영각 중 무영식(無影式)이었다.

허공에 뜬 채로 수십 번의 발차기를 하면서도 류 표사는 전혀 땅에 발을 대지 않았다.

마치 하늘 사이로 부는 바람, 그것도 미친 바람처럼 휘몰아쳐 계속해서 흑갑기마대를 무참히 유린했다.

"으악! 크헉! 꿰엑!"

흑갑기마대원들이 몸 어딘가가 부러지거나 박살이 난 채로 차가운 흙바닥을 뒹굴었다.

류 표사의 몸이 돌고 돌았다.

흐르는 물처럼 부드럽게 도는 그의 몸이 하나의 원을 그렸다.

그 원에 휘말린 흑갑기마대원들은 도저히 그에 저항하지 못하고 연달아 공중으로 치솟았다.

하나의 원이 또 다른 원을 그리고, 두 개의 원이 네 개의 원을 그렸다. 네 개의 원은 여덟의 원을 형성했고, 여덟의 원은 열여섯의 원을 만들어냈다.

현무무적장 주발식(肘發式)!

안으로 뛰어든 류 표사에게 흑갑기마대는 속수무책이었다.

기마대의 가장 큰 장점은 일정 거리를 달려 생기는 무지막지한 가속을 바탕으로 한 정면 돌파였다.

그런데 이처럼 그들의 무리 한가운데로 침투해 아예 거리를 주지 않으니 그들의 장점을 전혀 살릴 수 없었다.

세상 그 누구보다 많은 전투 경험을 가지고 있는 류 표사는 단번에 핵심을 찌르고 있었다.

또한, 류 표사가 너무나 막강했다.

같은 공간에 있지만 차원이 다른 강함을 선사하고 있는 류 표사였다.

초련식(初鍊式), 연탄식(連彈式), 범음식(梵音式), 비파식(琵琶式), 견타식(肩打式), 주발식(肘發式), 나조식(拏爪式), 타퇴식(打腿式), 슬나식(膝拏式), 강격식(强擊式), 비산식(飛散式), 창공식(蒼空式) 등의 초식들이 사방을 뒤덮으며 쏟아졌다.

밥 한 끼도 다 먹지 못할 시간이나 지났을까?

대지 위에 제대로 서 있는 존재는 오직 류 표사 하나뿐이었다.

혹색 철갑을 전신에 두른 이백의 흑갑기마대는 모조리 차디찬 바닥에 쓰러져 있었다.

십만마교가 자랑하는 흑갑기마대가 단 한 사람에게 완전히 제압당한 것.

누군가에게 이 사실을 말한다 해도 도저히 믿을 수 없는 일이 벌어지고 만 것이다.

그 누구도 믿지 못할 일을 너무나 간단하게 해낸 류 표사는 불끈 쥔 두 주먹을 바라보고 있었다.

가벼운 흥분감과 함께 그의 주먹이 미세하게 떨리고 있었다.

"강해졌다. 분명히 이전보다 훨씬 강해졌다. 예전 같으면 제아무리 나라 해도 흑갑기마대 정도의 전력을 상대하려면 적잖이 고생을 했었을 것이다. 그러나 지금은 아주 가볍게 끝을 낼 수 있었다."

평소의 그답지 않게 크게 흥분하고 있었다.

그런 그를 멀리서 지켜보던 이십사매화검수들은 눈앞의 광경을 직접 목격하고도 자신들의 눈을 의심하고 있었다.

"믿을 수 없다!"

"우리가 본 것이 사실인가?"

"어찌 한 사람이 흑갑기마대 전체를……."

"저 표사는 사람이 아닌가?"

그렇게 입이라도 열 수 있던 이들은 그래도 충격의 정도가 덜한 편이었다.

"……."

상당수는 너무나 놀라 입만 벌린 채 아무런 말도 하지 못했다.

마차 안에서 그 광경을 지켜보고 있던 화산검종 단운악 역시 놀란 것은 마찬가지였다.

'객잔에서 그의 능력을 확인했을 때는 완전히 믿지 못했다. 하나 재차 확인하고 보니 그의 능력은 내가 감히 평가할 수 없을 정도다.'

현재의 무림사왕보다 선대의 고수이며, 검왕 곽연을 제외하면 무림사왕 모두가 그보다 아래라고 말해질 정도인 화산검종 단운악이었다.

그런 그가 류 표사에 대해 감히 자신은 평가할 수 없는 경지에 있다 말하고 있었다.

"대체 어디에서 저런 절대고수를 배출했단 말인가? 남궁세가 소가주의 무위가 극강이라 했지만 눈앞의 저 표사는 그보다 몇 수는 위인 것 같구나. 저런 무위라면 정파의 오랜 숙원인 십만대산에 오르는 것도 가능할 것이다."

류 표사의 무위에 모두가 크게 감탄하고 있었다.

第五章 자하령주

無敵世家

근래에 최고의 성세를 누리고 있는 남궁세가의 본가답게 언제나 사람들의 방문이 끊이질 않았다.

그 방문객 중에 유난히 날카로운 기세를 풍기고 있는 한 무리가 있었다.

그 무리를 이끌고 있는 것은 세 사람이었다.

그중 한 사람은 바로 세상에는 죽었다고 널리 알려진 남궁유한이었다.

그리고 그의 뒤를 따르고 있는 두 사람은 무림오대세가 중 두 곳인 제갈세가 가주 제갈현도와 단목세가 가주 단목천이었다.

때마침 세가 정문 경비를 서고 있는 이들은 남궁사대 중 하나인 백룡대에 소속된 전 작두채 소속 산적들이었다.

특히, 용작두는 묘하게도 남궁유한과 자주 마주치는 불운(?)을 겪곤 했었는데 이번에도 마찬가지였다.

그가 가장 먼저 남궁유한을 발견하더니 눈이 휘둥그레지며 소리쳤다.

"저, 저분은!"

"용작두 형님, 누가 왔는데 그리 놀라시오? 허걱!"

바늘과 실처럼 용작두를 따라다니는 개작두 역시 고개를 돌려 남궁유한을 발견하더니 기겁을 했다.

용작두와 개작두는 눈을 몇 번씩이나 비비며 자신들이 지금 보고 있는 것이 현실인지를 의심했다.

그러나 몇 번이나 다시 보아도 분명 남궁유한 소가주였다.

"소가주님!"

용작두는 죽은 아비가 돌아온 것보다 더 기쁜 표정으로 남궁유한에게 달려갔다.

그런 용작두를 보며 남궁유한은 미간을 찌푸리며 소매를 펄럭였다.

그러자 달려오던 용작두는 저항할 수 없는 힘에 휩쓸려 뒤편으로 날아가고 말았다.

"소가주님, 접니다. 작두채 용작두. 모르시겠습니까?"

용작두가 남궁유한에게 아는 척을 하자 남궁유한은 곁에

서 있던 제갈현도를 바라보며 전음을 날렸다.

"남궁세가의 주요 인물에 대해 전부 얘기해 줬다 하지 않았나? 그런데 왜 이자는 네가 알려준 인물 중에 없는 것이지?"

제갈현도가 땀을 뻘뻘 흘리며 답했다.

"그것이… 총관 철대선생이나 총사 조량, 부총사 주오, 폭풍대와 남궁사대, 사신대의 인물들에 대해서는 모두 보고를 드렸습니다. 하나 남궁유한 소가주가 이런 하찮은 무사들까지 알고 지냈을 거라고는 미처 예상을……."

남궁유한이 제갈현도를 싸늘한 눈빛으로 노려봤다. 그러자 제갈현도는 등골이 오싹해져 몸을 바르르 떨었다.

곧 남궁유한은 고개를 돌려 어느새 부드러운 미소를 지으며 용작두를 바라봤다.

"내 어찌 자네를 모르겠는가? 녹림이십사채 중 하나인 작두채의 용작두를 말이야. 하하!"

남궁유한 정도의 인물이 이전에 알고 지냈던 산적이라 하면 최소한 녹림이십사채에 속해 있을 것이라 지레짐작했다.

그런데 그 소리에 용작두는 어리둥절한 표정을 지었다.

"녹림이십사채… 말입니까요?"

기이함을 느낀 용작두가 한참이나 말이 없자 남궁유한은 혹 자신이 실수를 한 것은 아닌가 해서 얼굴이 굳어지기 시작했다.

'이자, 함부로 입 놀리지 못하도록 죽여 버려야 하나?'

속으로 고민했다. 다른 사람의 눈에 보이지 않게 죽일 수 있었다. 누가, 어떻게 죽였는지조차 모르게 흔적없이 죽일 수 있었다.

남궁유한이 그렇게 살심을 일으키고 있을 때였다.

평소에도 눈치 빠른 개작두가 본능적으로 심상치 않은 분위기를 알아채고는 정신없이 주접을 떨기 시작했다.

"아, 형님도 참. 우리가 산채 정리한 지가 얼마나 되었다고 화려했던 과거를 벌써 잊은 것이오? 우리가 사도에 빠져 있을 때 남궁유한 소가주님께서 친히 우리 작두채를 방문하셔서 우리를 다시 정도로 이끌어주셨지 않으셨습니까? 또, 우리를 불쌍히 여겨 남궁세가에 추천을 해주시고 친히 우리를 받아주시기까지 하지 않으셨습니까?"

그 후로도 듣는 사람들이 정신이 하나도 없을 정도로 개작두의 주접은 쉴 새 없이 계속됐다.

"아, 그리고 보니 처음 만났을 때 우리에게 두둑한 전낭까지 안겨주었던 아름다운 광경이 떠오르는군요. 지난 과거가 이러한데, 형님도 염치가 있으면 소가주님에게 감사를 드려야 하지요. 죽을 때까지 소가주님을 믿고 따라야 할 것입니다. 소가주님이 우리 심장이라도 뱉으라 하면 날름 뱉어내고, 하초라도 자르라 하면 바로 잘라야지요. 우리는 이미 소가주님께 목숨을 맡긴 지 오래된 작두채 식구들입니다."

개작두가 이제는 박수까지 쳐가며 소리쳤다.

"믿쑵니다, 믿쑵니다! 우리는 소가주님을 믿쑵니다! 소가주님, 저희를 이끌어주십시오!"

끝없이 이어진 그의 주접은 듣는 사람들의 귀를 다 따갑게 만들 정도였다.

어느덧 사람들의 시선을 모조리 집중시켜 방금 전 남궁유한과 용작두 사이에 무슨 대화가 오갔는지조차 잊게 만들 정도였다.

"알았으니 그만 하거라."

남궁유한 또한 그 엄청난 주접에 인상을 찌푸렸다.

"안에 기별을 넣어라. 내가 돌아왔다고."

"알겠습니다요."

개작두는 연신 허리를 굽실굽실하더니 은근슬쩍 용작두의 옷소매를 잡아채더니 그와 함께 세가 안으로 들어갔다.

그때까지도 용작두는 당최 이해할 수 없다는 표정이었다.

평소에도 눈치 빠르고, 잔머리 잘 굴리던 개작두가 용작두에게 말했다.

"형님, 이거 뭔가 이상하오."

"……."

용작두 역시 이상함은 느끼고 있었지만 무엇이 이상한 것인지를 미처 깨닫지 못하고 있었다.

"남궁유한 소가주님이 황산 자락에 있던 우리 작두채를 방문한 적이 있었소?"

"어, 없지. 산길에서 두 번 만난 것이 전부이지 않느냐?"

"그런데 소가주님은 이놈이 그렇게 말한 것에 대해 틀리다 말하지 않았소."

"듣고 보니 그렇구나."

"둘째로 소가주님이 우리에게 남궁세가를 추천해 준 것은 맞으나 소가주님이 우리를 친히 세가에 받아들여 준 것은 아니지 않습니까?"

"우리가 시험관을 기루에서 접대하고, 그들의 밑까지 닦아 주며 뒤에서 수작을 부려 들어오게 된 것이지."

"그리고 결정적으로 소가주가 우리가 불쌍타 하여 전낭을 던져 준 적이 있었소?"

용작두가 그 소리에는 크게 팔을 휘저으며 아니라는 뜻을 표했다.

"도리어 우리가 통행세를 상납하지 않았느냐? 산적 최대의 수치를 당하고서 더 이상 낯을 들고 다니지 못할 것 같아 거액을 들여 개업했던 작두채를 정리했던 것이 아니냐."

"그렇소. 이 개작두가 잔머리를 굴려 애매모호하게 중간중간에 이런 점들을 틀리게 말했음에도 소가주님은 전혀 반응하지 않았소."

"소가주님이 답하기 귀찮았을지도 모르고, 네 녀석이 워낙 주접을 떤 탓일 수도 있지 않느냐?"

"형님, 왜 그리 순진하시오? 하나도, 둘도 아니고 무려 세 가지나 틀린 얘기였단 말이오. 소가주님의 평소 성격 모르오? 맞으면 맞고, 틀리면 틀린 것이라 하며 똑 부러지는 성격 아니오?"

"그, 그렇지."

"분명 소가주님과 관련해 무슨 곡절이 있는 것이 틀림없소."

"그럼, 어찌하는 것이 좋겠느냐?"

"그러나 이것은 단순한 추측일 뿐이지, 확실한 것은 아무 것도 없소. 보다 확실해지면 철대선생 어른을 한번 찾아가 뵙시다."

"아, 알았다. 이 형은 너만 믿으마."

용작두와 개작두는 그러며 안에 기별을 넣었다.

그사이 세가 정문 앞에 서 있던 남궁유한은 속으로 생각하고 있었다.

'중요 인물들에 대해서는 얼굴부터 특징, 무공, 성격, 버릇, 심지어는 계집 취향까지 다 알고 왔건만 의외로 남궁세가의 아랫것들에 대해서는 아는 것이 없구나. 앞으로는 되도록 아랫것들과는 말을 섞지 말아야 하겠다. 도리어 처음에 이렇게 사소한 문제가 생긴 것을 앞으로 더 조심하는 데 전화위복의 계기로 삼자.'

남궁유한이 그렇게 다짐하고 있을 때 세가 안에서 철대선생과 함께 폭풍대가 밖으로 나왔다.

"소가주님!"

남궁쌍검 아평과 아소가 가장 먼저 남궁유한 앞에서 무릎을 꿇었다.

"소가주님, 어찌 이리 늦게 오셨당가요?"

금강신 매타자가 덩치에 어울리지 않게 눈물을 훌쩍거렸다.

"소가주님……."

초설 역시 양 볼에 눈물을 흘리며 남궁유한을 맞이했다.

"이것들아, 소가주님은 불사신일 것이니 호들갑 떨지 말라 했지? 잡놈 복삼 가라사대, 소가주님은 지옥에서도 살아올 분이다."

복삼 또한 크게 기뻐했다.

철대선생은 남궁유한을 향해 다가오더니 가볍게 허리를 숙였다.

"오셨습니까?"

짧지만, 정이 듬뿍 묻어 있는 어조였다.

"선장을 잃고 비틀거리던 거함이 이제 더욱 강해져 항해를 할 수 있을 것 같습니다."

남궁유한은 곱사등이인 철대선생을 바라보며 그저 고개만 끄덕였다.

"그런데 사천성 성도에서의 일이 어찌 된 것인지 물어도 되겠습니까?"

사천성 성도에서 비천신마 한평과 어떻게 격돌하게 됐으며, 죽었다 알려진 동안 어찌 살았는지를 묻는 것이었다.

다른 사람은 몰라도 남궁유한이 확실히 죽었다 믿고 있었던 철대선생이었기에 가장 먼저 그에 대해 물은 것.

물론 그 역시 죽었다 생각했던 소가주가 멀쩡하게 살아 돌아온 것이 놀랍고 기쁘지 않은 것은 아니었으나 그것은 확실히 짚고 넘어가야 할 문제였다.

"사연이 기오. 그보다 먼저 나와 함께 온 사람들을 철대선생께 소개하고 싶소."

그러며 남궁유한이 제갈현도와 단목천을 가리켰다.

"저분들은……."

"제갈세가와 단목세가의 가주 분들이오. 이 두 사람이 고맙게도 우리의 뜻에 동참하겠다는 뜻을 표했소. 지난 세월 동안 이것을 이루기 위해 내가 전력을 기울여야 했소."

철대선생은 얼마 전 열렸던 오룡제에서 저 두 가주를 본 적이 있었다. 그때까지만 해도 남궁세가에 노골적으로 적대감을 보였던 두 사람이었다.

그런 두 사람이 돌연 남궁세가와 뜻을 같이하겠다?

분명 기쁜 일이기는 하나 의심이 갈 수밖에 없는 일이었다.

철대선생은 남궁유한과 두 세가의 가주들을 모시고 그동안 비어 있던 가주실로 향했다.

벽에 걸려 있는 역대 가주들의 초상화도 그대로였다. 또한 남궁세가 초대가주인 검왕(劍王) 남궁창천(南宮蒼天)이 힘있는 필체로 써놓은 '심검합일(心劍合一)'이란 글귀가 적힌 편액도 여전했다.

또한, 시선(詩仙) 이태백이 직접 써서 선물한 '월하독작(月下獨酌)'의 시가 적힌 편액 또한 벽 한쪽을 장식하고 있었다.

최고급 자단목 가구들도, 가구에 위에 놓인 강남 특산 도자기들도 수정 주렴이 쳐진 만년한옥 침상도 전혀 달라진 것이 없었다.

모든 것이 그대로였고, 방 안에 먼지 한 톨 쌓여 있지 않고 방 안의 물건들이 광택을 발하는 것으로 보아 그간 관리가 잘돼 있었음을 충분히 알 수 있었다.

가주실 중앙의 탁자에 앉은 네 사람 중 철대선생이 가장 먼저 물었다.

"소가주님, 두 세가와 어찌 연수를 하게 되었는지 말씀해 주시겠습니까?"

남궁유한은 간단히 답했다.

"힘! 힘으로 두 세가를 찍어 눌렀소!"

"힘이라……."

철대선생은 남궁유한과 함께 온 두 가주를 바라보며 묘한 눈빛을 번뜩였다.

남궁유한 소가주의 얼굴도, 그의 체취도, 그의 기세도, 그의 성품도 이전과 전혀 달라진 바가 없었다.

의심할 여지가 없는 진짜 남궁유한 소가주였다.

비천신마 한평에게 패한 것은 사실이나 기회를 노려 탈출했다는 이야기도, 그 패배를 만회하기 위해 제갈세가와 단목세가를 동련에 가입시키기 위해 고군분투했다는 얘기도.

그다지 매끄러운 얘기는 아니었으나 남궁유한 소가주의 성품을 고려하면 충분히 가능한 일이었다.

"그러셨습니까? 소가주님께서 고생이 많으셨겠습니다."

철대선생은 남궁유한에게 그리 말하며 자리에서 일어섰다.

"선생 또한 수고하셨소. 내가 자리를 비운 동안 세가를 잘 관리해 주셨소."

"소가주님이 하신 일에 비하면 보잘것없는 일이었습니다. 세가 식솔들이 잠시라도 빨리 소가주님을 뵙고자 합니다. 그들을 들여도 되겠습니까?"

"그렇게 하도록 하시오."

철대선생은 다시 한 번 읍을 하고는 방에서 물러났다.

그런데 철대선생은 방을 나서자마자 머리가 쪼개질 듯이 아파옴을 느껴야 했다. 만근 쇳덩어리가 머리를 짓누르고 있는 것만 같았다.

"왜 이러지……."

그는 몸까지 휘청거리고 있었다.

가주실 안에 있던 제갈현도가 전음을 날려 남궁유한에게 물었다.

"대주님, 저들이 진실을 알아내는 것은 시간문제입니다."

제갈현도가 보기에 너무나 허술했다.

허점과 빈틈이 너무나 많은 남궁유한의 설명을 천하의 지자인 철대선생이 그럴 수도 있겠다 하며 넘어가다니.

설사 잠시 동안은 그럴 수 있어도 소소한 문제에 접어들거나 개인적인 얘기로 들어가면 금세 들통날 하찮은 속임수였다.

그러나 남궁유한은 여유만만이었다.

"신경 쓸 것 없다. 저들은 내가 하는 말은 절대적으로 믿게 될 것이니. 내가 여자라 해도 저들은 믿을 것이다."

남궁유한은 장담했다.

곧 들어온 태상부인 당혜도, 총사 조량도, 부총사 주오도, 수호검 진교를 비롯한 폭풍대 전원도 허술하기 그지없는 남궁유한의 말을 절대적으로 믿었다.

그들은 마치 무언가에 홀린 것 같아 보였다.

남궁유한은 웃었다.

'혈세신마는 보잘것없는 쥐새끼이기는 하나 그의 미혼술(迷魂術)은 꽤 쓸 만하군.'

신무학에는 상상을 초월하는 개세신공이나 마공만 존재하는 것이 아니었다. 혈세신마처럼 기존의 미혼술과 섭혼술을 발전시켜 폭풍대 같은 당대의 절정고수들마저도 감히 항거할 수 없는 극상승의 미혼술을 창조해 내기도 했다.

이 미혼술의 핵심은 남궁유한의 얼굴이었다.

그 미혼술 하나로 제갈세가주 제갈현도를 비롯한 제갈세가 전체, 아비를 죽이고 가주가 된 단목세가주 단목천을 포함한 단목세가 전체가 남궁유한의 손아귀에 들어온 것이다.

"천하의 동쪽을 가진 동련에, 제갈세가와 단목세가가 주축이 된 중맹까지 내 두 손에 들어온 것인가? 한 사람의 힘으로는 누가 천하일통이 불가능하다 했던가? 다른 사람이 잘 차려놓은 밥상에 이처럼 가볍게 숟가락만 얹으면 되는 것을."

남궁유한이 비릿한 미소를 지었다.

"간단히 동쪽과 중앙을 제압했다. 이제 서쪽을 지배하고 있는 십만대산만 굴복시키면 끝이 나는가? 하나 십만대산 또한 시간이 모든 것을 해결해 줄 것이다."

그는 대륙 전체를 머릿속에 그리고 있었다.

"약간 마음에 걸리는 점은 역시나 자하령을 가지고 구파일방의 힘을 결집시키려는 화산의 조무래기들인가?"

정파의 힘 전체를 수치로 환산하는 것이 쉽지는 않은 일이다. 그러나 굳이 그렇게 해보면 무림오대세가 삼분지 이로 평할 수 있으며, 구파일방의 힘은 삼분지 일 정도였다.

"하지만 십만마교 안에 이미 형성된 또 다른 십만마교가 그들을 해결해 줄 것이다. 또한, 나에게는 온전한 상태의 폭풍대가 있으니 문제는 전혀 없을 것이다."

그는 그러며 서쪽 십만대산을 바라봤다.

"내가 이 시대에도 마도시대를 열 것이다! 한 시대에만 마도시대를 개막시키는 것이 아니라 모든 시공을 통틀어 마도시대가 열릴 것이다! 그런 연후에 나는 모든 시공을 지배하는 신이 될 것이다!"

남궁유한이 하늘을 향해 앙천광소를 터뜨렸다.

십만대산의 미망봉.

십만대산을 지배하는 십만마교주 비천신마 한평은 가쁜 숨을 토해내고 있었다.

그의 몸을 갉아먹고 있는 병마가 그를 단 일 년 새에 초월자의 외양에서 늙고 병든 허약한 노인으로 바꾸어놓았다.

사천성 성도에서 압도적인 힘으로 남궁유한을 찍어 눌렀던 절대자의 풍모는 온데간데없이 사라진 상태였다.

"네가… 드디어 나타났구나……. 언젠가는 나타날 것으로 알고 있었으나 막상 너를 느끼고 보니 참으로 당혹스럽구나."

그는 당장에라도 숨이 넘어갈 것만 같은 목소리였다.

"그러나 결코 네 뜻대로 되지 않을 것이다……. 내 대적자가 남궁유한이라면, 너의 대적자 역시 남궁유한이기에. 너의 대적자가 서서히 각성을 시작하고 있음이다……."

그는 연신 가쁜 숨을 몰아쉬며 누군가를 불렀다.

"호위대장 있느냐?"

그의 말이 떨어지기가 무섭게 텅 빈 것처럼 보였던 미망봉 어디에선가 사람 하나가 나타나 부복했다.

"여기 있습니다."

"마도시대 원정대의 구성은 어찌 되고 있느냐?"

"명하신 대로 준비가 되고 있습니다. 교주님께 절대충성하는 순수 마인들로만 구성된 열 개의 대가 명령만 기다리고 있습니다."

"잘되었구나……."

비천신마 한평은 힘겹게 숨을 내쉬더니 동쪽을 바라봤다. 남궁세가가 있는 안휘성 합비와 류 표사가 있는 하남성 쪽을…….

쉬익! 쉬익! 쉬익! 쉬익!

류 표사의 검이 쉴 새 없이 허공을 갈랐다.

검이 한 번 휘둘러지면 반드시 한 사람이 쓰러졌다.

류 표사는 흑갑기마대를 홀로 박살 낸 후에도 하남성 등봉현에 이르기 전에 십만마교의 무수한 정예들을 제압했다.

그중에는 정파인들이 이름만 들어도 사시나무처럼 벌벌 떠는 십만마교의 천마혈검대, 폭마대, 천살대, 염왕대, 환영비마대 등이 포함돼 있었다.

더욱 놀라운 것은 그들을 단지 제압만 했을 뿐, 단 한 명도 죽이지 않았다는 점이었다.

죽이는 것도 쉽지 않을 것인데 단지 제압만 하며 무풍지대처럼 십만마교의 정예들을 돌파해 낸 것이다.

"그러나 너희들은 예외다!"

류 표사의 철검에서 검강이 허공을 가르더니 마지막 남은 고루강시를 먼지로 만들어 버렸다.

"……."

그 광경을 지켜보던 화산 이십사매화검수들은 할 말을 잃고 말았다.

일백 구의 고루강시들로 이뤄진 혈마강시대를 단신으로 도륙하다니.

"저자가 과연 사람인가?"

처음 흑갑기마대를 박살 냈을 때에는 그저 놀랐다면, 이제는 경악의 단계를 넘어 그가 사람이 아닌 것처럼만 느껴졌다.

'천하에 어떤 고인이 있어 저토록 강한 고수를 길러냈단 말인가?'

자하령을 운반하고 있는 제갈연하 또한 놀라고 또 놀랐다.

자신의 기억을 아무리 더듬어봐도 서른도 안 된 나이에 저런 신위를 보여주고 있는 고수는 강호에 없었다.

심지어 만세무적 고금불패로 불리는 십만마교 전체를 샅샅이 훑는다 해도 저 정도 고수는 없을 터였다.

이 일행 중 놀라지 않는 인물은 오직 한 사람, 곽 표사로 불리는 검왕 곽연뿐이었다.

'류 표사는 지금보다 더 강해질 것이다. 십만대산의 천년정화를 전승한 몸이니 당연하겠지. 하나 그가 강해지면 강해질수록 그분의 죽음은 더욱 가까워지는 것이다.'

곽연은 가슴이 미어지는 것을 느끼며 말고삐를 잡았다.

"이제 다시 출발합시다."

그의 말에 넋 놓고 류 표사의 신위를 지켜보고 있던 화산파 일행이 다시 출발하기 시작했다.

그날 밤 등봉현에 위치한 숭산 근처 객잔에서 하룻밤을 보낸 후 일행은 정파의 태산북두 소림사로 향했다.

일행이 소림사 산문에 당도하자 지객당을 담당하고 있는 승려 하나가 그들을 맞이했다.

"혹 화산에서 오신 분들이십니까?"

물어보고 말 것도 없었다.

매화 문양이 새겨진 검에 옷소매에도 매화 무늬를 새기고 다니는 무인들이 지금 눈앞에 있는 화산파 무사들 외에 또 누가 있단 말인가?

"그렇습니다."

그 대답이 떨어지자 지객당 수좌로 보이는 승려는 경외심 섞인 눈빛을 담아 말했다.

"요 근래 하남성 전체가 온통 그 얘기뿐이었답니다. 화산파에서 절대고수가 출현해 십만마교의 흑갑기마대와 여러 정예들을 단신으로 격파했다고 말이지요. 정파 전체의 홍복일 것입니다."

승려는 합장을 하며 화산파 일행을 맞이했다.

"지금 성승께서 기다리고 계십니다."

지객당 수좌 승려가 말한 성승이라는 단어에 화산파 일행 전체가 긴장하기 시작했다.

강호의 절대자는 수십 년 전부터 십만마교 교주 한평이었다.

그 뒤를 잇는 것이 소림의 성승과 무당의 검선 두 사람을 지칭하는 쌍성(雙聖)이었다.

정파에서 두 사람의 영향력은 막강했으며 그중에서도 정파의 가장 큰 어른이며 고수이기도 한 성승은 가히 신화적인 존재였다.

"간만에 그 친구와 차 한 잔을 나눠 마실 수 있게 되었군 그래. 그럼, 안내해 주시게."

성승과 같은 배분에 나이도 엇비슷한 화산검종 단운악의 말에 따라 지객당 수좌가 길을 잡으려 했다.

"그럼, 안에서 일 보시오. 우리는 밖에서 기다릴 것이니."

류 표사는 소림사 산문 안에 들어가려 하지 않았다. 왠지 꺼려하는 눈치였다.

"류 표사는 들어가지 않을 것인가?"

"내가 보표 일을 맡기는 했으나 천하의 소림사 산문 안에서 일이 벌어질 리가 있겠소? 더욱이 검종과 성승이 있는 자리에서라면 더더욱."

그 말도 일리는 있었다.

십만마교가 아무리 대담하다 한들 정파 최고수와 그에 버금가는 고수가, 다른 곳도 아니고 소림사 깊숙한 곳에서 만나는데 무언가를 획책할 수 있을 리 만무했다.

또한, 류 표사가 싫다는데 강요할 수 있는 사람은 이 자리에 아무도 없었다. 아니, 천하를 통틀어도 단 한 사람밖에는 없었다.

"시주님, 성승께서 시주님을 꼭 뵙고자 하십니다."

지객당 수좌가 류 표사에게 간곡히 청했다.

"성승이 정 나를 만나고 싶으면 안에서 편히 부를 것이 아니라 직접 나와서 만나면 될 것이 아니오?"

"하나 그런 전례가 없습니다."

"그런 전례가 없었다면 오늘 만들면 될 것이고."

류 표사 입장에서 성승 아니라 성승 할아버지라 해도 자신을 오라 가라 할 수 없다는 생각이었다.

"수좌 스님, 일단 들어갑시다. 류 표사에게는 그만의 생각이 따로 있을 것이니."

지객당 수좌는 한숨을 쉬며 곧 뒤돌아서서 화산파 일행을 안내하기 시작했다.

그들이 떠나자 류 표사는 소림사 산문조차 보기 힘들다는 듯 바로 등을 돌려 산길을 걷기 시작했다.

그러자 언제나 그와 함께하는 곽 표사가 곁에서 따라 걸으며 물었다.

"자네는 소림을 싫어하나 보군."

"싫어하고 말고 할 것도 없소. 단지 안 좋은 기억이 떠올라 이러는 것일 뿐."

"안 좋은 기억?"

류 표사가 쓴웃음을 지으며 말했다.

"내가 저 산문을 박살 내고, 소림사 대웅전의 기둥뿌리를 뽑아버린 사람이오. 소림사 불전이 있던 자리를 평지로 만들고, 그 자리에 풀 한 포기 자라지 못하는 황무지로 만든 당사자라면 믿을 수 있겠소?"

"흠……."

"그 일을 할 당시에도 전혀 주저하지 않았고, 지금도 후회는 없소. 하나 직접 그 일을 했던 장소를 다시 보는 것이 그리 마음 편할 리는 없는 것이오."

"그렇기도 하겠네. 마도시대란 것, 그리도 참혹한 것인가?"

류 표사는 그 질문에 생각할 필요도 없이 바로 답했다.

"내 할아버지의 아버지 대부터 무려 백 년 동안 서로 끝장을 보겠다고 싸웠던 싸움이오. 백 년 동안 서로 죽고, 죽이다 보니 결코 같은 하늘을 이고는 살 수 없는 원수가 됐소."

"들어서는 알고 있으나 쉽사리 이해할 수는 없구만."

"십만대산의 형제 중 친척 가운데 하나가 정마대전에서 죽지 않은 이가 없었소. 나처럼 아비와 어미 얼굴도 못 보고 자란 고아들도 부지기수였단 말이오. 그것은 정도무림맹 쪽 역시 마찬가지였으니 가슴의 응어리를 어찌 말로 표현할 수 있겠소?"

류 표사가 길게 한숨을 내쉬었다.

"결국 십만대산이 승리했소. 이제 남은 건 가슴의 응어리를 풀고, 처절한 복수를 시작하는 것이었지. 승려와 도사들은 모조리 씨를 말려 버렸소. 구파일방과 무림오대세가, 정파 문파나 방회의 사내란 사내는 모조리 끌어내 전신의 근맥을 자르고, 눈알을 뽑았소. 고막을 터뜨려 귀머거리로 만들고, 혀를 잘라 벙어리로 만들었소. 또한, 사지를 모조리 잘라 차디찬 길바닥에 던져 버렸소. 차라리 죽이는 것이 몇천 배는 자비롭다 할 정도였지. 그 수가 거의 수만을 헤아리고도 남았으니……."

수만의 사내들이 장님에 귀머거리, 벙어리가 되는 것으로도 모자라 사지가 잘려 길바닥에 나뒹구는 참상이라니.

곽 표사가 상상하기에도 끔찍한 광경이었다.

"정도무림맹에 속한 여인들은 물론이고 단 한 번이라도 정도무림맹 무사들에게 식은 밥 한 덩이라도 주었던 여인들 또한 끔찍한 대우를 받았소. 모조리 발의 근맥이 잘려 도주하지도 못하게 만들고는 성적 노리개로 만들어 버렸소. 또한, 젊은 정파 청년들 중에는 변태적인 마인들에게 끌려가 강제로 남색의 대상이 돼야 했고. 피와 절규, 원한과 복수의 시대가 시작된 것이오. 그것이 바로 마도시대요."

곽 표사가 마른침을 꿀꺽 삼켰다.

"직간접적으로 연관된 수십만의 사람들이 그리됐는데 어찌 황실과 관부는 관여하지 않았는가? 제아무리 관과 강호는 간섭하지 않는다 하나 그것은 천하를 뒤흔드는 대사건일 것인데."

"황실 말이오? 관부 말이오? 그들은 정마대전 말기에 이미 무력화됐소. 자금성에 난입해 황제의 목을 벤 당사자가 바로 나란 말이오. 마도시대는 십만마교가 단순히 무림을 일통한 것이 아니라 천하를 통일한 것이었소."

"나는 정말 상상키가 어렵네. 어찌 그런 일이 있을 수 있는지."

"백 년 동안 이어진 정마대전은 무수한 이들을 죽게 만들었지만, 반대로 그 시간을 뚫고 살아남은 이들은 더할 나위 없이 강하게 만들었소. 어쩌면 선택된 자들만의 시대였는지도 모르오. 선택된 자들은 강했고, 황실의 힘으로도 그들을 막을 수가 없었소."

류 표사는 마도시대를 떠올리는 것만으로도 매우 불쾌해

보였다. 자신이 필사적으로 정마대전의 발발을 막으려 하는 이유도 다 그러한 데서 찾을 수 있었다.

"마도시대는 결코 열려서는 안 되며, 그러기 위해서는 정마대전이 발발해서는 안 되오."

정마대전이 발발하지 않으려면 당대의 십만마교 교주 한평이 암살당하지 않아야 한다.

그러나 류 표사는 한평의 무위를 직접 체험한 뒤로는 당금천하에, 아니, 마도시대의 그 누가 온다 해도 한평을 죽일 수 없다고 확신하고 있었다.

두 사람이 한참이나 얘기를 나누고 있을 때, 저 멀리서 등이 굽은 한 노승이 다가오는 것이 보이기 시작했다.

그 노승은 한 걸음, 한 걸음 걷는 것조차 힘이 들어 보였으나 묘하게도 금세 두 사람 곁까지 다가와 있었다.

노승이 곽 표사를 보았다 고개를 돌려 류 표사를 보더니 바로 말했다.

"과연 십만마교의 무리 정도는 가볍게 제압할 정도의 실력을 지녔군 그래."

류 표사는 심후한 내공을 익힐수록 도드라지는 태양혈이 유별난 것도 아니었다. 또한, 겉으로 보기에 강철 같은 체격의 소유자도 아니었다. 외양만 보고서는 그가 보통 사람인지 절대고수인지를 가늠키 어려웠다.

더욱이 류 표사는 평상시에 밖으로 아무런 기세도 뿜어내질 않는다. 검왕 곽연마저도 류 표사의 기세를 감지하지 못하는데 지금 이 노승은 류 표사의 어마어마한 실력을 단박에 알아차린 것이다.

"당신이 성승이라 불리는 노승인가 보군."

류 표사가 혼잣말처럼 내뱉었다.

"그건 다 허명일 뿐이네. 이 사람이 계를 받고부터는 혜원이라는 법명으로 불렸다네."

당대 소림 장문인의 법명이 법현, 그와 같은 배분의 승려들은 법(法)자배 돌림이었다. 그 한 대 위인 전대 노승들이 공(空)자배 돌림이었고, 또 한 대 위가 바로 혜(慧)자배였다.

혜자배 돌림의 승려라고는 오직 소림성승 혜원 한 사람밖에는 생존해 있지 않았다.

"그런데 성승이라 존경받는 스님께서 이곳에는 어인 일이시오?"

"헐헐~ 자네를 보고 싶으면 직접 오라 하지 않았는가? 오라 했으니 올 수밖에."

"홋! 젊은 사람이 오라 하니 늙은이가 왔다라. 보통은 늙은이가 오라 하고, 젊은이가 가야 하는 것 아니오?"

류 표사는 그 말을 하면서 웃고 있었다.

"강호의 도의가 땅에 떨어진 지 이미 오래전이네. 요즘 같은 시대에 젊은이에게 호통 한번 잘못 쳤다가는 늙은이는 젊은이에게 크게 수모를 당하고 말지. 마차 안에서 다리가 아파 이미 자리 잡고 앉아 있는 젊은이에게 양보를 바라며 눈치라도 줄라치면 염치를 모르는 늙은이라고 치도곤을 당하기 일쑤라네. 그러니 별수있겠나? 나 역시 그런 대세를 따를 수밖에."

성승이라 존경받는 승려라 해서 딱딱하고 엄숙한 인물일 것으로 예상했었다. 그러나 막상 성승은 익살이 넘치는 평범한 노인이었다.

"노스님이 젊은이 이상으로 대세란 것을 잘 알고 있으니 앞으로 백 년도 더 살 수 있을 것 같소."

"헐헐~ 열반에 드는 것은 나 역시 두려우나 백 년 뒤에 무엇이 기다리고 있는지를 알고 있다면 결코 그때까지 살고 싶어지지가 않을 것이네."

꿈틀!

마지막 말에 류 표사의 미간이 꿈틀거렸다.

'이 노승, 무언가 알고 있다……'

"나는 앞날을 보는 눈이 없어 그러하니, 백 년 후에 무엇이 기다리고 있는지 알려줄 수 있겠소? 내 복채는 넉넉히 드리리다."

"이제는 이 늙은 중을 점복사로 만들 셈인가?"

성승 혜원은 너털웃음을 짓더니 류 표사가 허리에 제멋대로 차고 있는 철검에 주목하기 시작했다.

"허~ 운악 그 친구가 자네에게 십매화검을 주었다는 얘기는 미처 듣지 못했는데……."

헤원은 그 철검을 십매화검이라고 칭했다.

"이 철검 말이오? 주기에 받았을 뿐이오."

"화산이 이번에 크게 결심을 했나 보구나."

"이 철검이 대단한 것이오? 보기에는 볼품없어 보이오만."

"철검 그 자체로는 중요할 것도 없지. 하나 검에 새겨진 열 개의 매화가 보이는가?"

"눈이 달렸으니 당연히 보일밖에요."

백 년 후에 무엇이 있는지에 대해 답을 해주지 않자 류 표 사는 퉁명스럽게 답했다.

성승이 그런 그를 보며 지그시 웃었다.

"화산 제자들의 배분은 간단히 알아볼 수 있지. 검과 옷소 매에 새겨진 매화의 개수를 보면 말이야. 오대제자는 일매화, 사대제자는 이매화, 삼대제자는 삼매화, 이대제자는 사매화, 일대제자는 오매화지. 일대제자 중 화산파에서 특별한 직책을 맡고 있는 제자는 한 개의 매화를 더 수놓아 육매화가 되고, 장로가 되면 칠매화를 새기게 되네. 또한, 화산파가 어려운 상황에 처해 비상 기구를 이끌어야 하는 이나 화산파에 대공을 세운 제자에게는 특별히 팔매화를 허락하네. 구매화는 바로 오직 장문인만이 새길 수 있는 것이고."

화산파 조직에서 최고는 역시나 장문인으로 구매화가 끝 이었다.

그런데 십매화라니?

"궁금한가?"

류 표사는 아닌 척했지만 타고나길 호기심을 참지 못하는 그였다.

"아무리 감추려 해도 자네 얼굴만 보면 알 수 있다네."

인상을 쓰는 류 표사를 보며 성승 혜원이 농을 던졌다.

"허~ 강호의 도의가 아무리 땅에 떨어졌기로서니 젊은이가 늙은이를 두들겨 팰 생각인가? 마침 잘되었네. 자네가 혹 그런다면 이 늙은이는 바로 땅에 큰 대 자로 누워 후한 치료비와 보상비를 받아낼 것이네."

그 소리에 찌푸려졌던 류 표사의 얼굴이 절로 펴졌다.

"웃으니 얼마나 보기 좋은가? 이 늙은 중이 이것으로 자네의 애간장을 태울 수도 있으나 그랬다가는 곧 죽어 뵙게 될 석가세존께서 이 늙은이의 볼기짝을 때릴 것이니 말해주겠네. 달마조사께서 직접 들고 다니셨다는 달마선장이 소림의 조사령이듯이, 십매화검은 화산파의 조사령이라네."

성승 혜원은 볼품없는 나무 지팡이 하나를 들고 있었다.

"조사령이라……."

"소림 장문인의 상징은 녹옥불장이고, 화산 장문인의 상징은 자하신검이지. 하나 십매화검이나 달마선장은 조사령. 조사령 앞에서는 장문인 또한 복종해야 하는 것일세. 죽은 조사님이 산 제자들에게 명을 내린다고나 할까?"

그 소리를 다 듣고 난 류 표사가 십매화검을 들었다.

"늙은 도사가 쓸데없는 물건을 나에게 줬군. 다시 돌려줘야 하겠소."

"헐헐헐! 그럴 필요 없네. 돌려준다 해도 받지도 않을 것이고. 또한, 이 달마선장도 자네가 가져가야 할 것이니."

획~

성승 혜원은 소림을 세운 달마조사가 직접 들고 다녔다는 조사령 달마선장을 썩은 나무토막 던지듯 획하고 던졌다.

류 표사는 그것을 받을 수 있음에도 애써 그것을 무시하고, 달마선장이 땅에 떨어지도록 방치했다.

만약 소림사 승려들이 그 모습을 보았다면 조사의 명예를 더럽혔다며 바로 대노해 덤벼들 만한 광경이었다.

"역시 억지를 써서는 받지 않으려나? 운악 그 친구처럼 은근슬쩍 건네줬어야 하는 것인데. 아깝구만."

"철검이야 쓸모라도 있으니 받은 것이지만, 지팡이를 받아 내가 무엇에 쓰겠소?"

"헐헐! 듣고 보니 그 말도 맞으이. 그럼, 방법은 이제 한 가지뿐이려나? 이 늙은이가 노익장을 발휘해 강제로 떠맡기는 수밖에는."

그 소리에 류 표사가 웃었다.

"늙은 스님이 무림쌍성이니, 성승이니 존경을 받고 있다고 하나 나에게는 상대가 되지 않을 것이오. 다 늙어서 망신

당하지 말고 그 뜻을 거두시오. 이것은 호의에서 나온 말이오."

"그러한가? 이 늙은 중은 이제껏 무공은 먹은 밥의 양에 비례한다고 철석같이 믿고 있다네. 내가 먹은 소금의 양만 따져도 자네가 이제껏 먹은 밥보다 더 많을 듯싶은데 말이야."

"늙은 스님이 말을 참 재미있게 하는구려."

"헐헐헐! 그렇다는 얘기이네. 아, 자네가 호의를 베풀었으니 나 또한 호의를 베풀어야 할 터. 한 가지 사실을 알려주겠네. 이 늙은 중은… 초월자라네."

성승 혜원은 아무렇지도 않게 말했으나 그 말의 의미를 깨달은 류 표사는 기겁할 정도로 놀라고 말았다.

"초월자……."

"이 늙은 중은 부처가 될 수도 있었으나 큰 뜻을 품고 부처가 되는 길을 팽개쳤다네. 그러고 보면 이 늙은 중이 참으로 대단해 보이지 않는가?"

스스로가 대단하다 말하는 성승 혜원이 가볍게 느껴질 수도 있었다. 그러나 그 말조차 류 표사에게는 천근만근의 쇳덩이 같은 중압감으로 다가왔다.

"이 늙은이는 십만대산의 누구처럼 미지의 병마가 몸을 갉아먹고 있지도 않고, 대적자는 아직 태어나지도 않은 상태라네. 어떤가? 이 정도면 자네에게 억지로 달마선장을 맡길 수 있지 않겠는가?"

류 표사는 전혀 예상하지 못했다.

지금까지도 무림쌍성 중 소림성승을 그다지 대단치 않게 여겨왔었다. 이 시대에서나 성승, 성승 하는 것이지 마도시대의 기준으로 보면 그저 고수 소리나 들을 정도로 평가했었다.

그러나 그것이 완전히 틀렸음을 지금 이 자리에서 깨닫고 있었다.

"이 늙은이는 평생 두 가지에 몰두했고, 그것만으로도 제법 우쭐거리며 살 수 있었다네. 그 두 가지 중 하나는 반야대능력이며, 다른 하나는 그 문제의 보리무상장이라네."

마도시대에 금지됐던 두 개의 금단 무공이 바로 반야대능력과 보리무상장이었다.

그것을 소림성승이 익히고 있었던 것이다.

"보아하니 자네 또한 천마심공과 천마검법을 익히고 있나 본데 그것들은 쓸 생각도 하지 말게나. 세상 이치가 다 그러하듯 절대라는 것은 없네. 하나에 강하면 다른 하나에는 약하기 마련이지. 마공을 제압하는 마공이 천마심공과 천마검법이라면, 그 천마심공과 천마검법을 제압하는 것이 바로 반야대능력과 보리무상장이라네. 알고 있었겠지?"

그럴 거라 추측하고는 있었지만 막상 듣고 나니 여전히 놀라웠다.

그런데 역사적으로 초월자인 비천신마 한평이 보리무상장

에 쓰러진 것이 아니었던가?

"혹 당신이 비천신마 한평 교주를 죽이게 되는 것이오?"

정마대전을 일으킨 미지의 암살자는 바로 보리무상장을 비천신마 한평의 가슴에 찍어놓은 인물이었다.

그 인물의 정체를 두고 십만마교와 정파가 갑론을박을 벌이다 참지 못한 십만마교가 정마대전을 일으키게 되는 것이었다.

"반야대능력과 보리무상장이 천마심공과 천마검법의 상극이기는 하지. 하나 한평 그 사람 역시 초월자라네. 초월자는 오직 대적자만이 죽일 수 있네. 나는 그의 대적자가 아니네."

"그 말은 곧……."

"나는 그를 죽일 능력도, 그럴 의향도 없네."

"그럼 대체 누가?"

"누구긴 누구겠는가? 한평의 대적자가 그를 죽이게 되는 것이지."

"그 대적자가 누구요?"

"오직 관련된 초월자만이 대적자를 볼 수 있다네. 같은 초월자라 해도 다른 초월자의 대적자를 볼 수는 없는 것이네."

여유가 넘치는 성승 혜원을 보며 류 표사가 말했다.

"당신이 진정 초월자라면 나는 승부를 포기하겠소. 반드시 싸워야 하는 일이라면 목숨이 다하는 그 순간까지 싸우겠으나 그럴 이유가 없지 않소. 이 지팡이를 받으면 된다 하니 받겠소."

류 표사가 드높기 그지없는 자존심을 꺾으면서까지 그리 말했다.

그는 잘 알고 있었다. 자신이 어떤 수를 쓰더라도 초월자를 이길 수는 없다는 사실을.

"잘 생각했네. 그리고 또 한 가지 청이 있네. 자네 반야대 능력과 보리무상장을 배워줘야 하겠네."

화르륵! 화르륵!

그 소리에 류 표사가 바로 반응하며 살기를 폭사시켰다.

"절대 그럴 수는 없소. 이 시대에 보리무상장을 배운 이는 전무하오. 그리고 그때가 가까워지고 있는 시점에 그것을 배 운다면 내가 교주의 암살자가 될 수도 있다는 말이 아니오?"

암살자가 된다는 것은 곧 정마대전을 발발시킨 당사자가 된다는 의미였다. 류 표사가 추구하는 것과 정반대의 결과를 가져오게 되는 것이니 절대 그리할 수는 없었다.

"하나 나는 반드시 자네에게 반야대능력과 보리무상장을 가르쳐야 할 이유가 있다네. 배우기 싫다면 자네의 요혈을 모 두 짚고, 산속에 감금을 해서라도 말이야."

"만약 그렇게 하려 한다면 나는 죽음을 각오하고 싸울 것 이오."

"헐헐헐! 이 늙은 중이 앞서 말했었지? 초월자는 대적자가 아닌 이상에는 죽일 수 없다고 말이야. 내 장담하건대 자네는 결코 비천신마의 대적자가 아니네."

"관련된 초월자가 아니면 대적자를 볼 수 없다 하지 않았소?"

"헐헐헐! 오래 살다 보면 여러 꼼수가 생기고, 잔재주가 몇 가지 늘게 된다네. 속는 셈치고 이 늙은 중을 한번 믿어보게나."

"그냥 믿기에는 너무나 중대한 사안이오."

"역시 젊은이라 고집이 센가? 그럼, 젊은이들 방식대로 힘으로 제압하는 수밖에."

그 말과 동시에 성승 혜원의 손이 황금빛으로 빛나기 시작했다.

"얼마 걸리지 않을 걸세."

류 표사 역시 그에 맞서 최근 몸의 세포 하나하나가 느끼며 배우기 시작한 이름 모를 검법을 펼칠 준비를 했다.

그 검법을 보더니 성승 혜원이 미소를 지었다.

"자네, 최악의 선택을 했군 그래. 자네가 그리 선택해 주면 이 늙은이가 별 힘 들이지 않고 자네를 제압할 수 있게 될 것이네."

그리고 그 말은 곧 현실이 되고 말았다.

단 일초 만에 류 표사의 검법이 파훼되고, 이초에는 최고의 신법을 펼쳐 재차 기회를 노리려던 류 표사의 시도마저 가볍게 무산시켰다.

삼초에는 권과 장으로 필사의 공격을 해온 것을 가볍게 흘려 버리더니 사초에는 류 표사의 여러 혈을 짚어버렸다.

장안에서 이곳 하남성 등봉현까지 오면서 십만마교의 정예들을 별 힘 들이지 않고 가볍게 격파한 류 표사였다.

그런 류 표사를 이렇게 가볍게 제압할 줄이야.

성승 혜원은 진정 초월자였다.

혈이 짚여 꼼짝 못하는 류 표사를 옆에 둔 성승 혜원이 순식간에 벌어진 사건을 두고 미처 대처하지 못하고 있던 검왕 곽연을 바라봤다.

"결코 이 젊은이에게 해가 되는 일은 하지 않을 것이네. 원한다면 따라와도 좋네."

그러나 곽연은 그럴 수 없었다.

만에 하나 류 표사가 반야대능력과 보리무상장을 익혀 자신의 주인인 교주를 죽일 가능성이 생긴다면 목숨을 바쳐서라도 막아야 했다.

곽연이 검을 뽑았다.

"그런 선택을 했는가? 그대의 심정은 충분히 이해하고 있네."

성승 혜원이 멀리서 일권을 날렸다.

곽연이 그 일권이 발출됐다 생각한 순간 그것은 이미 곽연의 가슴을 강타하고 있었다.

그 일권에 곽연은 전신의 맥이 풀리며 머리부터 바닥에 고꾸라지고 말았다.

볼 수도, 느낄 수도, 그리고 피할 수도 없는 빠르기였다.

무림사왕의 수좌라는 곽연이었다.

제아무리 무림사왕의 위에 있다는 쌍성 중 일인인 성승의 공격이라 해도 이런 결과는 너무나 놀라웠다.

그가 이처럼 무기력하게 단 일 초 만에 패하고 말다니.

성승 혜원의 힘은 경이적인 것이었다.

"아이고야. 간만에 힘을 썼더니 뼛골이 다 시릴 정도로 아려오는구나."

그는 그러더니 류 표사와 곽연을 양어깨에 걸쳐 메더니 곧 하늘을 향해 비상하기 시작했다.

순식간에 그는 소림사 경내 가장 깊숙한 곳으로 사라지고 말았다.

하북성 석가장의 하북팽가.

하북팽가의 가주가 된 팽강은 남궁유한의 실종 이후 남궁 세가가 무슨 일이든 도움을 청한다면 기꺼이 돕겠다고 약조 했었다.

또한, 태상부인 당혜의 의견에 따라 남궁세가의 소공녀인 남궁아연과 전격적으로 혼인을 했다.

현재 그는 팽가오도를 익히기 위해 잠시도 쉬지 않고 수련 에 수련을 거듭하고 있는 중이었다.

그에게 현재 강호를 뒤흔들고 있는 두 가지 소식이 들려왔다.

"남궁유한 소가주가 돌아왔고, 화산에서부터 자하령이 발동하기 시작했단 말입니까?"

그가 폭풍삼십육도객의 수객이자 자신에게는 아저씨뻘 되는 팽영우에게 물었다.

"그렇습니다, 가주."

"남궁세가 소가주가 돌아온 것은 크게 기뻐해야 할 일이나……."

팽강이 묘한 표정을 지었다.

"가주, 감히 한 말씀 올려도 되겠습니까?"

팽영우가 무언가를 결심한 듯 말했다.

"말해보십시오."

"은풍삼십육도객의 수객인 팽다우 형님과 이와 관련해 얘기를 나눈 바가 있습니다. 사천성 성도에서의 일이나 실종 기간 동안의 행적에 대해서는 그 누구도 진실을 알기 힘들 것입니다. 하나 제갈세가와 단목세가가 하루아침에 태도를 바꾼 것은 이해하기 힘든 일입니다."

무언가를 의심하고 있는 것 같은 팽영우였다.

"남궁유한 소가주에게는 막강한 힘과 그것을 능가하는 묘한 마성이 있습니다."

"그러나 막대한 이권이 걸린 일입니다. 이권 앞에서는 인간적인 정리나 대의보다는 탐욕이 먼저라는 것은 모두가 알고 있는 바입니다. 남궁 소가주의 패도적인 성향을 고려할 때, 그와 손을 잡는다는 것은 제갈세가와 단목세가가 자신들의 이권을 모두 내놓고 고개를 숙인 것과 진배없는 일입니다. 그것이 가능하겠습니까?"

"감히 대항할 수 없는 압도적인 힘을 보여줬다면 인간의 탐욕마저도 찍어 누를 수 있는 일이겠지요. 남궁 소가주는 그 끝을 헤아리기 어려울 정도로 막강한 분이니."

"최초에 오대세가의 평화시대를 깬 것은 강호에 정풍 운동을 일으키기 위함이었습니다. 그 대상이 된 것이 바로 제갈세가와 단목세가였습니다. 하나 그들이 우리 쪽에 합류하게 된다면 오대세가의 평화시대와 달라진 것이 전혀 없습니다. 차이가 있다면 이전에는 오대세가가 각기 동등한 위치였다면 이제는 남궁세가 아래 나머지 네 개 세가가 자리하게 됐다는 점이겠지요."

남궁세가 아래 나머지 네 개의 세가가 자리하게 된다는 말, 그것은 이전까지 강호제일을 자처하던 하북팽가로서는 참을 수 없는 일이었다.

"한 세가의 힘만 놓고 보면 제갈세가와 단목세가는 우리 하북팽가의 아래일 것입니다. 하나 둘을 합치면 우리 혼자로는 약간 버겁습니다. 그런데 근래 옛 힘과 명성을 되찾은 남궁세가까지 그들과 합쳐지게 된다면……."

"남궁세가 소가주가 원하면 우리 팽가도 고개를 숙여야 한다는 말입니까?"

불쾌함이 역력하게 느껴지는 팽강의 목소리였다.

"무례를 무릅쓰고 답하겠습니다. 지금 강호에는 남궁세가 소가주가 기침 한번을 하면 강호 전체가 심한 고뿔을 앓는다는 우스갯소리가 돌고 있습니다. 혹자는 동련과 중맹을 합쳐 남궁세가를 본가로 하는 정파 단일의 집법세를 구축하려 할 것이라고도 말하고 있습니다."

하북팽가는 남궁세가와 함께 동련의 핵심이었다. 그러나 남궁세가가 놀랍게도 제갈세가와 단목세가와 손을 잡으며 순식간에 앞장서 달리기 시작한 것이다.

"그것은… 헛소문일 것입니다. 내가 아는 남궁 소가주는 자유로운 강호를 추구하겠다 말했던 것을 어길 사람이 아닙니다. 신의를 저버릴 사람이 아닙니다."

"사람의 마음이란 어제 다르고 오늘 다른 것입니다. 남궁세가 내부에서도 이 기세를 몰아 연합과 동맹이 아니라 단일 세력화를 꾀하자는 목소리가 있는 것으로 알고 있습니다. '천부(天府)'라는 구체적인 이름까지 거론하면서 말입니다."

"구파일방이 그것을 좌시하지 않을 것입니다."

구파일방이 거론되자 팽영우는 눈빛을 번뜩이며 말했다.

"지금 남궁세가가 대세를 주도하고 있습니다. 이런 상황에서 선택권을 쥐고 있는 것이 바로 구파일방입니다. 구파일방에서 자하령주를 세우려 하고 있는 이때, 가주님께서 자하령주와 한번 자리를 마련해 보는 것이 좋을 것 같습니다. 최소한 개인적인 친분이라도 쌓고, 일이 잘 풀려 자하령주와 손을 잡게 되면 더더욱 좋겠지요."

"자하령주라……."

구파일방의 자하령주.

구파일방은 소림이나 아미처럼 불문 계통의 문파가 있는가 하면 무당과 화산처럼 도가 계통의 문파도 있다. 또한, 개방처럼 거지들의 단체도 있다.

각기 추구하는 바가 다르고, 사는 방식이 다르니 그들이 한가지 목표로 세를 결집시키고 모이기가 쉽지 않았다. 더욱이 대개 수도하는 이들인만큼 세를 결집해 명리를 추구하는 것을 본능적으로 혐오했다.

그러나 그런 그들 역시 일제히 힘을 모으는 경우가 있었다.

바로 구파일방의 존립과 관련된 문제일 경우, 대개 십만마교와 연결된 문제에 있어서는 수도자로서의 수련을 잠시 보류하고 하나로 모이게 된다.

그렇게 모인 구파일방 전체를 이끄는 자를 가리켜 그 옛날 살신성인의 자세로 십만대산에 올랐던 화산파 장문인의 뜻을 기려 '자하령주(紫蝦領主)' 라고 칭했다.

자하령주는 한 손에 자하령으로 불리는 자색 깃발을 들고, 다른 손에는 구파일방 전체가 합의해 맡긴 조사령을 휘두른다.

즉, 자하령주는 구파일방의 임시 맹주라 할 수 있는 것이었다.

"자하령주가 세워졌다는 말은 듣지 못했는데……."

"자하령이 움직이는 순간 자하령주의 옹립은 기정사실화하는 것이 옳습니다. 화산의 화산검종은 물론이고 소림의 성승마저도 적극 뒤를 봐주고 있다 합니다. 시간문제입니다."

팽강은 잠시 고민하더니 말했다.

"은풍대를 시켜 자하령주로 유력한 이가 누구인지 한번 알아보십시오. 한번 만나는 보겠습니다."

"잘 생각하셨습니다. 다우 형님께 부탁을 해보겠습니다."

팽영우는 그러더니 조심스럽게 물었다.

"제가 상관할 일은 아니나 가모님께서는 아직도 몸이 불편하십니까?"

그 물음에 팽강의 안색이 극히 어둡게 변했다.

"여전히 그렇습니다."

"후우~ 가주님, 황실의 어의라도 불러 진맥케 해보는 것이 어떻겠습니까?"

황실과 관부에 막강한 영향력을 가진 하북팽가이니 황실의 어의라도 능히 불러올 능력이 있었다.

"그 생각도 해보지 않은 것은 아니나 천하의 어떤 신의가온다 해도 안사람의 병을 치유하기는 어려울 것입니다."

그 말에 팽영우는 알 수 없다는 표정을 지으며 무언가를 물으려 했다.

"내 안사람의 문제이니 내가 알아서 하겠습니다. 당숙의 마음만 받겠습니다."

팽강이 그렇게 잘라 말하자 팽영우도 더 이상은 왈가왈부할 수 없었다. 남궁세가에서 시집을 온 직후부터 원인 모를 병으로 시름시름 앓고 있는 가모 남궁아연을 생각하면 걱정이 태산 같았다.

그래서 백방으로 방도를 알아보고는 있으나 뾰족한 수가 없어 팽가 전체가 걱정하고 있던 차였다.

'만약에 알 수 없는 이유로 가모님이 변을 당하기라도 한다면 우리 팽가와 남궁가 사이에 적잖은 오해를 불러일으킬 수도 있음이다. 그런 문제를 다 제쳐 두고라도 그분은 이제 남궁세가의 소공녀가 아니라 우리 팽가의 가모님이 아닌가? 어떻게든 방도를 찾아내야 할 것인데……'

팽영우는 그 걱정에 연신 한숨을 내쉬며 자리에서 물러났다.

그가 떠나고 팽강은 곧 도를 잡고 팽가오도와 함께 자신의 독문절기인 폭렬도를 수련해 보고자 했으나 마음이 심란해 집중하기가 쉽지 않았다.

그는 곧 도를 팽개치고는 의자에 털썩 주저앉았다.

"가주란 이런 자리고, 세가를 책임진다는 것은 이런 의미였나? 남궁 숙부와는 마음을 터놓고 진정으로 교분을 쌓고 싶었건만 그분을 견제하기 위해 자하령주를 만나야 한다니……."

처음 봤을 때부터 남궁유한의 매력에 흠뻑 빠져들었던 팽강이었다. 황산에서의 일을 통해 우의를 다졌고, 평생을 함께하며 전설의 남검북도를 재현하자 약조까지 했었다.

그러나 그러했던 때가 오 년이 지났는가, 십 년이 지났는가.

고작 이 년도 지나지 않아 그를 견제하기 위해 자하령주와 교분을 쌓아야 하는 상황에 처해 있었다.

"아버님께서 왜 그리 쉽사리 가주 자리를 내게 넘겨주었는지를 이제야 이해하겠구나. 순수한 무를 추구하고자 하는 이는 결코 이런 자리를 맡아서는 아니 되는 것을."

또한, 그는 병석에서 시름시름 앓고 있는 남궁아연을 떠올렸다.

"내가 억지를 부렸다. 연 매의 마음을 짐작하고 있었으면서도 남궁 숙부가 실종된 것을 틈타 연 매를 빼앗아오듯 팽가로 데려왔으니. 연 매는 분명 마음의 병을 앓고 있는 것이리라. 모든 것이 내 잘못이다."

팽강은 한 명의 무인으로서는 강했으나, 한 사람의 인간으로서는 어쩌면 나약한 인물인지도 몰랐다.

"기억하기 싫어도 기억할 것이며, 행하기를 거부해도 몸이 절로 행하게 될 것이야."

소림사 가장 깊숙한 곳으로 류 표사를 납치(?)한 성승 혜원이 강제로 반야대능력과 보리무상장을 배우게 된 류 표사를 바라봤다.

머릿속에 각인처럼 새겨놓은 두 무공을 어떻게든 떨쳐 내려 했으나 성승 혜원이 미리심공(彌理心功)의 법문으로 행한 것을 극복할 수는 없었다.

"반야대능력과 보리무상장이 쉬이 익힐 수 있는 무공은 아니나, 그대 정도 경지에 오른 무인이라면 어렵지도 않을 것이다."

류 표사가 이를 갈며 말했다.

"끝까지 익히기를 거부하는 사람에게 억지로 그것을 가르친 이유가 무엇이오?"

"헐헐헐! 자네 정도 되는 이에게 가르쳐 줘야 더욱 빛이 나지 않겠는가? 이 두 무공으로 크게 성공하게 되면 사람들에게 이 무공은 이 사람이 가르쳐 준 것이라고 가르쳐 주게나. 이 늙은 중의 명성이나 올려보게 말이야."

익살을 떠는 성승 혜원은 절대자가 아니라 평범한 노승처럼만 보였다. 평범한 외양 속에 칼을 감추고 있다는 표현에 이만큼 정확히 들어맞는 이도 없으리라.

"이 늙은 중이 한 가지만 알려주마. 반야대능력과 보리무상장은 비천신마 한평을 죽일 수도 있다. 하나 동시에 시공을 어지럽히고 있는 마도시대의 교주 놈 또한 죽일 수 있는 유일한 방법이니라. 어떠냐, 그 정도면 구미가 당기지 않느냐?'

그 소리에 분노만 하고 있던 류 표사가 크게 깨닫는 바가 있었다.

'교주는 불사다. 그런 교주를 죽일 수 있다라……. 같은 초월자인 비천신마를 죽일 수 있다면 교주 또한 죽이는 것도 가능할 것이 아닌가?'

"눈치가 아예 없는 녀석은 아닌가 보구나."

성승 혜원이 말을 이어갔다.

"비천신마 한평 그 사람은 큰 그림을 그리고 있지. 크게 보는 것이 어쩌면 앞날을 볼 수 있는 초월자의 사명인지도 몰라. 그는 아마도 십만마교 최정예들을 추려 마도시대 원정대를 준비하고 있을 것이야."

마도시대 원정대!

그와 관련해 한 가지 사실이 떠올랐다.

태왕촌에서 만났던 백두문의 운사가 했던 얘기가.

"천부경의 문을 통해 그 시대에서 이 시대로 넘어올 수 있다면, 이 시대에서 그 시대로 넘어갈 수도 있다는 얘기지. 간단히 이치네."

또 한차례 깨달은 바가 있는 류 표사를 보며 성승 혜원이 미소를 지었다.

"네 녀석이 최근 몇 가지 무공을 익히고 있지? 배운 적도 없는 무공을 말이야."

그 말이 맞았다. 그 무공들을 익히기 시작한 류 표사는 최근 이전에 비해 몇 배는 강해져 있었다.

"그것은 바로 비천신마 한평 그 사람이 전수해 준 것이네. 이 늙은 중이 자네를 그토록 쉽게 제압할 수 있었던 것도 자네가 그 무공을 펼쳤기 때문이지. 말했었지? 천마심공과 천마검법에는 반야대능력과 보리무상장이 상극이라고."

"그럼?"

"이 사람이 미리심공으로 자네에게 반야대능력과 보리무상장을 전수한 것처럼 그 사람도 비슷한 방식으로 자네에게 그가 알고 있는 무공들을 전수해 줬을 것이네. 자네 상태를 보아하니 그는 무공만이 아니라 내력까지 전한 것 같구만."

그 소리에 류 표사는 세 번째로 놀랐다.

'그렇다면 비천신마가 내게 걸었다 했던 금제가 바로……'

금제가 아니었던 것이다.

"마도시대 정파는 뿌리가 완전히 뽑혔지. 그들이 스스로 재기할 방도가 없단 말이네. 그렇다고 그처럼 목불인견의 참상이 계속되도록 방치할 수도 없는 일이야. 그때, 때마침 천부경의 문이 열렸어. 또한, 열린 문을 타고 이 시대로 마도시대 무인들이 먼저 넘어왔지. 이런 상황이니 우리가 잠시 그

문을 이용한다 하여 석가세존께서 그리 화를 낼 것 같지는 않다네. 물론 이 늙은 중의 바람이네만."

"하지만 비천신마의 암살을 막으면 정마대전도 발발하지 않소. 그렇게 되면 역사가 바뀔 것이고, 마도시대도 열리지 않을 것이오."

류 표사는 평소 확신하고 있던 생각을 밝혔다.

"그리 보지 않았더니 자네는 참으로 아둔한 사람이로구만. 누구 하나가 살고, 죽는 것에 따라 시대의 흐름이 전적으로 좌우될 것 같은가? 정마대전이 일어나는 것은 다 일어날 이유가 있으니 일어나는 것이네. 또한, 시대의 흐름이 그렇게 흘러가기에 그렇게 되는 것이고."

"그렇다면 정마대전의 발발은 막을 수 없단 말이오?"

"헐헐! 원래대로라면 그렇게 되겠지. 하지만 천부경의 문을 통해 자네가 넘어왔네. 또한, 마도시대 무인들도 넘어왔고. 즉, 예정된 흐름이 완전히 뒤틀린 것이지. 흐름이 바뀌었다면 정마대전의 발발도 막을 수 있지 않겠나?"

그 소리에 류 표사가 안도의 한숨을 내쉬었다.

어찌 됐든 정마대전의 발발을 막을 수 있고, 그렇게 된다면 마도시대도 열리지 않을 것이기에.

"그러나 마도시대가 이미 열려 버린 시대는 그대로라네."

"그게 무슨 말입니까? 조금 전에 열리지 않을 수 있다 하지 않았습니까?"

그 반문에 혜원 성승이 웃으며 바닥에 한 개의 점을 중심으로 선을 그었다.

　　"이 점이 바로 우리가 있는 시공이네. 앞날은 이 점을 중심으로 여러 가지의 선택지를 가지고 있지. 이미 그어져 있는 선은 마도시대가 벌써 열린 시공을 뜻하네. 이 사람이 지금 긋는 이 선은 정마대전이 발발하지 않았을 때 흘러가게 될 시공이라네. 즉, 자네가 이 점에서 정마대전의 발발을 막게 되면 지금 그은 이 시공에서는 마도시대가 열리지 않게 되지. 하나 이미 그어진 이 선, 마도시대가 열린 시공은 그대로라는 것이네. 이해가 가는가?"

　　처음에는 이해가 가지 않았으나, 지금 역사를 바꾸어도 이미 열린 역사는 그대로라는 의미였다.

　　"그래서 우리는 마도시대 원정대를 보내려고 하는 것이네."

　　성승 혜원이 류 표사에게 달마선장을 다시 한 번 건넸다.

　　"자네가 이것을 받고 구파일방의 조사령을 모아줘야 하겠네. 또한, 자하령주가 돼 이 시대에 정마대전이 발발하는 것을 막고 궁극적으로는 마도시대 원정대를 이끌어줘야 하겠네."

　　그 뜻을 이해한 류 표사는 조심스럽게 달마선장을 받았다.

　　그것을 받고는 잠시 생각에 잠긴 류 표사가 성승 혜원에게 물었다.

"그 시작점 말입니다. 그 시작점 이후로 다양한 선택지가 놓여 있다 했지요."

"그렇지."

"그렇다면 지금 이 시대의 시작점부터 무수하게 이어질 모든 시공의 선으로 모두 가서 마도시대 교주와 싸워야 하는 것 아닙니까?"

성승이 짐짓 난감한 표정을 지었다.

"이런, 이런. 그 의미를 벌써 이해해 버렸나 보군."

"마도시대를 열었을 때의 교주와도 싸워야 하며, 정마대전 당시 한참 싸우고 있는 교주와도 싸워야 한단 말입니까?"

하나의 점에서 시작되는 시공은 무한에 가까웠다. 천부경의 문을 타고 설사 한 시공의 교주를 쓰러뜨린다 해도 무한한 시공을 넘나들며 어찌 모든 시대의 교주를 쓰러뜨린단 말인가?

"그래서 자네는 이제부터 영원한 여행자가 돼야 하는 것이네. 마도시대 원정대 역시 영원히 시공을 돌며 싸우고, 또 싸워야 할 것이네. 싸우다 죽을 운명들인 게지. 한번 떠나면 다시는 돌아오지 못할 길이야."

성승 혜원은 아무것도 숨기지 않고 류 표사에게 설명해 줬다.

"영원한 여행자라……."

"그것이 바로 초월자에 맞서는 대적자의 운명이라네. 초월자는 일만 저지르고 편히 기다리면 되지만 대적자는 참으로 고단한 삶을 살 수밖에 없게 되는 것이야."

류 표사가 자신도 모르게 가는 한숨을 내쉬었다.

"너무 심각하게 받아들이지는 말게. 자네가 끝없이 싸우고 고단한 여행을 끝낸 연후에 극락정토로 오게 되면 내 석가세존께 잘 말씀 올리겠네. 장담하건대, 현세의 삶은 고통스러웠으나 내세의 삶만은 극히 편할 것이야. 나무아미타불."

혜원 성승이 처음으로 불호를 외며 시대를 구하는 영웅의 삶이기는 하나 죽을 때까지 편히 살 수 없게 된 류 표사의 운명을 위로했다.

"피할 수 없겠군요……."

"피할 수 있다 해도 자네는 피할 사람도 아니지 않은가?"

그랬다.

류 표사는 자신이 고통스럽다 하여 해야 할 일을 피하는 인물이 아니었다.

화산의 십매화검과 소림의 달마선장의 조사령을 지닌 류 표사 일행에 소림 사대금강이 추가됐다.

강호에 구파일방이 자하령주를 세웠다는 소문은 일파만파로 퍼져 나가기 시작했다.

류 표사, 아니, 자하령주 일행은 곧바로 호북성 무당산으로 향했다.

무당산에 자리한 무당파에서도 주저없이 장삼봉 조사가 사용했다는 태극검(太極劍)을 내어주었다.

무당의 조사령인 태극검을 받음과 함께 무당이 자랑하는 무당칠검(武堂七劍)의 일곱 검객까지 자하령주 일행에 합류했다.

곧바로 하남성 개봉부로 향해 개방의 방주에게 개방의 조사령인 청죽봉(靑竹棒)을 받음과 함께 십이무적개(十二無敵丐)가 동행을 시작했다.

곧 섬서성에 자리한 점창파와 사천성의 아미파와 청성파, 감숙성의 공동파, 청해성의 곤륜파를 거쳐 저 멀리 운남의 점창파까지 자하령주 일행이 방문했다.

그사이 십만마교에서도 여러 차례 정예들을 투입했으나 그것은 헛수고였다.

그것은 오직 한 사람 때문이었다.

비천신마 한평에게 천마심공과 천마검법, 무적군림보, 파혼장, 유령수 등의 비전절기를 전수받았다.

성승 혜원에게는 반야대능력과 보리무상장을 이어받았다.

이미 가지고 있던 무위만으로도 절대고수의 경지에 달했던 류 표사는 그 무공들을 전수받음으로써 가히 공전절후의 무위를 가지게 된 상태였다.

이미 놀랄 만큼 놀랐던 화산파의 이십사매화검수는 말할 것도 없고, 소림의 사대금강, 무당의 무당칠검, 개방의 십이

무적개 등은 류 표사의 신위에 경악할 수밖에 없었다.

그들의 마음에는 어느새 류 표사에 대한 믿음과 함께 절대적인 추앙심이 자리하고 있었다.

전설처럼 내려오던 자하령주의 등장을 십만마교 정예들이 더욱 화려하게 만들어주고 있었다.

第六章 교주

無敵世家

청해성 십만대산.

시간이 갈수록 목내이(木乃伊:미이라)처럼 삐쩍 말라가고 있는 비천신마 한평이 호위대장을 불렀다.

교주 앞에 부복한 호위대장은 갈수록 생명의 기운이 빠져 나가고 있는 교주를 보며 속으로 눈물을 흘리고 있었다.

'천하를 다 가지고도 남을 분이 어찌 병마에 쓰러지신단 말인가!'

십만마교의 약 창고를 모조리 털었다. 만년설삼, 천년하수 오, 공청석유 등 죽은 사람도 되살릴 수 있다는 영약까지 모 두 써봤다. 그러나 백약이 무효였다.

화타나 편작을 능가한다는 의원들을 모조리 동원했으나 그들마저 두 손, 두 발 다 들며 나자빠지고 말았다.

괴질, 도저히 손쓸 엄두도 내지 못하는 괴질이었다.

교주의 내력이 심후했기에 근 이 년 가까이 버텨왔지 보통 사람 같으면 단 삼 일도 버티지 못할 괴질이라 했다.

교주가 쓰러지면 패도를 추구하는 강자존의 율법만이 지배하는 십만대산에서 일대 풍운이 몰아닥칠 것이다.

교주 호위대와 교주 직속 친위대인 네 개의 대를 제외하면 각기 십만대산의 한 봉우리를 차지하고 있는 마인들이 차기 교주의 자리를 두고 쟁투를 벌일 것이다.

이때만이 스스로를 형제라 칭하는 마인들이 서로의 피를 볼 수 있는 시기였다. 또한, 이 시기가 십만대산이 가장 약해지는 때였다.

호위대장이 가까스로 숨이 붙어 있는 교주의 얼굴을 보기 위해 살며시 고개를 들었다.

그런데 그의 눈에 보인 교주의 얼굴은 어제와 완전히 달랐다.

삐쩍 마른 몸은 그대로였으나 눈빛이 번뜩이고 있었다. 또한, 조금이나마 생기가 느껴지기 시작했다.

교주가 호위대장에게 말했다.

"호위대장, 그대에게 마지막 명을 내릴까 한다."

마지막 명.

호위대장은 심장이 철렁 내려앉는 것만 같았다.

"마지막 명이라니, 천부당만부당합니다! 감당키 어려운 말씀입니다!"

비천신마 한평은 십수 년 동안 한결같이 자신을 위해 온갖 고생을 마다하지 않았던 호위대장을 바라봤다.

"우군아, 인간이 어찌 영원히 살 수 있겠느냐?"

호위대장 사우군을 이름으로 부르며 비천신마 한평은 친근감을 표했다.

"그것은 소인도 알고 있으나 교주님께서는 영원히 사실 것입니다."

"허허! 네가 아부가 많이 늘었구나. 처음에는 바싹 얼어서 예, 아니오밖에는 할 줄 모르던 아이가."

호위대장 사우군이 그 소리에 잠시 얼굴을 붉혔다.

사우군이 처음 교주 호위대장으로 왔을 때는 천하의 교주 앞에서 너무나 긴장해 오직 그 말밖에는 입으로 뱉질 못했었다.

"우군아, 그동안 수고했다. 내 아래서 궂은일 마다하지 않느라 힘들었을 것이다. 그래서 이제는 너를 보내주려고 한다."

쿵!

그 말이 떨어지기가 무섭게 사우군이 바닥에 머리를 찧으며 소리쳤다.

"교주님! 이 사우군이 죄를 지은 것입니까? 어찌 소인을 내치시려 하시는 것입니까? 죄를 지었다면 팔을 자르고, 다리를 잘라서라도 교주님께 용서를 구할 것입니다! 아둔한 소인이 무슨 죄를 지었는지만 알려주십시오!"

쿵! 쿵! 쿵! 쿵!

사우군은 자신의 이마가 깨져 피가 흐르는지도 모르고 계속 이마를 바닥에 부딪쳐 용서를 구했다.

"너는 죄를 지은 적이 없다. 내가 너에게 떠나라 한 것은 새 주인을 찾아가라는 의미였다."

"교주님, 이 사우군에게 주인은 오직 교주님 외에는 없습니다."

"우군아, 만날 때가 있으면 헤어질 때도 있는 법이니라. 나는 곧 죽는다. 그 죽음, 도저히 피할 수가 없느니라."

사우군은 그 죽음의 원인이 괴질이라 여겼다.

"이 사우군, 교주님을 마지막까지 모시다 교주님께서 혹변을 당하시면 따라서 자결하도록 허락해 주십시오!"

그러자 십만대산 미망봉에서 은신한 채로 교주를 호위하고 있던 호위대 전체가 소리쳤다.

"교주님, 마지막까지 모시게 해주십시오! 저희 또한 교주님을 따라 자결하도록 허락해 주십시오!"

사는 것도 교주의 뜻에 따라, 죽음조차 교주의 허락이 있어야만 죽을 수 있는 이들이 바로 십만마교 교주 호위대였다.

"너희들의 뜻을 내가 왜 모르겠느냐? 하나 나는 너희들을 죽음보다 더 힘든 일이 기다리고 있는 곳으로 보내려는 것이다. 차라리 죽게 해주지, 왜 이런 일을 하게 했느냐고 나를 원망하지나 말거라."

"교주님……."

비천신마 한평은 동쪽을 바라보며 말했다.

"곧 나를 죽이려는 자와 나를 영원히 살게 할 수 있는 이가 동쪽에서 올 것이다. 그들은 둘이나 하나일 것이며, 하나이나 둘일 것이다."

그는 의미심장한 말을 남겼다.

"십만대산의 모든 봉우리 위에 우뚝 선 자의 이름으로 명한다!"

그 말에 호위대장 사우군 외 이백 호위대 전체가 일제히 땅바닥에 부복했다.

"명을 받들겠습니다!"

"지옥마검대(地獄魔劍隊)와 적색창기병대(赤色槍騎兵隊), 염왕독랑대(閻王毒狼隊), 그리고 금륜시마대(金輪屍馬隊)를 하산시켜라! 또한, 호위대 전원도 하산을 명하노라!"

십만마교 교주에게는 십만마교 최강인 네 개의 친위대가 존재했다. 오직 교주의 명만을 따르는 이들이었다.

총 이백오십육 종의 마검(魔劍)을 익힌 십만마교 최강의 검객들로 이뤄진 지옥마검대가 그 첫째였다.

지옥마검대가 곧 교주의 뜻이며, 교주의 진정한 힘이라는 평을 들을 정도로 막강한 이들이었다.

"십만마교 전체가 무너져도 지옥마검대만 생존해 있으면 마교는 절대 패한 것이 아니다!"

지옥마검대는 십만마교의 상징이었으며, 힘의 표상이었다.

온 천하에 혈풍(血風)을 일으키며 방해하는 장애물은 모조리 돌파하는 적색창기병대가 둘째였다.

흑갑기마대와는 비교조차 할 수 없는 무적의 창기병대가 바로 이들이었다.

인마일체의 경지에 이른 이들은 철옹성 같은 요새도, 드넓은 초원도, 한없이 빨려드는 늪지도, 가도 가도 끝이 없는 사막도 극복해 낸 불굴의 전사들이었다.

세 번째로, 지나간 자리에는 수천 년 동안 풀 한 포기 자라지 못할 정도의 독을 쓰는 염왕독랑대.

그들은 기이할 정도로 커다란 변종 혈랑(血狼)을 타고 다니며 천하를 죽음의 땅으로 만들어 버리는 이들이었다.

이들이야말로 가장 다수의 적을 쓰러뜨리고, 가장 넓은 지역을 지배할 수 있는 자들이었다.

그리고 금륜시마대.

이들은 강시다. 그러나 보통의 강시와는 다르다. 도검불침인 것은 물론이고 어느 정도는 살아생전 구사했던 무공을 사용하기까지 했으니.

이들은 강시들의 제왕으로 불리는 수라강시들이었다. 또한, 이들은 죽은 사람을 강시로 만들 듯, 죽은 말을 강시화시킨 말을 타고 달린다.

금륜시마대, 이들은 죽음의 군단이었다.

십만마교 교주 친위대인 이들 네 개의 대가 빠진 십만마교는 십만마교가 아니었다.

그런 친위대는 물론이고 밤이고 낮이고 교주를 지켜야 하는 호위대 전체를 하산시키려 하다니.

교주의 명은 절대적인 것이라 하나 이것만은 도저히 따를 수가 없었다.

"교주님, 이 사우군과 호위대 전체에게 지금 즉시 자결을 명하시옵소서! 그리 명하신다면 저희는 기쁜 마음으로 따를 것입니다!"

"차라리 자결을 명해주시옵소서!"

떠나는 것보다는 차라리 죽음을 택하겠다는 호위대.

그들의 충정을 비천신마 한평이 어찌 모르겠는가?

하지만 이들이 남았다가는 곧 십만대산을 오를 그자에게 개죽음당한다는 사실을 꿰뚫고 있는 그였다.

그는 엄하게 명했다.

"지금 내 명을 따르지 않는 자는 스스로 십만대산의 형제 되기를 포기한 것으로 간주하겠다! 죽어도 십만대산의 형제로 죽고자 하는 자는 지금 당장 하산하거라!"

"교, 교주님!"

그 소리에는 호위대장 사우군부터 호위대 전원이 사색이 될 수밖에 없었다.

고래로 십만마교 마인들에게 가장 두려운 것은 고통도, 질병도, 심지어는 죽음도 아니었다.

바로 살아서는 물론이거니와 죽어서도 십만대산의 형제로 죽지 못하는 것이었다.

죄를 지은 십만마교인에게 있어 가장 중한 벌은 바로 십만대산의 형제임을 부정하는 일이었다.

그것도 다른 사람도 아닌 십만대산의 지배자인 교주의 입에서 나온 말이었으니 그 의미는 더욱 클 수밖에 없었다.

"너희들의 교주에게 두 번 말하게 하지 말라!"

비천신마 한평이 재차 선언하자 호위대 전원이 고개를 푹 숙일 수밖에 없었다.

이는 도저히 따르지 않을 수 없는 명이었다.

교주의 강경한 뜻을 확인한 호위대장 사우군이 가장 먼저 하늘을 향해 두 팔을 펼쳐 올렸다.

"십만대산에 성스러운 불이 있어!"

부복하고 있던 호위대 전원이 하늘을 향해 양팔을 치켜들더니 그 말을 받았다.

"하늘과 땅을 밝히네!"

사우군이 소리쳤다.

"성스러운 불로 이 몸을 태우니!"

"하늘과 땅에 광명의 길이 이어지네!"

"십만대산에서 태어나!"

"십만대산에서 죽으니!"

"십만대산에서 한 자루 검을 들어!"

"적의 심장을 꿰뚫는다!"

"힘들 때나, 괴로울 때나, 즐거울 때나, 슬플 때나!"

"우리는 언제나 함께였느니!"

사우군과 호위대 전체가 목이 찢어져라 외쳤다.

"성화(聖火)는 우리를 십만대산의 형제라 말한다!"

그들이 동시에 땅바닥에 이마를 부딪치며 절규하듯 소리쳤다.

"만세무적(萬世無敵), 마교불패(魔敎不敗)!"

이마가 깨져 피가 흐르는 것도 느끼지 못한 채 호위대장이 흐느끼며 그 말을 반복했다.

"만세무적 마교불패, 만세무적 마교불패……."

호위대 전원 또한 바닥에 이마를 찧으며 그 소리를 반복했다.

그러더니 말했다.

"교주님, 끝까지 지켜 드리지 못하는 저희들을 절대 용서하지 마소서. 그리고 부디 강녕하소서. 교주님, 강녕하소서."

떠나라 한 것은 교주였음에도 정작 호위대는 자신들이 마지막까지 함께하지 못함을 용서하라며 죄를 청하고 있었다.

이들은 세상 그 누구보다도 충성심이 강한 순수한 마인들이었다.

그들은 이마에서 피가 줄줄 흘러내리는 채로 자리에서 일어섰다.

속으로 눈물을 삼키며 천천히 뒤돌아서기 시작했다.

그런 그들을 보며 비천신마 한평이 말했다.

"앞으로 스스로를 류한이라고 밝히는 자를 나처럼 섬기거라. 또한, 그가 떠나려 하는 끝없는 여행을 함께하며, 그와는 마지막까지 생과 사를 함께하거라. 그 또한 십만대산의 형제이다. 그리고 그가 바로 십만대산을 영원히 지켜줄 수호자일 것이다."

이미 모든 안배를 해두었다.

저들은 철혈투마 류한을 찾아갈 것이다. 그리고 그와 함께 사상 최강의 적들과 싸울 것이다.

호위대와 네 개의 친위대는 류한을 찾아가 그와 함께 원정을 떠날 것이다.

'이것이 마지막이겠구나. 부디 승리하고 돌아오너라. 마도시대 원정대여……'

마도시대를 향해 곧 원정을 떠나게 될 자들의 뒷모습을 한없이 바라보고 있는 비천신마 한평의 주름진 얼굴 위로 한줄기 눈물이 흘러내렸다.

그리고 곧 비천신마 한평은 자리에 털썩 주저앉고 말았다.

잠력대법으로 일시적이나마 기력을 회복했던 효과가 다한 것이었다.

"이제 남은 것은 여기에서 남궁유한을 맞이하는 일이겠지. 또한, 그에게 보리무상장을 맞고 죽음을 맞이하게 되겠지. 그러나 나의 죽음은 끝이 아니라, 위대한 대반격의 시작일 것이다."

죽음의 시기를 정확히 알고 있고, 누가 자신을 죽이게 될지까지 명확히 알고 있었다.

그러나 비천신마 한평은 희미하게 웃고 있었다.

"송악군, 이로써 네가 지배하는 마도시대를 향한 나의 승부수가 던져졌다."

그는 마도시대의 지배자 고금제일신마이자 초월자인 송악군의 얼굴을 떠올렸다. 동시에 그의 대적자가 될 철혈투마의 모습 또한 세세하게 그려보았다.

십만대산은 폭풍 전야처럼 고요했다.

그러나 강호는 이미 격변의 소용돌이에 휘말려 있었다.

산서성, 하북성, 산동성, 안휘성, 강소성, 절강성, 강서성, 복건성, 광동성은 동련이란 이름으로 단단히 결속돼 있었다.

그 중심에는 남궁세가와 하북팽가가 있었다.

총 구 개 성, 이십사 개 세가, 총 이백삼십육 개의 군소 방회와 문파들, 문도들 수만 오만을 헤아리는 거대 세력이었다.

또한, 제갈세가와 호남성 악양의 단목세가가 주축이 돼 호북성과 호남성, 광서성, 귀주성, 운남성의 여러 세력들이 모여 결성된 중맹(中盟).

중맹 또한 총 오 개 성, 칠십이 개 방회와 문파들, 문도들만 이만을 헤아렸다.

이것은 직접적으로 세력화에 참여한 수만을 따진 것일 뿐, 그 문파들과 연결돼 간접적으로 참여한 수까지 따지면 족히 다섯 배 이상의 규모는 너끈했다.

이렇듯 순식간에 거대 세력화한 동련과 중맹의 맹주는 바로 남궁세가의 소가주 남궁유한이었다.

허울뿐인 오룡제가 개최되지 않아 아직까지 정식 명칭은 소가주였으나 그는 남궁세가의 가주였다.

동련과 중맹을 이끌고 있는 그는 강호의 절반을 지배하고 있는 것이나 마찬가지였다.

이렇게까지 세를 넓히기 위해 사람들은 무수한 피를 흘려야 한다고 여기는 것이 보통이다.

그러나 그는 아주 짧은 시간에 거의 피 흘리지 않고 이런 어마어마한 세를 구축한 것.

한 개인이나 세력이 힘으로 강호일통을 하는 것은 불가능하나 이런 방식이라면 능히 강호일통을 꾀해볼 수도 있을 법했다.

하지만 그렇다 해도 그는 정파조차 완전히 일통한 것은 아니었다.

사천성 성도에서는 여전히 고립 정책을 취하고 있는 사천당가가 아직도 독자적인 행보를 걷고 있었다.

또한, 최근 등장한 자하령주 역시 무시할 수 없는 세력이었다.

그리고 결정적으로 동련의 핵심이자 이전까지 천하제일세가로 불렸던 하북팽가와 남궁세가 사이가 미묘하게 틀어지고 있었다.

그런 상황에서 하북팽가의 밀사가 구파일방의 임시 맹주로 떠오른 자하령주를 찾았다.

"저희 가주님께서 보내신 친서입니다."

하북팽가가 자랑하는 네 개의 대 중 첩보 업무를 비롯해 은밀한 일을 도맡아 처리하는 은풍삼십육도객의 수객인 팽다우가 자하령주에게 밀서를 건넸다.

이전에는 류 표사로 불렸으나 지금은 자하령주가 된 류한이 묘한 미소를 지으며 친서를 펼쳤다.

편지를 쓴 이가 어떠한 성품을 가지고 있는지를 단박에 알아볼 수 있을 정도로 힘이 넘치는 필체로 글이 적혀 있었다.

직선적인 남자들이 모인 하북팽가답게 글 또한 허례허식이 전혀 없었다.

하북팽가의 팽강이 자하령주를 석가장으로 초대하고자 하오. 팽가의 문은 언제나 열려 있으니 아무 때고 방문해 주시오. 그러나 너무 오래는 기다리게 하지 말았으면 하오.

마지막에는 수결 하나와 함께 팽가 가주를 상징하는 굵은 인이 찍혀 있었다.

짧은 편지를 읽은 자하령주는 팽다우에게 물었다.

"팽가주가 나와 무슨 얘기를 하고자 함이오?"

"알지도 못하거니와 알아도 가주님의 일을 아랫사람이 함부로 거론할 수는 없는 법입니다."

"그래요?"

자하령주는 잠시 생각에 잠기더니 자리에서 일어섰다.

"내 팽가주를 조금 아는데 그는 기다리는 것을 그리 좋아하지 않지. 그것은 나 또한 마찬가지고. 바로 출발합시다."

운남성에 자리한 점창파에서 조사령인 사일검(射日劍)을 받고 어차피 북쪽으로 향할 예정이었던 자하령주였다.

"어차피 하북성 가는 길에 안휘성에도 한번 들르도록 합시다."

자하령주의 말에 팽다우는 고개를 갸웃거렸다.

"안휘성이라면 정확히 어디를 말하는 것입니까?"

"안휘성 합비요."

"합비에는 왜 들르려 하는지를 물어도 되겠습니까?"

자하령주는 팽다우의 질문에 질문으로 답했다.

"합비에서 제일 유명한 것이 무엇이오?"

그러자 팽다우는 잠시의 주저함 없이 답했다.

"남궁세가겠지요."

"맞소. 남궁세가에 들를 생각이오."

하북팽가로 가기 전에 남궁세가부터 들른다는 자하령주의 말에 팽다우가 일순 긴장했다.

'혹 우리보다 남궁세가 쪽에서 먼저 자하령주에게 손을 내민 것은 아닌가? 요즘 모든 것이 비밀투성이인 남궁세가라면 그랬을 수도…….'

그렇다면 자하령주를 남궁세가보다 하북팽가를 먼저 방문하게 만들어 자신들이 일초라도 빨리 얘기를 나누는 편이 백 배는 나았다.

"그보다는 저희 세가에 먼저 들르시지요. 저희 가주님은 물론이고 팽가인 전체가 목이 빠져라 자하령주님이 방문해 주시기를 고대하고 있습니다."

"내가 남궁세가에 들르면 하북팽가에서는 저어되는 점이라도 있소?"

"그, 그런 것이 아니라……."

팽다우가 말을 더듬기 시작했다. 첩보 업무를 맡는 은풍삼 십육도객의 수좌라 하나 그는 역시나 머리보다 칼 쓰는 것이 몇 배는 나은 하북팽가인이었다.

쉬이 답을 하지 못하는 팽다우를 보며 자하령주가 미소를 지었다.

"내가 남궁세가에 들르려 하는 이유는 두 가지요. 하나는 한때 내 것이었던 것을 찾으려 함이고, 둘째는 어릿광대 녀석 하나에게 따끔한 맛을 보여주기 위함이오."

"어릿광대요?"

자하령주가 웃었다.

"남궁유한이란 이름의 어릿광대 말이오."

천하의 남궁세가 소가주를 어릿광대라 부르는 말에 팽다우는 깜짝 놀랐다. 또한, 자하령주가 남궁세가와 사이가 좋지 않다는 생각에 적잖이 안심이 되기도 했다.

"자하령주께서는 남궁유한 소가주와 이전부터 알고 계신 것입니까?"

"안다고 할 수도 있고, 모른다고 할 수도 있소."

정확히는 안다고 말하기도 이상하고, 모른다고 말하기도 이치에 맞지 않았다.

"한 가지 분명한 점은 내가 그 어릿광대를 혼쭐낼 생각이란 것이오."

어릿광대는 맞았으나, 단지 '엄청나게 강한' 어릿광대였다.

자하령주는 어릿광대가 남궁세가에 똬리를 틀고 있음을

진즉에 알고 있었다. 그러나 그런 어릿광대 따위 단숨에 해결할 수 있다는 자신감을 갖고 있었다.

그렇기에 남궁세가로 돌아가는 것보다 눈앞의 일을 처리하는 데 먼저 시간을 들였던 것이다.

만약 그 어릿광대의 진정한 정체를 알았다면 만사를 제쳐두고 그 문제부터 해결했을 것이지만…….

팽다우는 자하령주가 남궁유한 소가주에게 적개심을 보이자 웃고 있는 것인지, 울고 있는 것인지 모를 표정을 지을 수밖에 없었다.

이번 기회에 욱일승천의 기세로 세를 넓히고 있는 남궁세가를 자하령주가 알아서 콧대를 꺾어준다 하니 그것은 좋았다.

하지만 누가 뭐라 해도 혼인으로 맺어진 것이 남궁세가와 하북팽가였다. 동련에 소속된 것이 분명하니 남궁세가 소가주가 자하령주에게 꺾이는 것을 노골적으로 바랄 수도 없었다.

'자하령주가 상상을 초월할 정도로 강하다고 소문은 났으나, 남궁유한 소가주 역시 천하에 적이 없을 정도로 막강하다. 승패를 예상키 어렵다. 하지만 누가 더 강한지는 곧 알 수 있겠구나.'

속으로 그렇게 생각하는 팽다우를 이끌고 운남성 경계에 머물고 있던 자하령주가 빠르게 북쪽으로 향하기 시작했다.

"개작두야, 아무도 소가주에 대해 의심을 품지 않는다. 내 아둔한 머리로 생각해도 이상한 점 천지인데 말이다."

처음 만났을 때부터 이상하기 그지없는 소가주에 대해 용작두는 강한 의심을 품고 있었다.

"형님, 철대선생에게 말이나 꺼내봤습니까?"

"말이야 해봤지. 그러나 사람 좋은 철대선생은 재미있는 생각을 했다며 그저 웃고 넘길 뿐이었다. 내 추측컨대 나를 반쯤 넋 나간 사람 정도로 여기는 것 같았다."

"그러게 말이오. 나도 흑룡대 고방충 대주님께 은근슬쩍 이 얘기를 꺼내봤더니 헛소리 말라며 욕만 왕창 먹었습니다."

"아무리 생각해도 이상하다. 철대선생도, 조량 총사도, 주오 부총사도, 폭풍대도, 전부 무언가에 홀린 사람들 같다. 그 있잖느냐, 약 처먹고 천지분간 못하는 사람들처럼 말이야."

"형님도 그렇게 느끼셨소? 나도 그렇소."

"생각해 보면 말이다, 우리가 예전에 청호 근처에서 정신을 잃었을 때 내가 본 것이 헛것이 아닌지도 모른다는 느낌이 강하게 든다."

"청호요?"

"그 있잖느냐? 내가 정신을 잃기 전에 청호에서 소가주님과 똑같이 생긴 인간을 봤다는 얘기 말이다."

"아, 소가주님 닮은 사람과 함께 흑의를 입고 있는 이들이 청호의 수면 위 허공에서 뛰쳐나왔다는 얘기요?"

용작두는 그것을 본 것 같기는 했으나 확실치가 않아서 예전부터 함께 생활한 작두채 식구들에게만 그 얘기를 했었다.

"그래서 결론이 뭐요?"

"어쩌면 말이다, 그때 청호에서 본 그 사람이 소가주님 행세를 하고 있는 것은 아닌가 싶은 생각이 든다."

"허~ 형님, 어찌 그리 터무니없는 상상을 하고 있소? 천하에 아무리 닮은 사람이 많다지만 저처럼 완벽하게 닮을 수는 없는 노릇이오. 설사 그럴 수 있다 해도 소가주님과 관련된 사항을 어찌 다 알고 있을 수 있습니까?"

"그렇기는 한데, 사실 우리하고 얘기를 나눌 때는 몇 가지 틀린 부분이 있지 않았느냐."

"에이~ 그때는 이상했지만 돌이켜 보면 소가주님같이 높은 사람이 우리 같은 하찮은 것들과 관련된 일들을 기억하고 있는 것이 더 이상한 일 아니겠소?"

"그런가? 아무리 그래도 이상하단 말이야. 내가 원래 눈치 하나로 산적 계통에서 입신양명해 작두채까지 신장개업하지 않았으냐?"

"무공은 몰라도 형님 눈치야 하늘이 내린 것이지요. 눈알이 왼쪽으로 쏠린다 싶으면 여지없이 비가 오고, 오른쪽으로 쏠리면 푹푹 찌는 날씨고, 아래로 처지면……."

"말도 안 되는 소리 그만둬라. 나는 심각해 죽겠는데 이 자식이 정말!"

용작두와 개작두가 한참 그 얘기를 나누고 있을 때, 뒤에서 한 사람이 다가왔다.

제법 무공 수준이 높아진 용작두가 그 기척을 감지하고 그 사람을 바라봤다.

"누군가 했더니, 폭풍대 허약이 양반이셨구만 그래."

매타자가 처음에 아무 생각 없이 불렀던 호칭인 허약이가 이름 겸 별호로 굳어져 버린 일수라였다.

일수라는 그 소리에 인상을 확 썼다.

"어라, 허약이 양반이 인상파로 소문났다더니 정말이네. 그러나 우리도 과거 면상 험악한 것 하나로 먹고살았던 몸. 인상 쓰는 것으로는 만만치 않을 것이오."

용작두와 개작두는 면상에 힘을 주더니 인상을 쓰기 시작했다.

그 우스꽝스런 꼴에 일수라는 실소만 머금을 뿐 전혀 반응이 없었다.

아니, 지금 불필요한 얘기나 나누고 있을 때가 아니었다.

"용작두, 소가주가 이상하다고?"

"특별한 근거는 없고, 그냥 내 느낌이오."

"내가 자세한 얘기를 들을 수 있을까?"

처음에는 남궁세가 적응에 어려움이 많았던 일수라였으나

최근에는 사람들과도 제법 잘 어울리는 그였다.

남궁세가 생활을 하며 용작두와도 안면이 조금 있었기에 용작두는 자신이 소가주를 다시 만났을 때 이상했던 점들에 대해 상세히 얘기를 했다.

그 얘기를 다 듣고 난 일수라는 심각한 표정을 짓고 있었다.

다른 사람은 몰라도 일수라는 소가주, 아니, 철혈투마에 대해 이상함을 느끼고 있었다.

상상을 초월할 정도의 기세를 내뿜고 있는 것은 여전했으나, 그의 기세는 이전보다 수백 배는 차가워졌다. 또한 패도적인 기운과 함께 압도적인 위압감이 느껴졌다.

이것은 뭘까, 철혈투마의 기세라기보다는 그보다 더 강한 이의 기세와 느낌이었다.

더욱이 철혈투마가 세가로 돌아온 지 한참이 지났음에도 자신을 한 번도 찾지 않았다.

마룡봉의 법으로 그의 목숨줄을 철혈투마가 쥐고 있다고는 하나 세가 내에 마도시대 사람은 자신과 그가 유일하지 않던가?

그렇듯 은밀한 비밀을 공유하고 있는데, 단 한 번도 찾지 않는 것은 극히 이상한 일이었다.

거기에 무언가에 홀린 것 같은 남궁세가 사람들까지 연결해 생각하자 일수라는 문뜩 의심이 들었다.

마도시대에 유행했던 것 중 하나가 사람의 이지를 제압해 조종하는 미혼술과 섭혼술 계통의 마공이었다.

만에 하나 실종됐다 돌아온 철혈투마가 바뀐 사람이고, 그가 미혼술과 섭혼술로 사람들을 조종했다면?

'철혈투마가 무슨 미혼술 계통의 마공을 익히고 있었던가? 우리 같은 전투 부대들은 그런 계통의 마공을 익히는 것을 극히 혐오하니 그럴 리는 없을 것인데. 사실 마도시대를 살았던 이들에게는 미혼술과 섭혼술 자체가 통하지도 않았고.'

일수라는 고개를 가로저었다. 근거없이 생각만 앞서 나가며 과대망상을 하고 있다는 생각이 들었다.

하지만 일수라는 무척 급한 상태였다.

철혈투마가 허락을 해야 흡성대법을 이용해 내력을 빨아들여 예전 모습을 찾을 수 있을 것이다. 그러나 철혈투마는 그것을 허락하기는커녕, 아예 자신을 찾고 있지도 않았다.

'부르기 전에 찾아가 떼를 쓰는 것은 내 성미에 맞지 않으나, 오늘은 한번 투마를 찾아가 얘기를 나눠야겠다.'

일수라는 결심을 굳히고는 세가 안쪽에 자리한 가주실로 향했다.

세가에 돌아온 이후 세가 사람들에게조차 얼굴을 거의 보여주지 않는 남궁유한 소가주였다.

세가 사람들조차 소가주의 얼굴 보기가 하늘의 별 따기보다 힘든 실정이었다.

하지만 굳이 그가 얼굴을 비치지 않아도 철대선생을 비롯한 가신들이 알아서 일을 잘 처리하고 있으니 그 문제를 두고 크게 문제 삼는 이들은 없었다.

"그대는 누군가? 무슨 일로 이곳에 온 것인가?"

일수라가 가주실 앞에 당도하자 언제나 가주실을 지키고 서 있는 흑의무사들이 앞을 가로막았다.

기세를 안으로 잘 갈무리하고 있으나 일수라는 그들이 은연중에 내뿜고 있는 기세를 감지할 수 있었다.

'초고수들이다. 마도시대라면 몰라도 이 시대에 호위들이나 하고 있을 수준이 아니다. 어쩌면 예전의 나조차 능가할 법한 자들……'

남궁유한 소가주가 세가로 다시 돌아올 때 거느리고 온 자들이었다.

'대체 어디서 이런 자들이 나타났는가?'

흑의무사들을 보자 일수라의 의심은 점점 더 짙어져만 갔다.

"나는 일수라라고 하오. 소가주님을 뵐까 하오."

"일수라? 그것이 이름인가?"

이름이라기엔 이상하기 그지없는 말에 흑의무사들이 싸늘한 음성으로 되물었다.

그들의 물음에 일수라는 자신은 누구나 다 가지고 있는 이름조차 없음을 다시 한 번 깨달을 수 있었다.

'나는 이름이 없다. 어릴 때는 천백팔십일번 교육생이었고, 수라대에 들어간 이후에는 그저 일수라였을 뿐이다.'

"사람들은 모두 나를 일수라라고 부르오."

흑의무사들은 일수라의 전신을 훑어보더니 마치 속을 꿰뚫어 보는 듯한 눈빛으로 잠시 일수라를 바라봤다.

그러더니 곧 다시 입을 열었다.

"사전에 약속이 돼 있는 이 외에는 소가주님을 만날 수 없다. 나는 소가주님에게 오늘 만날 사람이 있다는 얘기는 듣지 못했다. 그러니 돌아가라."

가주실 안에 있는 남궁유한에게 고하지도 않고 단박에 만날 수 없다 잘라 말하는 그들을 보며 일수라는 속에서 울컥했다.

"나는 일수라요. 안에 그렇게 전해보기라도 해보시오."

"돌아가라. 소가주님은 한가하신 분이 아니다."

"오늘은 꼭 만나야 하겠소. 그러니 비키시오."

일수라가 흑의무사들 틈을 비집고 들어가 손을 뻗으려 했다.

그러자 순간 흑의무사 중 하나가 일수라의 몸을 벼락같이 낚아채더니 그를 바닥에 내동댕이쳤다.

바닥에 내동댕이쳐진 일수라가 분을 삭이지 못했다.

이번에는 내력이 없어도 충분히 펼칠 수 있는 사신의 공을 구사해 가주실 문을 열려 했다.

내력도 없고, 이제는 남궁세가 사람들이라면 모두가 익히고 있는 사신의 공이었으나 일수라의 것은 달랐다.

그가 익힌 사신의 공은 무수한 실전 경험과 전장에서 수백, 수천 번 단련돼 완성된 것이다. 또한, 응용까지 자유자재로 할 수 있는 경지에 있었다.

일수라는 내력을 바탕으로 상대와 겨루는 것이 아니라 단순히 상대를 피해 문을 열고 안으로 들어가는 정도는 크게 무리가 없다 여겼다.

그러나 그 예상은 완벽하게 빗나가고 말았다.

흑의무사들은 가볍게 일수라를 제압한 것은 물론 손짓 한 번으로 그를 몇 장 밖으로 튕겨냈다.

바닥을 뒹군 일수라가 입가에 흐르는 피를 닦아내며 말했다.

"혈옥수(血玉手)."

극히 짧은 순간 일수라는 자신을 손짓 한번으로 튕겨낸 흑의무사들의 손을 볼 수 있었다.

명장이 옥을 깎은 듯 보이는 매끄러운 손이 핏빛을 띠고 있었다. 그러나 지금 자신의 눈에 보이는 손은 투박하기 그지없는 사내의 손이었다.

무공을 펼칠 때 손이 그리 변하는 무공은 세상에 단 한 가지밖에 없었다. 십만마교의 절학 중 하나인 혈옥수 외에는.

"알 필요가 없는 사실을 알고 있구나. 그것이 너의 명을 재촉했다."

혹의무사 중 하나가 얼음장처럼 차가운 목소리로 말했다.

"너희들은… 마도시대에서 왔구나."

혈옥수는 정마대전이 열린 후 새롭게 창조된 신무학 중 하나였다.

일수라의 그 말에 혹의무사들이 순간 미간을 꿈틀거렸다.

"네놈의 정체가 무엇인지는 모르겠으나 너는 죽기에 차고 넘칠 정도로 많은 사실을 알고 있구나. 죽은 자는 더 이상 입을 놀리지 못할 터."

혹의무사의 손이 이번에는 당장에라도 핏물이 뚝뚝 떨어질 것 같은 진한 적색으로 변했다.

혈옥수도 어설피 익힌 것이 아니라 극성에 이른 수준이었다.

일수라가 두 주먹을 불끈 쥐었다.

내력도 없는 몸으로 마도시대에서 넘어온 초고수를 상대할 수 있을 리 만무하다.

기다리고 있는 것이 죽음이라는 것은 알고 있었으나 수라대의 수장다운 죽음의 방식을 택할 생각이었다.

일수라가 주먹을 쥔 채로 사신의 공 중 하나인 백호철혈권의 자세를 잡았다.

"제법!"

혹의무사가 일수라의 자세를 보더니 짐짓 감탄하는 표정

을 지었다.

"그렇다고 네가 죽음을 피할 수 있는 것은 아니다."

핏빛으로 물든 흑의무사의 손이 일수라를 향해 뻗어졌다.

그 손끝에서 길게 강기가 발출되기 시작했다.

수강(手罡)이었다.

'정면으로 맞부딪쳐서는 절대 승산이 없다.'

일수라는 그렇게 판단하며 유령보의 신법을 펼쳐 그 수강을 피해내려 했다.

"유령보(幽靈步)? 십만마교의 형제인가?"

수강을 발출한 흑의무사가 유령보를 알아보더니 막 일수라의 어깨를 꿰뚫을 것만 같던 수강을 급하게 회수했다.

"죽이는 것보다 너를 사로잡는 편이 낫겠구나."

흑의무사가 똑같이 유령보를 펼치기 시작했다.

같은 유령보였으나 일수라는 내력 한 톨 없이 펼치는 것이기에 조금 빠른 발걸음에 불과했다.

반면, 심후한 내력이 뒷받침된 흑의무사의 유령보는 이름 그대로 유령의 움직임이었다.

탁!

흑의무사가 일수라의 등을 낚아채더니 곧바로 그의 몸을 허공에 날렸다.

그 한 수에 실린 힘이 너무나 막강해 일수라의 몸이 천장을 뚫고 하늘로 날아갈 것만 같았다. 그러나 의외로 일수라의 몸은 무엇에라도 걸린 듯 그대로 허공에 정지하고 말았다.

멀리 떨어진 물건을 내력의 힘으로 빨아들이는 재주인 허공섭물의 극성에 달해야 가능한 경지였다.

탁! 타타탁! 타타타탁!

흑의무사가 능숙한 손놀림으로 허공에 떠 있는 채로 정지해 있는 일수라의 혈도를 짚었다.

일수라는 입도 뻥긋하지 못하고, 손가락 하나 까딱하지 못하는 신세가 돼 사로잡히고 말았다.

"나는 부처가 살아 돌아와도 속에 있는 말을 모조리 토해내지 않고는 견디지 못할 백팔 종의 고문 수법을 알고 있다. 믿지 못한다면 시험해 봐도 좋다."

흑의무사의 말은 모두가 사실이었다.

분근착골 정도는 우습게 여길 정도로 극악한 고문 수법을 한두 가지도 아니고 정확히 백팔 종이나 알고 있었다.

'이자, 분명히 마도시대에서 왔다. 이자 또한 나처럼 천부경의 문을 타고 넘어온 것인가?'

흑의무사와 눈을 마주치고 있는 일수라가 그리 생각하고 있을 때, 흑의무사가 일수라의 입을 막고 있는 아혈을 풀어주었다.

"묻겠다. 너는 누구냐?"

그 질문에 일수라는 답하지 않았다.

일수라 역시 세상의 그 누구도 마도시대의 고문을 견디지 못함은 알고 있었다.

그러나 그에게는 오기와 악이 있었다.

"아둔한 데다 사람에 대해 의심 또한 많은 자이군. 이런 자들은 대개 관을 보고 나서야 후회를 하곤 하지."

흑의무사가 여전히 허공에 붕 떠 있는 일수라를 고문하려고 손을 뻗기 시작했다.

그런데 그때였다.

"그만두어라."

뒤편에서 귀에 익은 목소리 하나가 들려왔다.

일수라가 그 목소리의 주인을 향해 얼굴을 들었다.

남궁유한 소가주, 마도시대에는 철혈투마 류한이라고 불렸던 이가 서 있었다.

"철혈투마……."

일수라가 자신도 모르게 소가주를 그렇게 칭했다.

남궁유한은 그런 그의 말을 듣더니 지그시 미소를 지었다.

"한때는 그렇게도 불렸었지. 지금은 남궁유한이라고 불리고 있기도 하고. 하나 그것 모두 내 정확한 이름은 아니다."

남궁유한이 묘한 미소를 짓더니 흑의무사에게 명령했다.

"저자를 안으로 들여라."

"알겠습니다."

흑의무사는 바로 그 명에 따르며 제압해 둔 일수라의 혈도를 풀었다.

그러자 일수라의 몸뚱이가 그대로 바닥에 고꾸라졌다.

그 충격이 적지는 않았으나 일수라는 가까스로 몸을 일으켜 남궁유한의 뒤를 따랐다.

가주실 안에 들어서자 남궁유한은 특유의 거만한 자세로 의자에 앉았다.

일수라는 약세에 처한 것을 가리기 위해 평상시보다 더욱 고개를 빳빳이 쳐들고 있었다.

그 모습을 보더니 남궁유한이 유쾌하게 웃었다.

"일수라, 네가 살아 있는지는 미처 몰랐군."

자신을 알고 있는 것처럼 말하는 남궁유한이었다.

'내가 살아 있다는 것을 몰랐다? 진짜 남궁유한 소가주라면 당연히 알고 있어야 하는 사실일 것인데.'

일수라가 의심 가득한 눈빛으로 남궁유한을 바라봤다.

"그런 눈빛으로 본좌를 바라보지 마라. 본좌는 그 무엇보다 본좌를 의심하는 자와 그런 생각을 싫어하니."

자신을 본좌라 칭해?

남궁유한 소가주는 자신을 본좌라 칭한 적이 없었다. 아니, 그리 칭할 수가 없었다. 그리 칭하는 것은 대죄를 짓는 것이기에.

밖에 서 있는 흑의무사들은 마도시대에서 넘어왔다. 그렇다는 얘기는 그들이 따르는 눈앞의 남궁유한 역시 마도시대에서 넘어왔다는 의미.

마도시대에서 넘어왔으며 자신을 본좌라 칭한다?

"설마……."

일수라가 기절할 듯이 놀랐다. 순간 심장이 멈추는 것만 같은 충격을 받을 수밖에 없었다.

"내가 너와 수라대를 시켜 천부경 주술의 문을 넘도록 명했었다."

"그렇다면……."

이제는 확실해졌다. 지금 남궁유한의 얼굴을 하고 눈앞에 앉아 있는 인물의 정체가.

그가 일수라를 향해 도저히 항거할 수 없는 힘을 뿜어내며 말했다.

"너는 감히 본좌가 누구인지를 알아차렸으면서도 그리 뻣뻣한 자세로 서 있는 것이냐? 네놈이 너무나 대담해졌구나."

크지 않은 목소리였으나 듣는 상대로 하여금 몸에 한기를 돌게 만들 정도로 위압적인 음성이었다.

쾅!

일수라가 곧바로 서 있던 자세 그대로 무릎을 꿇으며 양팔을 들어 올렸다.

"만세무적 마교불패(萬歲無敵 魔敎不敗)! 고금제일 교주불사(古今第一 敎主不死)!"

그 소리와 함께 일수라가 바닥에 부복하며 머리를 조아렸다.

이제껏 남궁유한의 얼굴을 하고 있었으나 지금 이 자리에 앉아 있는 인물은 바로 고금제일신마 교주였다.

강호를 일통한 것으로 모자라 황제마저도 폐위시키고 마도시대를 연 절대자이자 초월자.

그는 이미 천부경 주술의 문을 넘어 이 시대로 넘어와 있었다.

제갈세가와 단목세가를 휘하에 넣고 조종하던 혈세신마 제갈영호가 개처럼 박박 기었던 것은 한 가지 이유에서였다.

남궁유한의 겉가죽을 뒤집어쓰고 있으나 그가 바로 교주였기 때문이었다.

교주는 남궁유한이 아니었으나, 또한 남궁유한이기도 했다. 정확히는 철혈투마 류한이기도 했고, 아니기도 했다.

그는 이 시대를 지배하고 있는 비천신마 한평이 병마로 쓰러질 때를 기다리고 있었다.

그가 본모습일 때는 비천신마 여럿이 달려들어도 그를 상대할 수 없으나 현재의 모습으로는 같은 초월자인 비천신마를 쓰러뜨리기가 버거운 것이 사실이었다.

"곧 십만대산을 오를 생각이었는데 때마침 네가 나타나 주었구나."

고금제일신마가 자리에서 일어섰다.

"너는 투마에게 패했던 것이냐?"

"부끄럽지만 그렇습니다."

"투마를 이곳에 보내기 전에 분명히 투마의 단전을 모조리 파괴했었지. 아마 미타금강밀공을 썼나 보군. 그렇다 해도 너와 십일수라를 단신으로 제압하다니 투마가 이전보다 더욱 강해졌나 보군."

그러고는 이어 물었다.

"네가 보기에 투마의 실력은 어느 정도 돼 보였느냐?"

"이 시대에는 적수가 없을 것입니다."

"투마가 비천신마 한평에게 당했다 하던데?"

일수라가 그 말을 부정했다.

"그럴 리가 없습니다. 투마가 비천신마 한평에게 당했다는 얘기는 믿을 수가 없습니다. 제가 아는 투마의 수준이라면 당대의 교주라 하나 능히 제압하고도 남습니다."

투마는 마도시대의 최강자가 아니었지만 비천신마 한평은 이 시대의 최강자다. 그러나 시대의 절대적인 강함이 달랐다.

일수라 스스로도 예전 실력만 되찾으면 비천신마 한평 정도는 능히 베어버릴 자신이 있었다.

"과연 그럴까? 너는 비천신마에 대해 아는 바가 없는 것 같구나. 그는 초월자다."

교주의 입에서 나온 초월자란 얘기를 일수라는 이해할 수 없었다.

그가 용기를 내 그에 대해 물으려던 찰나, 교주가 먼저 입을 열었다.

"하긴 네가 그것에 대해 알고 있을 이유도 없고, 알 필요도 없겠지. 일수라 너 또한 본좌를 따라오너라."

교주는 그렇게 말하더니 남궁세가 가주실을 나섰다.

그는 밖을 지키고 있던 흑의무사들에게 짤막하게 말했다.

"십만대산에 오를 것이다."

"존명!"

흑의무사들이 교주를 위해 길을 열어주었다.

마도시대의 십만마교 교주가 현 시대의 십만마교 교주를 죽이기 위해 길을 나서기 시작했다.

대풍운의 시작이었다.

『무적세가』 5권에서 계속…

고검추산

허담 新무협 판타지 소설
FANTASTIC ORIENTAL HEROES

두 사형제가 난세(亂世)를 헤치며 만들어 나가는
기이막측(奇異莫測)한 강호(江湖) 이야기!

천하가 사패(四覇)의 대립으로 혼란스러운 시기,
세상이 혼탁해지자 강호(江湖)에는 온갖 은원(恩怨)이 넘쳐난다.
그러자 금전을 받고 은원을 해결해주는 돈벌레[黃金蟲]가 나타난다.
그런데… 비천한 황금충(黃金蟲) 무리 가운데 천하팔대고수(天下八大高手)가
나타나니…

천검(天劍) 능운백(陵雲白)!
천하팔대고수이자 강호제일 청부사의 이름이다.

그리고… 그가 두 제자를 들이니, 고검(孤劍)과 추산(秋山)이 그들이었다.
훗날 강호제일의 해결사가 되어 무림을 진동시킬 이들이었다.